Las olvidadas

ÁNGELES CASO

Las olvidadas

Una historia de mujeres creadoras

Planeta

Diagonal, 662-664, 08034 Barcelona (España)

Ilustraciones del interior: Alinari, Bridgeman Art Library, Worcester Art Museum, Museo Lázaro Galdiano, Foto Scala (Florencia), Oronoz

Primera edición: octubre de 2005
Segunda impresión: noviembre de 2005
Tercera impresión: diciembre de 2005
Cuarta impresión: enero de 2006
Depósito Legal: M. 941-2006
ISBN 84-08-06107-0
Composición: Anglofort, S. A.
Impresión y encuadernación: Mateu Cromo Artes Gráficas, S. A.
Printed in Spain - Impreso en España

Índice

A mi madre y a mi hija, preciosas mujeres

Os aseguro que alguien se acordará de nosotras en el futuro.

Safo de Lesbos

Agradecimientos

A Javier González Santos, profesor titular de Historia del Arte de la Universidad de Oviedo, por sus informaciones sobre el Barroco español. A Pura Ramos, del departamento de prensa de la Real Academia de Bellas Artes de San Fernando, por haberme abierto las puertas de la institución. A José Gómez Frechina y Fernando Benito Doménech, director del Museo de Bellas Artes de Valencia, por sus datos sobre las pintoras valencianas. A Carme Riera, profesora de la Universidad Autónoma de Barcelona, por sus ánimos y su colaboración en mi capítulo sobre María de Zayas. A Belén Villa, del Instituto Universitario Feijoo de Estudios del Siglo XVIII de la Universidad de Oviedo, por haberme facilitado siempre con su mejor sonrisa toda la bibliografía que le solicité. A Juan Adrianssens, Alfonso Benito e Isabel Sánchez, por haber puesto generosamente a mi alcance sus libros y sus conocimientos. A Teresa Caso, Ana Gavín, Rocío Juesas, Janick le Men, Carmen Ramírez, Tomás Sánchez y Alejandro Vargas, por aguantarme, leerme, corregirme, debatir conmigo y apoyarme en los momentos de desánimo. Y a Ricardo Artola, mi editor, por su paciencia y su contagiosa serenidad.

Introducción

> En cuanto una mujer se aparta del camino normal que ha sido trazado para ella, se convierte en una especie de monstruo.
>
> Madame de GENLIS

Cursé mis estudios de Historia del Arte en la Universidad de Oviedo hace ya mucho tiempo (a decir verdad, demasiado para mi gusto), entre los años 1976 y 1981. Tuve la suerte de que en mi especialidad éramos pocos alumnos, apenas una quincena, gente realmente interesada en las materias que teníamos que estudiar. Esa privilegiada situación, junto con el esfuerzo de muchos de nuestros profesores, nos permitió desarrollar una carrera intensa, que la mayor parte de nosotros abordamos con tanto rigor y profundidad como pasión. Lo que quiero decir a fin de cuentas es que, en aquellos años de universidad, estaba segura de estar aprendiendo bastante sobre la historia del arte, las condiciones sociológicas y las ideas estéticas que habían dado lugar durante siglos a diversas maneras de expresión plástica, arquitectónica, musical o cinematográfica.

Y, con todo aquel aprendizaje a cuestas, me licencié convencida de que en el mundo del arte apenas habían existido las mujeres. Tan sólo un pequeñísimo puñado de nombres parecían iluminar, aquí y allá, un territorio de oscuridad y silencio: Sofonisba Anguissola, que había pintado «algo» para el rey Felipe II; Artemisia Gentileschi, la «hija violada» del gran Orazio; Luisa Roldán, escultora de cámara de Carlos II, o Elisabeth Vigée-Lebrun, retratista de María Antonieta. Ellas —y muy pocas más— eran las únicas presencias femeninas, desvaídas y temblorosas, como pétalos marchitos de delicadas rosas de porcelana, en medio de un esplendoroso bosque lleno de hombres y más hombres pletóricos de talento, fuerza y creatividad. Habría que esperar a llegar a la segunda mitad del siglo XIX y al entorno de los impresionistas para ver florecer algunas otras pintoras, modestas violetas como Mary Cassat, Berthe Morisot, Eva Gonzalès. Y después estaban las artistas de las vanguardias y del informalismo —¿quizá pequeñas flores de zarzas espinosas?—, Suzanne Valadon, Natalia Goncharova, Sonia Delaunay, María Blanchard, Georgia O'Keeffe, María Elena Vieira da Silva... Pocas más hasta después de la segunda guerra mundial, cuando surgió al fin un humilde pero fértil jardín de mujeres. En cualquier caso, mujeres de obra considerada siempre menor por los historiadores, pálidas sombras de los grandes artistas masculinos en cuya estela ellas caminaban, creaban, amaban y, a menudo, fracasaban, en todos los sentidos.

De literatura femenina sabía por aquel entonces un poco más. Había leído, al menos, algunas obras de muchas de las poetas y novelistas del XIX, desde la simpática Jane Austen hasta la imponente Emilia Pardo Bazán, desde la delicada Elizabeth Barret Browning hasta la valiente George Sand y, por supuesto, conocía bien a unas cuantas escritoras del XX. Pero más allá de esas damas hermosamente decimonónicas, hacia el pasado, me parecía que se extendía un desierto, un vastísimo campo de silencio en el que tan sólo se oía la voz fresca y potente de Teresa de Jesús y luego lejos, muy lejos, la voz clara y llena de luz de Safo, la Antecesora.

Eso era todo lo que, alrededor de 1981, yo sabía respecto a las mujeres y el mundo de la creación. Recuerdo que, a veces, con los compañeros de facultad o con los amigos y amigas que por aquel entonces aspirábamos a dedicarnos a la literatura, la pintura, la danza, el teatro o la música, hablábamos de ese tema. En nuestras largas tertulias en los bares o a la sombra de algún castaño en medio de cualquier monte, solíamos debatir, entre mil asuntos, el porqué de la escasa presencia femenina en las artes del pasado. (Respecto a las del presente, estábamos ingenuamente convencidas —nosotras, quiero decir— de que la igualdad se había establecido de pleno.) Había teorías para todos los gustos, pero nunca he podido olvidar una particularmente absurda: alguien sostenía que, según uno de esos sabios que piensan mucho y publican mucho y reciben muchos halagos —y de cuyo nombre, por suerte, no logro acordarme—, las mujeres no necesitábamos crear porque esa hermosa aspiración del espíritu humano la cubríamos trayendo hijos al mundo... En serio.

Evidentemente, la única razón por la cual la presencia de las mujeres en cualquiera de los campos de la creación ha sido muchísimo menor que la de los hombres es la misma por la cual la presencia de las mujeres ha sido muchísimo menor que la de los hombres en cualquier otra actividad pública, prestigiosa y capaz de proporcionar dinero: la opresión masculina. Imagino que si algún lector hombre ha llegado hasta aquí —discúlpenme la ironía, pero me consta por confesión de ciertos amigos en cuya palabra confío que muchos hombres no leen libros escritos por mujeres, y aún menos si tratan sobre otras mujeres—, quizá en este momento esté a punto de cerrar definitivamente el libro: «Vaya —estará pensando—, otra de esas pesadas feministas que se dedican a atacarnos.» Pues lo siento, pero no me arrepiento en absoluto de haber escrito la palabra «opresión». Ésa es una realidad que las leyes, las costumbres y las normas morales establecidas por las religiones ponen de relieve a lo largo de la historia, y por mucha buena intención que una le eche al asunto, no puede llamar de otra manera a la forma como los hombres mantuvieron durante siglos y siglos a las mujeres sometidas, encerradas, calladas, impedidas para ejercer la libertad, para buscar el más mínimo atisbo de independencia y autonomía. Voy a dejar de lado a propósito el mundo actual. Habría aún mucho que decir sobre nuestra situación en este momento, sobre las dificultades y los prejuicios a los que aún nos enfrentamos las mujeres que hoy en día escribimos o utilizamos cualquier otro medio de expresión artística. Y, desde luego, habría mucho que decir respecto a las diferencias entre nuestro pequeño mundo occidental y la mayor parte del resto del planeta. Pero este libro trata del pasado, de un periodo que abarca desde el siglo XII hasta el XVII, y me limitaré a esas estrictas categorías cronológicas.

Las mujeres, por lo tanto, apenas escribieron, pintaron o compusieron música porque los hombres —que establecían por supuesto las normas— no se lo permitían. En las páginas de este estudio, los lectores encontrarán una y otra vez textos de tratadistas y pensadores que expresaban de manera bien clara, sin ningún temor a eso que ahora llamamos lo «políticamente correcto», cuál era su opinión sobre el sexo femenino, sobre su incapacidad intelectual y su natural tendencia al desorden moral y al vicio.

Pero hay algo más: la presencia femenina en el mundo de la creación no fue tan escasa como los libros de tantos historiadores, críticos o biógrafos nos han hecho tradicionalmente creer. En las últimas décadas, al menos desde 1970, numerosos estudios han empezado a revelar que el número de pintoras, escultoras, dramaturgas, poetas, ensayistas, novelistas o compositoras que han existido en la historia ha sido mucho mayor de lo que siempre nos habían contado. Y mucho más importante por la calidad de su trabajo. A fuerza de interesarme por el asunto, de leer e investigar, yo misma tuve que acabar llegando a la frustrante conclusión de que todo lo que había aprendido durante mis años de carrera, es más, durante mis muchos años de amor por el arte y la literatura, era tan sólo una parte de la realidad, porque los libros que había leído, los museos que había visitado, los discos de música culta que había escuchado o los programas de los conciertos y óperas a los que había asistido a lo largo de mi vida excluían de manera casi total el amplio mundo de las mujeres.

Ahora ya podemos afirmar a ciencia cierta que la plenitud del arte y la literatura femeninas no comenzaron en la segunda mitad del siglo XX. Que antes de ese feliz momento no existieron sólo algunos pétalos marchitos de delicadas rosas de porcelana, ciertas modestas violetas o un puñado de pequeñas flores de zarzas espinosas. Por el contrario, hubo muchas mujeres trabajando intensamente en los *scriptoria* de los monasterios medievales, en los talleres de pintura del Renacimiento, en las cortes de los príncipes del Barroco y del siglo de las Luces, en las calles mugrientas de los barrios de artistas y bohemios del XIX. Hubo muchas mujeres escribiendo en medio del bullicio de las salas comunes de las casas o a solas en sus propias habitaciones, y muchas, muchísimas, que lo hicieron desde las celdas de los conventos. Y mujeres que compusieron delicados cantos religiosos, madrigales sensuales, óperas llenas de dioses y amores, y sinfonías y cuartetos y preludios y sonatas.

Un gran número de ellas se vieron obligadas a permanecer escondidas detrás de los nombres de sus padres, maridos o hermanos, realizando obras que luego ellos firmaban y cobraban. Pero también hubo muchas que lograron reconocimientos, honores, dinero y fama, que vivieron honrada y esforzadamente de su trabajo y a veces llegaron incluso a ser ricas gracias a su talento. Y probablemente muchísimas más lo intentaron y fracasaron, como también les sucedió a tantos y tantos hombres a lo largo de la historia. La aflicción de las unas y los otros puebla ese yermo infinito en el que yacen los nombres de tantos creadores malogrados.

Lo sorprendente, lo tristemente sorprendente, es que la mayor parte de esas mujeres —me refiero a las que triunfaron— acabaran siendo olvidadas por la historia. Mejor dicho, acabaran siendo ninguneadas por los hombres que durante siglos han escrito la historia, la del arte y la de la literatura y la de la música: incluso las más exitosas, las más indiscutibles fueron rápidamente empujadas sin miramientos, apenas desaparecieron de la tierra, al limbo del silencio y la inexistencia. Sus obras terminaron escondidas en las zonas más inaccesibles de las bibliotecas o encuadernadas bajo nombres masculinos, sus cuadros relegados a los sótanos o atribuidos durante siglos a hombres en las cartelas de las pinacotecas. A lo largo de los capítulos de este libro se verá una y otra vez repetido ese fenómeno de condena a la desmemoria y a la negación de la autoría, cuando no a los mayores desprecios y descalificaciones por parte de los críticos.

Desde que Virginia Woolf iniciara hace más de un siglo el debate sobre la literatura femenina, se ha discutido incesantemente si existe o no una forma peculiar por parte de las mujeres de reflejar el mundo a través de sus obras, tanto en el campo literario como en el artístico o en el musical. Ése no es el asunto de este libro, aunque sí me gustaría decir algo al respecto, de manera muy breve: cualquier creador inventa ficciones. Él —ella— es en sí mismo, como creador, una ficción, la voz fingida de un narrador, la mirada no natural de un inventor de formas y colores. Su mirada y su voz pueden ser, por lo tanto, genuina o falsamente femeninas o masculinas. El autor hombre de una novela cuya protagonista es una mujer puede asumir conscientemente —y, por qué no, con acierto— un punto de vista de mujer. La mujer que escribe o pinta puede asumir conscientemente la voz o la mirada masculinas. Pero también la mujer que escribe o pinta puede dejarse dominar inconscientemente por las reglas, las normas y los cánones establecidos desde siempre por los hombres (lo cual, por cierto, no los convierte en necesariamente perniciosos, aunque sí en posiblemente discutibles). A menudo, de hecho, ha sucedido y aún sucede así.

No iré más allá en ese debate. Pero sí me gustaría señalar que hay algo que diferencia de manera radical el mundo creativo masculino y el femenino: las condiciones en las que ese trabajo se desarrolla, en las que se ha desarrollado históricamente. Por supuesto, la vida de los artistas, en cualquier campo, nunca ha sido fácil: hace falta un talento del que muy pocos gozan, una preparación ardua, una feroz resistencia y capacidad de lucha para instalarse en eso que, por entendernos, podemos llamar el «mercado», sea tanto el de las élites de mecenas de las artes del pasado como el de los más o menos numerosos compradores de libros del presente. A todo eso se añade, por supuesto, el factor suerte que, digan lo que digan, existe, claro que existe. Y el hecho intangible, pero real, de que a menudo las personas creativas tienen un temperamento poco común —si es que existe lo común en eso del temperamento—, una sensibilidad exacerbada en lo bueno y en lo malo.

Eso es así, con todos los matices que se quiera, para la inmensa mayoría de los seres que un día deciden entregar su vida a la pintura, la poesía o la música. Siempre ha habido algo de heroicidad en ese esfuerzo, y las biografías de los creadores lo ponen de relieve una y otra vez. En el caso de las mujeres, a todas esas dificultades habituales se ha unido durante siglos la lucha terrible y casi siempre solitaria por salirse de lo previsto, por escapar a las normas de lo decente, por hacerse un hueco —aunque fuera pequeño— en mundos casi exclusivamente masculinos. El combate a menudo titánico contra los prejuicios, las presiones, el incesante rugido en su contra, los desprecios, los insultos, las calumnias... En general, sus vidas personales se vieron profundamente afectadas por sus vocaciones artísticas, mucho más que las de sus colegas masculinos: una buena parte de ellas renunció a tener familia, llevando una existencia aislada de los hombres en sus propias casas o en el entorno de los conventos. Otras muchas optaron decididamente por la libertad amorosa y sexual, arrostrando por supuesto la fama de rameras que tantas veces las acompañó. Y algunas tuvieron que hacer compatible, con todas las dificultades que ello conlleva, el obsesivo y absorbente mundo de la creación con la ingrata realidad de lo doméstico. Casi ninguna se resignó a su suerte: una y otra vez sus voces se alzan en sus poemas, sus memorias o sus cartas para lamentarse de las injusticias a las que se ven sometidas por el hecho de ser mujeres, al distinto rasero con el que son juzgadas sus obras y también sus vidas privadas. Lo veremos a menudo a lo largo de estas páginas. Y nos encontraremos a muchas que, en medio de tantas persecuciones, no tuvieron el valor suficiente para llegar hasta el final. Me resulta imposible criticarlas por ello: sometidas a la reclusión y a la ignorancia desde que nacían, educadas para ser obedientes, discretas, modestas y silenciosas, oyendo permanentemente a su alrededor el bullicioso griterío en torno a la estupidez femenina o a la condición de prostituta de cualquier mujer que se atreviera a exponerse ante el público, ¿qué fortaleza, qué confianza en ellas mismas debían tener para debatirse contra tanta hostilidad? El valor de las que lo intentaron resulta a menudo prodigioso. Cada una de ellas, desde la más exitosa hasta la más fracasada, fue un ejemplo de valentía y firmeza en contra de infinidad de adversidades.

Me gustaría añadir algunas palabras sobre la pretensión de mi estudio: ésta es *una* historia de mujeres creadoras. No pretende ser en absoluto *la* historia de todas las mujeres creadoras. Se centra en los países de nuestro entorno europeo. Y cubre tan sólo, como ya he dicho, un periodo de seis siglos, entre el XII y el XVII. Podrían haber sido más o menos, desde luego. Es una elección entre las muchas posibles. He tratado de iluminar, a lo largo de esas centurias, la vida y el trabajo de algunas de las mujeres que me han parecido más interesantes y más ignoradas, y me he ocupado poco, en cambio, de aquellas que lograron mantener su fama a lo largo del tiempo (aunque, a decir verdad, apenas se me ocurren un par de nombres: santa Teresa, desde luego, y quizá para unos pocos lectores también sor Juana Inés de la Cruz). He intentado situarlas en su contexto histórico, confrontándolas con las condiciones sociales, morales y jurídicas en las que tuvieron que vivir y acompañándolas en el discurrir de sus vidas con la breve visión de otras colegas a veces menos afortunadas, aunque no menos esforzadas. Me he guiado, por supuesto, por las investigaciones de numerosas historiadoras —y no pocos historiadores— que en las últimas décadas, como ya he señalado, han realizado un trabajo ímprobo para sacar a la luz a esas mujeres escondidas.

Lamentablemente, debo decir que he encontrado muchas lagunas en lo referente a nuestro país. En general, las mujeres españolas han estado sometidas a lo largo de la historia a una situación de mayor reclusión y silencio que las nacidas en Francia, Italia, Inglaterra o Alemania. A esa condición se une además el hecho de que las investigaciones sobre «nuestras» mujeres han sido menos extensas y profundas. Aún queda un ingente trabajo por desarrollar en ese campo, y no dudo que en el futuro será hecho.

Me gustaría que las páginas de este libro lograran dar forma, aunque sea de manera fragmentaria, a una genealogía femenina, una larga saga de novelistas, poetas, ensayistas, músicas, dramaturgas, pintoras y escultoras de las que todas las mujeres que amamos o practicamos alguna forma de arte somos herederas y deudoras. Virginia Woolf proponía a sus coetáneas que fueran a lanzar flores sobre la tumba de la dramaturga barroca Aphra Behn por haber sido capaz de enseñarles que sus mentes tenían derecho a expresarse. Ésta es mi manera de depositar al menos una pequeña corona de laurel sobre las tumbas —casi siempre desconocidas— de tantas y tantas mujeres creadoras, mi forma de restituir a las olvidadas algo de lo que merecen y de darles las gracias por su ejemplo, su valor y su libertad.

Julio de 2005.

CAPÍTULO PRIMERO

Hildegarda de Bingen y las monjas sabias

Las mujeres deben permanecer calladas en las iglesias, pues no les corresponde a ellas hablar, sino vivir sometidas, como dice la Ley.

San Pablo

¡Oh, figura femenina, cuán gloriosa eres!

Hildegarda de Bingen

¿Quién es esa mujer que, desde dentro de la Iglesia y en pleno siglo XII, se atreve a lanzar semejante grito a favor de las mujeres —«*Oh feminea forma, quam gloriosa es!*»— frente al tradicional desprecio hacia lo femenino que imperaba en la cristiandad europea? De creerla a ella misma, se trata tan sólo de una «miserable mujer», a la que Dios ha elegido para revelar su Palabra. Pero si seguimos de cerca su vida y su obra, se nos muestra, sin embargo, como una persona culta, fuerte y rebelde, capaz de sobreponerse a todos los prejuicios de su tiempo y de llegar a convertirse, con la única energía de su voluntad y su talento, en consejera de papas y emperadores, fundadora de monasterios, autora de libros visionarios y tratados científicos, médica y compositora de espléndidas piezas musicales. Una mujer sin duda alguna extraordinaria, cuya sabiduría, valor y talento sobrepasan de lejos los límites impuestos por la costumbre a su condición femenina.

Hildegarda había nacido en 1098 en la aldea de Bemersheim,

en el Palatinado, décima y última hija de una familia noble. El Palatinado, una región situada al oeste de la actual Alemania, formaba parte por aquel entonces del Sacro Imperio Romano Germánico, que había heredado los sueños unitarios de Carlomagno. El título imperial lo ostentaba en esos años Enrique IV, que a duras penas lograba mantener su poder sobre los numerosos señores feudales propietarios de gran parte del territorio y siempre reticentes a dejarse dominar. Pero la tensión política a la que vivía sometido el emperador tenía además otro de sus ejes en el papado, empeñado en extender y consolidar su dominio supuestamente espiritual sobre Europa a través de los nombramientos de los dignatarios eclesiásticos, privilegio empecinadamente disputado por los príncipes cristianos. Tres años antes del nacimiento de Hildegarda, en 1095, el papa Urbano II acababa de poner en marcha la Primera Cruzada para la reconquista de los Santos Lugares, que habían caído en manos musulmanas en el siglo VII. A decir verdad, semejante tarea no parecía en aquel momento un objetivo imprescindible de la cristiandad: a pesar de haber expulsado al Imperio bizantino de la región, los árabes se habían mostrado hasta entonces lo suficientemente tolerantes como para permitir el acceso pacífico de los peregrinos cristianos que lo desearan a las tierras bíblicas. Pero una nueva amenaza empezaba a cernirse sobre Occidente, la de los turcos selúcidas que, convertidos a su vez al Islam, habían invadido a lo largo del siglo XI Asia Menor, Armenia y Siria —zonas de intensa y antigua tradición cristiana—, y parecían dispuestos a continuar con firmeza su paseo militar ahora que habían logrado llegar a las puertas europeas del cada vez más menguado Imperio bizantino.* Para los jefes cruzados, aquella guerra santa era pues sobre todas las cosas una llamada de atención al impulso conquistador turco. Para el papa Urbano II, una manera de imponer su influencia, y por lo tanto,

* La capital de Bizancio, Constantinopla —actual Estambul—, caería en manos de los turcos en 1453, fecha que ha servido a los historiadores para señalar el final de la Edad Media.

la de la Iglesia de Roma. Para los participantes, una posibilidad de ganar las indulgencias prometidas por el pontífice, pero también de buscar fortuna y de dar salida a un afán belicista que imperaba por todas partes: eran tiempos agitados y violentos, llenos de sueños de pretendidas heroicidades, de tremendas exaltaciones de la fe y de una imparable energía de expansión en todos los sentidos. El llamamiento de Urbano II obtuvo un éxito más allá de todo lo previsible: además de los ejércitos regulares —mandados fundamentalmente por nobles franceses—, verdaderas muchedumbres de desheredados y fanáticos, mal armados y peor aprovisionados, se lanzaron hacia Oriente, cometiendo toda clase de excesos a su paso y pereciendo también a miles tanto durante el largo camino como al llegar a Asia Menor, donde fueron arrasados por los turcos. Estos sucesos se repetirían más veces a lo largo de las cruzadas, que duraron hasta finales del siglo XIII. Quizá de todas las historias de harapientos que trataron de participar en la conquista de los Santos Lugares la más triste sea la llamada «cruzada de los niños», que en 1210 movilizó en Francia y Alemania a miles de críos, agitados por algunos visionarios. Los que lograron sobrevivir al durísimo viaje fueron finalmente vendidos como esclavos en Egipto por mercaderes marselleses.

El año en que nació Hildegarda, 1098, los cruzados regulares lograban conquistar Antioquía, y unos meses después Jerusalén, donde Balduino de Bouillon se proclamaría rey en 1100. En Germania, la niña crecía mientras tanto, siempre enfermiza y débil, entre las paredes del pequeño castillo de su familia. Era aún muy pequeña cuando tuvo su primera visión: «En mi tercer año de edad —escribiría mucho más tarde—, vi tal luz que mi alma se sintió estremecida, pero debido a mi corta edad, no pude decir nada.» Quizá fueran consecuencia de sus constantes enfermedades, de la debilidad causada por la mala alimentación, del consumo de abundantes hierbas curativas y también en algunos casos alucinógenas, o simplemente de su fantasía, alimentada por un entorno propicio y rico en creencias mágico-religiosas, pero lo cierto es que las visiones acompañaron a Hildegarda durante toda su vida y, cuando años más tarde se decidió a contarlas por escrito, le dieron de inmediato fama de santidad. Para entonces era ya abadesa del monasterio de Disibodenberg, al que había sido enviada a los ocho años.

En la Edad Media —y durante muchos siglos después, al menos hasta el XIX—, las dos únicas opciones posibles para las mujeres de alta cuna eran el matrimonio o la vida religiosa. No resultaba ni siquiera imaginable que una dama permaneciera soltera por voluntad propia si no entregaba su vida, y por lo tanto su virginidad, a Dios. Habitualmente, y con muy pocas excepciones, la elección ni siquiera era personal: los progenitores se ocupaban de decidir el futuro de sus hijas, casi siempre desde que eran muy pequeñas. En particular el *pater familias*, quien, según las leyes, tenía toda la autoridad y toda la responsabilidad sobre su descendencia. Los hijos varones obtenían sus propios derechos a medida que alcanzaban la mayoría de edad. Las mujeres, en cambio, permanecían de por vida bajo el dominio jurídico y económico de un hombre: padre, hermano, marido o cualquier otro familiar o tutor legal en caso de orfandad o viudedad. Por supuesto, las legislaciones incluían numerosas variantes según las zonas geográficas, las épocas y hasta las clases sociales, pero en términos generales, se puede decir que las mujeres europeas fueron consideradas jurídicamente perpetuas menores de edad hasta bien entrado el siglo XX. La idea venía evidentemente de lejos, perdiéndose en el lento curso del tiempo y en las culturas que se fueron sucediendo a lo largo de la historia. Filósofos, teólogos, moralistas y juristas dieron voz durante miles de años al concepto de la mujer como un ser débil, irracional e influenciable por naturaleza, al que era preciso someter a la eterna custodia masculina. Por ceñirnos exclusivamente a la civilización cristiana, encontramos esa idea repetida una y otra vez en infinidad de comentaristas; la mayor parte de ellos se inspiraron originalmente en san Pablo, cuya misoginia ha resultado proverbial a lo largo de la historia, aunque no pueda acusársele de ser el único —ni siquiera el primero— en sostener conceptos que estaban en la mente de la mayoría. El mito de la creación tal y como es narrado en el Génesis —la mujer formada por Dios a partir de la costilla del hombre— sirvió de sustento teológico a la creencia en su innata inferioridad. «El varón no debe cubrirse la cabeza —dice el apóstol en una de sus cartas a los Corintios—, porque él es imagen y gloria de Dios; mas la mujer es gloria del varón, pues no procede el varón de la mujer, sino la mujer del varón; ni fue creado el varón para la mujer, sino la mujer para el varón.»[1] Los Padres de la Iglesia se convirtieron en convencidos exégetas de este concepto. San Agustín, entre los siglos IV y V, lo completó de esta manera: «Por el bien del orden, es necesario en la familia humana que sean los más sabios quienes gobiernen. Y por esta clase de sujeción está la mujer de modo natural sometida al hombre, porque en el hombre predominan el discernimiento y la razón.»[2]

Para las mujeres de la nobleza, el matrimonio era mucho más que una forma de vida personal. Desde su llegada al mundo —siempre y cuando lograran sobrevivir a las numerosas enfermedades y accidentes que amenazaban a la infancia en aquellos siglos—, se convertían en piezas clave en las estrategias de relaciones sociales y económicas de sus familias. Al menos, de las que podían permitírselo. Porque casar a una hija era un asunto que ponía en juego no sólo el honor de la familia, sino también su economía: un ajuar lujoso y, sobre todo, una dote importante, eran imprescindibles —incluso a su propio nivel entre las clases bajas— para encontrar un marido adecuado. En realidad, la dote era una garantía para la futura esposa, al menos teóricamente, pues ese dinero le pertenecía a ella y no al marido, al igual que ocurría con los bienes procedentes de las posibles herencias de sus familiares. De hecho, en caso de anulación del matrimonio o de viudedad, la dote revertía a la esposa, quien podía además disponer libremente de ella en su testamento; y si la mujer fallecía antes que el marido, la cantidad debía ser devuelta a su familia. Sin embargo, la mayor parte de las legislaciones no permitían a las mujeres administrar su propio patrimonio; de este modo, eran finalmente los hombres quienes tenían la posibilidad de mantener y acrecentar el capital de sus esposas o, por el contrario, dilapidarlo y dejarlas sin bienes en caso de necesidad. Todo dependía pues del carácter, las intenciones o el buen o mal hacer del marido. En los últimos siglos de la Edad Media y a lo largo del Renacimiento, la costumbre de la dote llegó a alcanzar cifras tan desmesuradas que en algunos lugares, como Florencia, surgieron los llamados *monti delle doti*, algo así como «fondos de dotes», depósitos con interés en los que los padres colocaban desde la infancia de sus hijas el dinero imprescindible para las futuras bodas.

Todas estas complicaciones hacían que, a menudo, las niñas más pequeñas de las familias nobles fuesen destinadas a la vida religiosa: aunque la mayor parte de las órdenes exigían también una dote —práctica que fue respaldada oficialmente en el Concilio de Letrán de 1212, con el pretexto de evitar que muchas criaturas fuesen abandonadas sin más ni más por sus padres o hermanos en los conventos—, la cantidad que se pedía a las monjas solía ser mucho menor que la de las novias. Sin duda alguna, la fe también contribuía a esta costumbre: el miedo al castigo eterno y el ansia de salvación fue durante muchos siglos de convencida religiosidad uno de los estímulos que marcaban de manera profunda la vida de los creyentes. La relación con una orden o un monasterio determinado, que se prolongaba a veces a lo largo de sucesivas generaciones, significaba para muchos una garantía de perdón divino a través de la oración incesante de sus familiares. En el caso de Hildegarda, tanto ella como su hermana Mechtilde fueron enclaustradas desde niñas. Justo es decir que dos de sus hermanos siguieron también la carrera eclesiástica; pero para ellos las expectativas eran sin duda diferentes, pues a través de la Iglesia, los hombres podían alcanzar poder y bienes económicos; es decir, podían hacer una verdadera carrera, ya que los altos cargos y todas las regalías y privilegios que los acompañaban estaban reservados para los hijos de la nobleza. Abades, priores, obispos, arzobispos, cardenales y papas procedían siempre de las más altas capas sociales y tenían la oportunidad de vivir, si tal era su deseo, ejerciendo firmemente su poder, llevando a cabo una intensa actividad pública y política y gozando de todos los lujos. La situación de las mujeres dentro de la Iglesia era, en cambio, de subordinación y de pobreza respecto a la de sus hermanos de religión: durante muchos siglos no existieron órdenes exclusivamente femeninas, de tal manera que los monasterios de monjas estaban siempre sometidos a la autoridad masculina.

Paradójicamente, las mujeres habían desarrollado un papel importante en la expansión inicial del cristianismo dentro del Imperio romano. Los mismos Evangelios reservan un lugar destacado a algunas figuras femeninas: la Virgen María, Marta o María Magdalena son personajes inseparables de la vida de Cristo. En los primeros siglos, los conceptos de igualdad, fraternidad y caridad que imperaban en la nueva religión hicieron que ésta prendiese con fuerza entre grupos de población sujetos a duras condiciones de vida: esclavos, gentes de extracción humilde, pero también muchas mujeres de relevancia social que encontraban en aquellas ideas la encarnación de su propia visión de la existencia, alejada del belicismo, la exaltación del dominio absoluto de unos individuos sobre otros y la relajación ética que imperaba en gran medida entre la alta sociedad romana. De hecho, según la tradición, la cristianización definitiva del Imperio romano a partir del siglo IV se debe a una mujer, santa Elena. Ella espoleó durante mucho tiempo a su hijo, el emperador Constantino el Grande, hasta que éste abrazó la fe de Cristo y cambió así el rumbo de la historia: no sólo concedió a los cristianos hasta entonces perseguidos el derecho a la libertad de culto, sino que les confirió toda una serie de privilegios gracias a los cuales la Iglesia comenzó su larga historia de poder espiritual y temporal. Sin embargo, el inicio de su oficialización supuso a la vez el final de la relevancia femenina en el seno de la institución. Desde entonces imperaron sin paliativos las ideas expuestas cuatro siglos atrás por san Pablo: «Las mujeres deben permanecer calladas en las iglesias, pues no les corresponde a ellas hablar, sino vivir sometidas, como dice la Ley.»[3] No sólo se les prohibió, pues, ser sacerdotisas y acceder a cualquier dignidad eclesiástica relevante, sino incluso predicar, utilizar su propia voz; este veto fue haciéndose más férreo a lo largo de los siglos, y sólo lograron superarlo un puñado de seres excepcionales por su valor, pero también a menudo por los apoyos con los que contaban. Para las mujeres que deseaban llevar una vida de entrega a la religión, quedaba reservado, exclusivamente, el claustro.

El monacato había nacido a finales del siglo III en los desiertos de Egipto, Palestina, Líbano y Siria. En el mundo occidental adquirió una gran relevancia tras la constitución de la Regla de San Benito, un abad italiano que vivió a caballo entre los siglos V y VI y fundó la poderosa orden benedictina, cuya norma vital esencial era el famoso «*ora et labora*» [«ora y trabaja»]. La reforma de la regla llevada a cabo en el monasterio francés de Cluny a principios del siglo X sirvió para asentarla como la orden más importante durante los siguientes doscientos años. Hasta que, a finales del XI, Bernardo de Claraval volvió a reformarla y fundó la nueva orden del Císter, cuya austeridad y fervor espiritual no le impidieron convertirse en una institución de enorme importancia económica y política en los últimos siglos de la Edad Media.

A lo largo de este periodo, era habitual que los monasterios fuesen dúplices, es decir, que acogiesen a monjes y monjas. Ambos sexos vivían en edificios separados, pero dentro del mismo recinto. A cambio de la protección que las mujeres recibían por parte de sus hermanos en tiempos a menudo violentos, ellas y sus sirvientas se ocupaban de la alimentación, la limpieza, las tareas relacionadas con el hilado, tejido o bordado de ropas y elementos litúrgicos, y de ciertas actividades consideradas por aquel entonces femeninas, como la pesca o la elaboración de la cerveza y otras bebidas. Pero si este intercambio de servicios pudo haber sido en principio la idea que impulsó a la creación de los monasterios dúplices, éstos terminaron por convertirse en el marco idóneo para la tutela de las monjas por parte de sus compañeros. El papel de las mujeres en el desarrollo del culto fue restringiéndose cada vez más, hasta llegar a prohibírseles acercarse al altar o tocar los objetos litúrgicos, reservados para las manos de los hombres. También se les impidió algo que había sido habitual en los primeros tiempos de los monasterios dúplices, el cuidado de los pobres o enfermos del sexo masculino. Y, por supuesto, los abades lograron al fin tener bajo su control la administración de las dotes de las monjas —que revertían a su muerte al patrimonio del cenobio— y de los bienes específicos de las comunidades femeninas, bienes otorgados por los fundadores y donantes y que consistían tanto en tierras como en objetos preciados, tesoros artísticos y reliquias.

Incluso cuando a lo largo del siglo XII los monasterios dúplices fueron desapareciendo y las monjas pasaron a vivir en sus propios recintos, separadas de sus hermanos, las sucesivas reformas papales habían ido dejando las cosas establecidas de tal manera que las comunidades femeninas apenas gozaban de libertad, sometidas siempre al control de los abades y priores de sus órdenes, los obispos de la diócesis correspondiente y los confesores que vigilaban a diario todos sus movimientos. Las reticencias y hasta la abierta rebeldía de muchas abadesas —como la propia Hildegarda— sólo sirvieron para que el cerco se estrechara cada vez más: en 1293, la bula *Periculoso* del papa Bonifacio VIII prohibía definitivamente a cualquier monja salir del convento bajo ningún pretexto sin el permiso de su obispo. La clausura, que había sido hasta entonces una norma bastante flexible, se volvía cada vez más estricta, hasta llegar a la imposición total en el siglo XVI con la Contrarreforma y el Concilio de Trento. Incluso una monja andariega y rebelde como santa Teresa la aceptaba como imprescindible: «[...] y que más me parece [que un convento sin clausura] es paso para caminar al infierno las que quisieran ser ruines que remedio para sus flaquezas.» La mujer decente debía permanecer siempre al margen del mundo, encerrada entre los muros de su propia casa o del templo.

Cuando Hildegarda fue enviada por sus padres al monasterio de Disibodenberg, en 1106, la vida de las monjas era todavía mucho más abierta y activa que en los siglos posteriores. Disibodenberg, cerca del Rin, era un rico monasterio dúplice de la orden benedictina. Por supuesto, las niñas que ingresaban en él pertenecían a la nobleza. Durante siglos y siglos de la historia del cristianismo, sólo las vírgenes de alta alcurnia o de casa rica podían tomar los hábitos en la gran mayoría de las órdenes religiosas. A menudo formaban parte de las familias fundadoras y benefactoras de los conventos, que depositaban en ellos no sólo a las hijas destinadas al claustro, sino también a muchas viudas que, sin necesidad de hacer los votos si no lo deseaban, se recogían al perder al marido en medio de aquellas sociedades femeninas, no siempre tan castas, sobrias y humildes como las reglas pretendían.

Las leyendas sobre conventos llenos de banquetes, músicas profanas y trajes lujosos, sobre monjas infanticidas, novicias raptadas por sus amantes o religiosas que se fugaban para nunca más volver han llenado la tradición oral y la literatura, desde el *Decamerón* de Bocaccio hasta las *Crónicas italianas* de Stendhal. En buena medida, esas historias responden cuando menos a una parte de la realidad: muchas de aquellas niñas enclaustradas por sus padres sin contar para nada con su voluntad trataban en la medida de lo posible de disfrutar según su propio criterio, al menos en las comunidades en las que imperaba cierta relajación, o intentaban huir para siempre, como hizo Catalina de Erauso, «la monja Alférez», que en 1603, con tan sólo once años, se escapó del convento donostiarra de las dominicas; Catalina consiguió llegar a América haciéndose pasar por un muchacho y allí se alistó en el ejército, llevando una vida llena de aventuras, homicidios y amoríos con otras mujeres que ella misma contó en su *Autobiografía*, publicada después de haber sido descubierta y perdonada por su impostura. Menos se ha hablado en cambio de dos aspectos fundamentales de la vida religiosa femenina durante siglos: el espacio de relativa libertad e independencia que los conventos suponían para muchas mujeres frente a la obligada sumisión a un marido impuesto y a su deber como esposas de procrear incesantemente; y la posibilidad para una gran cantidad de ellas de desarrollar una vida intelectual y creativa intensa, que muy pocas podían permitirse fuera de los recintos de las órdenes religiosas.

Es bien sabido que, durante los primeros siglos de la Edad Media, la cultura letrada permaneció en gran medida encerrada dentro del ámbito monacal. En medio de un mundo en el que predominaba el analfabetismo de una manera abrumadora —incluso en la sociedad nobiliaria—, los monjes custodiaron la palabra escrita de los textos sagrados, preservaron el conocimiento de las lenguas clásicas (hebreo, griego y latín) y mantuvieron viva la tradición literaria mediante nuevas aportaciones al saber teológico en comentarios y exégesis, y, especialmente, mediante sus copias de libros. La cultura occidental, tal como la entendemos hoy en día, probablemente no existiría de no haber sido por aquellos religiosos que permanecían la mayor parte de sus vidas encerrados en las frías salas de los *scriptoria*, copiando sobre pergamino los Evangelios, los libros de los Padres de la Iglesia, los salmos y las oraciones del culto, o transcribiendo las palabras de los nuevos sabios y las composiciones musicales destinadas a la liturgia del monasterio. Algunos de ellos miniaban además sus códices con extraordinarias ilustraciones que configuran una de las más antiguas manifestaciones del arte cristiano occidental, llena de expresividad alegórica, de un sorprendente simbolismo que prefigura y acompaña los grandes logros de la escultura y la pintura románicas.

Tradicionalmente, se ha considerado que todas esas tareas de transmisión del conocimiento y de creación de un lenguaje artístico propio habían sido sólo masculinas. Las investigaciones más recientes han puesto sin embargo de relieve el papel de las mujeres en el ámbito intelectual y artístico de los monasterios. E incluso fuera de ellos, porque, en muchos lugares de Europa, durante la Alta Edad Media, mientras los hombres se dedicaban a guerrear y despreciaban todo lo que no tuviera que ver con las armas y la caza, las mujeres nobles aprendían al menos a leer, para poder así tener acceso a los libros de devoción. Las crónicas recogen ejemplos de rechazo masculino a la cultura, como sucedió cuando la hija del rey ostrogodo Teodorico trató de educar a su hijo y su pueblo se lo impidió, alegando que el conocimiento de las letras afeminaba a los hombres. De hecho, los Padres de la Iglesia y los moralistas y pedagogos de los siglos siguientes preconizaron casi siempre un cierto grado de enseñanza para las niñas —al menos las de la nobleza—, pues eso las convertiría en mejores compañeras para sus esposos y en mejores cristianas, capaces de ocupar su tiempo en la lectura de los textos sagrados o devocionales, en lugar de malgastarlo en el peligroso ocio. Los programas pedagógicos destinados a las mujeres se irían perfeccionando a lo largo de los siglos siguientes, aunque siempre estableciendo el límite a su enseñanza en aquello que era decoroso para ellas mismas, útil para sus maridos y, sobre todo, en lo que podía ayudarlas a encontrar la salvación a través de la más pura y controlada ortodoxia. Entretanto, en los siglos finales de la Edad Media ocurría un fenómeno cultural irreversible hasta hace unas décadas: a medida que desde el siglo XII avanzaba la cultura urbana, se desarrollaban las primeras universidades; con ellas, el saber salía del ámbito monacal y se extendía a sectores más amplios de la población, a la vez que muchas actividades se profesionalizaban y especializaban. Pero desde sus orígenes, las mujeres europeas quedaban excluidas del ámbito universitario, que les estuvo casi totalmente vedado hasta el siglo XX. De esa manera, se abría una brecha insalvable entre la cultura y la actividad masculina y la femenina, constreñida al espacio de lo doméstico. Sólo algunas mujeres excepcionales lograrían saltarse los estrictos límites impuestos a su capacidad de saber, de manera casi siempre autodidacta y a menudo dentro del mundo aislado de los conventos.

Sin embargo, todavía en tiempos de Hildegarda de Bingen no era tan raro que las monjas adquiriesen cierto renombre por sus conocimientos, talentos y capacidades intelectuales o artísticas. En una época en la que el concepto de creación individual no se había desarrollado aún con la misma fuerza que adquiriría a partir del Renacimiento, cuando muchos de los autores de textos escritos, composiciones musicales y obras de arte o arquitectura permanecían en el anonimato, se han conservado no obstante un número destacado de nombres de religiosas que fueron conocidas como escritoras, copistas, miniaturistas o mujeres doctas en diversas especialidades.

Algunas de ellas dejaron su recuerdo en los cenobios de la península Ibérica. Aquí el monacato alcanzó desde el comienzo un esplendor particular, que fue especialmente relevante durante el proceso de la Reconquista: toda vez que los monasterios contribuían a asentar el cristianismo en las regiones recuperadas a los musulmanes, las fundaciones de cenobios importantes se sucedieron incesantemente desde mediados del siglo IX. Aunque las investigaciones sobre el papel femenino en el monacato hispánico son aún muy incompletas, dos monjas al menos destacan por la importancia de sus creaciones. La más remota es Egeria, abadesa en el siglo IV de un monasterio situado en las tierras de Galicia. En el año 381, inició un peregrinaje a Tierra Santa, tal vez formando parte durante el trayecto hasta Constantinopla del séquito del emperador Teodosio I, a cuya familia podría haber pertenecido. Atreverse a emprender semejante viaje, larguísimo y lleno de inimaginables peligros y dificultades, demuestra su espíritu inquieto y su energía. Algo que ponen igualmente de relieve las vivaces cartas que, durante tres años, hasta 384, fue escribiendo en latín a sus hermanas del monasterio hispánico y que se han conservado parcialmente, reunidas en lo que constituye su *Peregrinación* o *Itinerario*. En las cartas, Egeria narra todas las cosas asombrosas que descubre a su paso, desde Constantinopla hasta Mesopotamia, describiendo con entusiasmo lugares, costumbres, personajes y leyendas maravillosas, y demostrando además su gran cultura. Así les cuenta a sus compañeras cómo transcurren los oficios de maitines en Jerusalén: «Ya que vuestro afecto desea saber cuál es el orden de los servicios día a día en los Santos Lugares, debo informaros, pues sé que os agradará saberlo. Cada día, antes del canto del gallo, se abren todas las puertas del Anastasis [templo], y todos los monjes y vírgenes, como aquí las llaman [a las monjas], acuden juntos, y no sólo ellos, sino también mucho pueblo lego, hombres y mujeres, que desean comenzar temprano sus vigilias. Y desde esa hora hasta el amanecer se recitan himnos y se cantan salmos con mucho gusto, y antífonas del mismo modo; y se reza después de cada uno de los himnos. Pues sacerdotes, diáconos y monjes se reparten los turnos en grupos de dos o tres para rezar a diario después de cada himno o antífona. Pero cuando amanece, empiezan a recitar los himnos de maitines. Entonces llega el obispo con el clero, y de inmediato entra en la gruta, y desde detrás del iconastasio primero dice una oración para todos, mencionando los nombres de aquéllos a los que quiere conmemorar; entonces bendice a los catecúmenos, luego dice otra oración y bendice a los fieles. Y cuando el obispo sale de detrás del cancel, todos le toman la mano, y él va bendiciéndolos uno a uno a medida que va saliendo, y tiene lugar la despedida, ya a la luz del día.»[4]

La otra monja cuyo nombre nos ha llegado desde aquellos tiempos oscuros es Ende, a la que podemos considerar la primera pintora hispana conocida. Ella firma como Ende *pintrix* en un magnífico códice de los *Comentarios al Apocalipsis* de Beato de Liébana. Beato fue un monje del reino de Asturias que, en 776, escribió ese texto imbuido de la creencia en el próximo fin del mundo. La obra conoció una gran difusión hasta el siglo XII, y se han conservado de ella 34 códices —repartidos ahora por bibliotecas de diversos países—, muchos de ellos miniados y considerados extraordinarias joyas bibliográficas por la misteriosa belleza de las ilustraciones. El espléndido *Beato* en el que aparece el nombre de Ende como ilustradora está fechado en 975 en el monasterio dúplice de San Salvador de Tábara, uno de los cenobios más importantes del expansivo reino de Asturias, que se alzaba al norte de la actual provincia de Zamora y que fue prácticamente destruido durante una razia de Almanzor, a finales del siglo X. El códice, actualmente en la catedral de Gerona, está firmado por otros cuatro monjes, que lo elaboraron junto a ella. La existencia de Ende y de otras muchas mujeres cuyos nombres se han conservado en obras procedentes de los monasterios de Francia o de Germania demuestra que, en contra de las ideas comúnmente aceptadas, las monjas trabajaban en los *scriptoria* como copistas e ilustradoras al lado de sus hermanos.

Hubo también religiosas que llegaron a ser autoras de libros de gran éxito, como Hroswitha de Gandersheim, canonesa germana del siglo X, que compuso poemas, dramas y narraciones, verdaderos clásicos de la literatura devocional que todavía siglos después eran traducidos a diversos idiomas. O Herrade de Landsberg, abadesa de un monasterio de Alsacia y contemporánea de Hildegarda, que escribió para sus monjas hacia 1180 una obra extraordinaria, el *Hortus deliciarum* [Jardín de las delicias], considerada por los medievalistas como una verdadera enciclopedia del saber y de las técnicas de la época, en la que se mezclan consideraciones religiosas con crónicas históricas, descripciones de labores del campo o conocimientos astronómicos.

Pero sin duda alguna, de entre las figuras femeninas religiosas que emergen del extenso y oscuro periodo que llamamos Edad Media, las dos más destacadas son Hildegarda de Bingen y Eloísa de Paracleto, hijas ambas del innovador siglo XII y ambas relevantes por su gran cultura y por la profundidad de su pensamiento, que las convierte en verdaderas filósofas comparables a los hombres doctos de su época. Sus vidas fueron, sin embargo, muy distintas: Eloísa conoció con intensidad el amor heterosexual —frente a la virginidad de Hildegarda—, no vivió el claustro con gozo sino como una penitencia a la que se sometió obligada y, mal considerada por su época, no llegó jamás a alcanzar ni de lejos la enorme influencia que tuvo su contemporánea alemana.

La historia de la pasión de Eloísa y Pedro Abelardo ha sobrevivido durante novecientos años como un ejemplo de la intensidad y la valentía del amor de una mujer enfrentada a los estereotipos culturales de una época. Había nacido en 1102 y era sobrina de un canónigo de la catedral de Notre-Dame de París, Fulgencio, quien se ocupó de educarla en profundidad, haciendo de ella una mujer extraordinaria por sus conocimientos, que incluían el latín, el griego y hasta la rara lengua hebrea. Apenas tenía dieciséis años cuando conoció a Pedro Abelardo, uno de los filósofos más reputados de su tiempo, una auténtica celebridad que era considerado el gran maestro de teología de la joven Universidad de París. Tras convertirse en su discípula, la diferencia de edad —él estaba a punto de cumplir los cuarenta— no impidió sin embargo que ambos se enamoraran y se entregaran el uno al otro con un entusiasmo que se basaba tanto en la atracción física como en la posibilidad de compartir sus excepcionales intelectos. Muchos años más tarde, en las famosas cartas que Eloísa le escribió, ella recordaba así su deslumbramiento ante él: «¿Qué rey, qué filósofo podría igualarte en la fama? ¿Qué país, qué pueblo, qué ciudad no vibraba de emoción al verte? ¿Quién, pregunto, no se apresuraba a admirarte cuando aparecías en público? [...] ¿Qué mujer casada, qué mujer soltera, no te deseaba en tu ausencia, no ardía en tu presencia? [...] Poseías dos dones especiales que atraían al instante el corazón de cualquier mujer: sabías componer y sabías cantar [...], dones completamente ausentes en los demás filósofos.»[5]

Cuando la relación fue descubierta por el canónigo Fulberto, los amantes fueron obligados a separarse. Para entonces, Eloísa estaba embarazada, y Fulberto decidió con el acuerdo del propio Abelardo que la pareja debía contraer matrimonio. No contaban sin embargo con la resistencia de la joven, que se negaba a casarse para no perjudicar la carrera de su amado: la moral de la época consideraba que un hombre docto debía permanecer célibe para entregarse sin ataduras a sus quehaceres; si decidía no ordenarse sacerdote, se le permitía tomar una concubina, pero no una esposa que le obligase a satisfacer sus necesidades y las de sus hijos. Abelardo y Eloísa llegaron al fin a un pacto: se casarían en secreto, lo cual beneficiaba al marido, que mantenía así ante el público la apariencia del celibato, pero perjudicaba en cambio la reputación de la mujer, sobre quien enseguida empezaron a correr rumores insidiosos. Dispuesta a darlo todo por Abelardo, a ella no parecía importarle aquella situación; así le explicaba en sus cartas su total entrega al amor: «Nunca, Dios lo sabe, he buscado en ti sino a ti mismo; *tú, no tu concupiscencia.* No deseaba los lazos del matrimonio ni esperaba beneficios; y he anhelado no la satisfacción de mis deseos y de mis voluptuosidades, sino, y bien lo sabes, de los tuyos. Sin duda, el nombre de esposa parece más sagrado y más fuerte, pero yo siempre he preferido el de amante y, perdóname si lo digo, el de concubina y el de prostituta. Puesto que cuanto más me humillaba por ti, más esperaba encontrar la gracia junto a ti.»[6] Pero el tío de Eloísa, indignado por el deshonor que aquello suponía para la familia, comenzó a amenazarla y a pegarle; finalmente su marido, por protegerla, la llevó a escondidas a un monasterio. Fulberto, empecinado en la defensa de su buen nombre, interpretó erróneamente que el teólogo quería desentenderse de sus obligaciones e imaginó una horrible venganza: contrató a unos sicarios que entraron en el dormitorio de Abelardo una noche y le cortaron los testículos. Humillado, por supuesto, pero convencido según propia confesión de que aquél era un castigo divino merecido por haber desatendido el saber en nombre del amor, Pedro Abelardo decidió de manera radical el futuro de su vida y de la de su esposa: ambos hicieron votos perpetuos el mismo día, él en la prestigiosa abadía real de Saint-Denis, ella —que sólo tenía dieciocho años— en el monasterio de Argenteuil. Eloísa se plegó una vez más a la voluntad de su marido por amor a él. Obligados así a vivir separados y en castidad para el resto de sus días, nunca se desentendieron sin embargo el uno del otro. Abelardo fundó el convento del Paráclito, del que ella fue abadesa, y concibió un verdadero programa pedagógico para las novicias y las monjas, basado en su confianza en la sabiduría de su mujer. Ella, por su parte, comenzó a escribirle algunos años más tarde su intenso epistolario en latín, lleno de referencias cultas y de lúcidos comentarios filosóficos, pero en el que se muestra igualmente capaz de describir con pasión y desesperanzada nostalgia su amor por él: «No sólo los actos realizados, sino también los momentos y los lugares donde los experimenté a tu lado, están tan fijos en mi memoria que revivo lo mismo y contigo en las mismas circunstancias, incluso durmiendo, y no me dan paz.»[7] Para algunos autores posteriores, especialmente ciertos románticos como Lamartine, el *Epistolario* de Eloísa del Paráclito es un maravilloso ejemplo de la fuerza del amor. Para otros muchos, en cambio, su explícita rebeldía contra la reclusión y la castidad que le habían sido impuestas por su propio marido ha sido una prueba de la lascivia y la irracionalidad del sentimiento femenino, frente a la paciente, piadosa aceptación de su destino por parte de Pedro Abelardo.*

Si la increíble fortaleza de Eloísa se volcó en sacrificar su vida a su amor y llevar así una existencia interiorizada, enclaustrada físicamente dentro de los muros del convento y vitalmente dentro de los límites que los prejuicios de la época impusieron a su pasión, la energía de Hildegarda fue en cambio extrovertida, llena de actividad, goce de la fe —pero también de la vida— e infatigable ejercicio del poder. Fue no sólo inteligente, sino astuta y hasta manipuladora cuando le convino. Y al igual que otras muchas mujeres a lo largo de la historia, siempre disimuló su talento y su sabiduría detrás de un discurso aplacador de las posibles iras masculinas, el de la pobre mujer ignorante que había sido sin embargo elegida por Dios para dar testimonio de su verdad sobre la tierra. «En la misma visión —escribiría un día, refiriéndose a sus años de juventud—, entendí los escritos de los profetas, de los Evangelios y de los demás santos y de algunos filósofos, sin haber recibido instrucción de nadie, y expuse ciertas cosas basadas en ellos, aunque apenas tenía conocimientos literarios, al haberme educado como mujer poco instruida.»[8] Los guardianes de la ortodoxia cristiana y los feroces detractores del intelecto femenino podían estar tranquilos: la monja no se creía más lista que ellos, no se había vuelto «loca en su celda», como temía el influyente san Jerónimo respecto a las religiosas que estudiaban en exceso, ni se había empeñado a toda costa en compartir sus conoci-

* Separados en vida, Eloísa del Paráclito y Pedro Abelardo fueron sin embargo enterrados juntos. Su tumba se encuentra actualmente en el cementerio del Père-Lachaise de París.

mientos en contra de la imposición del silencio a las mujeres; simplemente, había recibido un regalo de la divinidad.

Se sabe poco sobre su educación en el convento, de la que se ocupó personalmente la abadesa, Jutta von Sponheim. Probablemente, como era habitual en las escuelas monásticas, seguiría un programa formado por el aprendizaje del latín, música, el estudio en profundidad de las Escrituras y de los textos de los Padres de la Iglesia, y tal vez incluso algunas nociones de medicina, pues la asistencia a los enfermos de los alrededores era una de las actividades de los monasterios y muchos de ellos se preocupaban por preparar a los novicios y novicias para practicar esa tarea, en la que Hildegarda llegaría a ser experta.

Su vida en el monasterio debía someterse, además de al estudio, a la obligación del rezo y el canto en las horas canónicas, que marcaban —y aún marcan— el día y la noche de los religiosos benedictinos, con su alternancia entre la oración y el trabajo, que podía ser intelectual o manual: la jornada comenzaba con el canto de laudes al alba, y tras él, las primas. Después de la celebración de la eucaristía, solía tener lugar el desayuno, al que seguía el oficio de tercias (la tercera hora tras la salida del sol, es decir, entre las 8 y las 9), y un tiempo dedicado al trabajo hasta la hora de sextas, entre 11 y 12, cuando las monjas detenían su actividad para comer. Había luego un descanso hasta la hora nona (entre 2 y 3), para volver al trabajo hasta el oficio de vísperas, hacia las 6 o las 7, al que seguía la cena y, a menudo, un capítulo durante el cual todas las religiosas se reunían con la abadesa; el último canto, al llegar la oscuridad plena, era el de completas, tras el cual era obligado el silencio, roto no obstante por el oficio de maitines, poco después de la medianoche.

Hildegarda tomó los hábitos cuando tenía catorce o quince años, una edad relativamente tardía para la época: en casi toda Europa, las niñas pasaban a ser consideradas mujeres a los doce años, coincidiendo más o menos con la pubertad. A partir de ese momento podían contraer matrimonio —al menos en la nobleza, donde era costumbre casarlas muy jóvenes—, o ser enviadas a ganarse la vida lejos de la familia, normalmente como sirvientas, si pertenecían a las clases populares. Para los hombres, la mayoría de edad era en general un poco más tardía, a los catorce años. La infancia era pues un tiempo muy breve, más incluso de lo que esos datos parecen indicar: en el mundo de las gentes humildes, entre los campesinos y los artesanos, era habitual que los niños empezasen a colaborar en las tareas familiares a los cuatro o cinco años. La familia era por aquel entonces una auténtica «empresa», una unidad de producción en la que todos los brazos resultaban imprescindibles y donde cada miembro, incluso el más débil, desarrollaba labores específicas que debían contribuir al mantenimiento y cuidado de todo el grupo. Por otra parte, el hecho de que se alcanzase la madurez tan pronto no resulta sorprendente si pensamos que la vida media era mucho más corta que en los tiempos actuales. Diversos estudios han logrado establecer que la edad promedio a la que morían las mujeres en aquellos siglos era la de treinta y seis años. La inmensa mayoría había fallecido antes de alcanzar los cuarenta, mientras que los hombres vivían por término medio unos cinco años más. Por lo tanto, sobrepasar los cincuenta era algo poco común. Llegar como Hildegarda hasta los ochenta y uno, un verdadero milagro.

Pero aquella monja singular comenzó la época más intensa de su vida precisamente a partir de los treinta y ocho años, es decir, a una edad en que la mayor parte de las mujeres de su tiempo había fallecido o se acercaba a la muerte. Hasta entonces apenas sabemos nada de su existencia. Por su obra posterior, podemos deducir que sin duda alguna debió de dedicarse con intensidad al estudio, al teológico, como correspondía a una religiosa docta, pero también al musical y, aún más allá, al científico y médico. Es fácil imaginarla, mientras llegaba su momento de madurez vital, leyendo, observando el mundo con intensa curiosidad, practicando la medicina, cantando y rezando. Entretanto, seguía teniendo sus visiones —que sólo compartía con su abadesa— y sufría a menudo indefinidas enfermedades y aquellos intensos dolores que solían acompañar sus éxtasis, en esa extraña manifestación somática tan habitual en las vidas de los místicos.* «¡Pobre alma —escribirá sobre sí misma—, hija de tantas miserias! Estás como calcinada por tantos y tan crueles sufrimientos físicos. Sin embargo, todavía te invade el flujo abismal de los misterios de Dios.»

Ese flujo mana imparable a partir del año 1136, cuando muere Jutta von Sponheim y Hildegarda la sustituye como abadesa. De pronto, del silencio y el secreto del cenobio de Disibodenberg surge la voz atronadora de una mujer al margen de todas las convenciones. Ayudada por un monje, Volmar, que le serviría durante años como devoto secretario y copista, Hildegarda empieza poco tiempo después de su llegada al poder abacial la redacción de su primer libro de visiones, *Scivias* [Conoce los caminos]. Por primera vez se ve obligada en el prólogo a justificar su atrevimiento, asegurando que fue la propia voz divina, lo que ella llama «la Luz viva», quien la conminó a escribir todo lo que viera y oyera en sus éxtasis: «Por lo tanto tú, ¡oh, hombre!,** di las cosas que veas y oigas; y escríbelas no según tu parecer ni según el de otro hombre, sino según la voluntad del que sabe, el que ve y el que dispone todas las cosas en los secretos de sus misterios.»[9] A pesar de su prudencia, a medida que empezaron a conocerse aquellos textos llenos de sensuales descripciones de los espacios celestes, de misteriosas palabras sobre el reino de Dios y los infiernos y las criaturas terrenales, de clamores contra el pecado y alegóricas alabanzas a los santos, la jerarquía eclesiástica se sintió alarmada. El delator fue su propio compañero Kuno, el abad del cenobio masculino de Disibodenberg, con quien Hildegarda pronto entraría en guerra abierta. Los altos eclesiásticos de la provincia se creyeron obligados a averiguar si aquellos escritos sobre los que empezaban a extenderse los rumores eran los de una verdadera visionaria a la que el Espíritu hablaba al oído, o los de una mujer sometida, por el contrario, al poder del demonio. Por suer-

* Véase el capítulo VI.

** La voz divina llama siempre a Hildegarda «hombre», en masculino.

te para la abadesa, la casualidad quiso que por aquellas fechas, a finales de 1147, se celebrase un sínodo de prelados en Tréveris, cerca del monasterio, que sería presidido por el propio papa Eugenio III, antiguo monje cisterciense. Éste encargó una seria investigación del asunto, que le llevó no sólo a aprobar sino incluso a admirar la obra de Hildegarda de tal modo que él mismo llegó a leer en público algunos fragmentos de las visiones. Después le escribió personalmente para animarla a seguir su camino de transmisión de la palabra divina: «Nos te felicitamos —le decía en su carta— y nos dirigimos a ti para que sepas que Dios se resiste a los soberbios y da su gracia a los humildes. Conserva pues y mantén esa gracia que existe en ti de manera que puedas sentir lo que te es entregado en espíritu, y que lo transmitas con toda prudencia cada vez que lo oigas.»[10]

El apoyo entusiasta del papa y el poder hipnótico de sus escritos convirtieron a Hildegarda a partir de aquel momento en uno de los personajes más influyentes de la cristiandad. Hasta el final de su vida, mantuvo una intensa correspondencia con los sucesivos pontífices (Anastasio IV, Adriano IV y Alejandro III), con los emperadores del Sacro Imperio Germánico Conrado III y Federico Barbarroja, con la emperatriz Irene de Bizancio, con reinas y reyes como Leonor de Aquitania o Enrique II de Inglaterra, y con una larga serie de arzopisbos, obispos, abades y abadesas de diversos monasterios de Alemania y otros territorios. La mayor parte de estos interlocutores se dirigían a ella en busca de consejos —espirituales, pero también de gobierno— o incluso de predicciones de futuro. Hildegarda observaba en sus respuestas el juego de la *paupercula femina*, la miserable mujer, pero en un rasgo que pone de relieve la osadía de su carácter, jamás se mostraba complaciente con los grandes del mundo. Incluso se permitía amonestarlos y clamar contra la crueldad y el pecado, utilizando el poder que le conferían ante ellos sus visiones: «Huye de la abyección —le escribió al emperador Federico Barbarroja—, oh rey, sé un soldado, un caballero armado, aquel que combate valientemente al demonio, para no dispersarte y para que tu reino terrestre no sufra por ello. [...] Rechaza la avaricia, elige la abstinencia, que es lo que realmente quiere el Rey de reyes. Pues es imprescindible que seas siempre prudente. Te veo, en visión mística, viviendo toda clase de perturbaciones y contrariedades a los ojos de tus contemporáneos; sin embargo, alcanzarás, durante el tiempo de tu reino, lo que es adecuado para los asuntos terrenales. Ten pues cuidado, no vaya a ser que el Rey Soberano te derribe a causa de la ceguera de tus ojos que no ven con claridad cómo debes sostener en la mano el cetro de tu reino. Sé pues de tal manera que la gracia de Dios no te abandone.»[11] Sólo al escribir a alguien a quien consideraba más cercano al Señor que ella misma se entregaba a la humildad; así, en esta carta a san Bernardo de Claraval, el fundador del Císter: «Oh Padre rectísimo y dulcísimo, escucha en tu bondad a tu indigna sirvienta, a mí que, desde la infancia, jamás he vivido segura. [...] Quiero, Padre, que por el amor de Dios me recuerdes en tus oraciones. Hace dos años te vi en una visión como un hombre que miraba al cielo, no sólo sin temor, sino con gran audacia, y lloré porque yo soy tímida y sin audacia. Buen y dulcísimo Padre, hazme un lugar en tu alma, reza por mí para que pueda decir lo que veo y lo que oigo, pues tengo grandes sufrimientos en las visiones.»[12]

Sin embargo, esa mujer «tímida y sin audacia» había sido capaz de dirigir una auténtica rebelión contra el poder masculino de su orden dominica: poco después de recibir el apoyo del papa, Hildegarda decidió abandonar con sus monjas el monasterio dúplice de Disibodenberg para crear uno nuevo, exclusivamente femenino. ¿Qué razones la empujaron a ello? Probablemente el deseo de alejarse del control y la vigilancia poco amistosa del abad Kuno. Éste mostró una fuerte resistencia, pues la huida de las religiosas significaba para él una gran pérdida en muchos sentidos: no sólo socavaba su prestigio, sino que suponía tener que renunciar a la parte del trabajo que ellas aportaban al cenobio y a sus importantes dotes; además, la creciente fama de Hildegarda llevaba aparejada la llegada de numerosos visitantes y peregrinos, y el aumento de las donaciones hechas a la comunidad por sus fieles. En cambio, ésta debió de ser la razón principal de la seguridad de la abadesa en su proyecto: su propio prestigio iba a permitirles a ella y a sus monjas vivir al fin independientes, en un monasterio sólo de mujeres y en el que ella, Hildegarda, podría ejercer su poder sin que ninguna autoridad masculina vigilase su vida cotidiana.

Apoyada por el pontífice, que parecía realmente fascinado por aquella monja de inaudito talante, la abadesa logró llevar adelante su plan. En 1150 estaba ya instalada con una veintena de monjas y su fiel secretario Volmar en el nuevo cenobio, situado en Bingen, unos 30 kilómetros al norte del monasterio original, y puesto bajo la advocación de san Roberto. Quince años más tarde, en 1165, fundaría una nueva casa, Eibingen, en Rüdesheim.*

Dirigir a solas su propia comunidad le permitió a la abadesa, entre otras cosas, poner en marcha todo un programa estético aplicado a la liturgia, que fue muy controvertido. Mientras su amigo san Bernardo preconizaba a través del Císter la más absoluta sobriedad, prohibiendo incluso en sus monasterios las exuberantes representaciones iconográficas del románico anterior, Hildegarda de Bingen embellecía el espacio de sus rezos y los cuerpos de sus monjas con pinturas, adornos, diademas, velos, coreografías, representaciones de dramas paralitúrgicos y, por supuesto, la omnipresente música, compuesta ahora por ella misma. La voluptuosidad de los objetos y de los materiales era sin duda importante para la monja, pues aparece de manera recurrente en sus textos: «Tendida en mi lecho de enferma —cuenta en una de sus visiones—, en el año 1170 de la Encarnación del Señor, vi, estando despierta de cuerpo y alma, una bellísima imagen, que tenía forma de mujer, exquisita en su dulzura, preciosa en sus gozos. Y era tanta su hermosura, que resulta inconcebible

* El monasterio de Rupertsberg en Bingen, asolado por las invasiones suecas del siglo XVII, está en ruinas y nunca ha sido reconstruido. Permanece en pie el de Eibingen, donde se encuentra la tumba de Hildegarda, aún visitada hoy en día por muchos devotos.

para la mente humana, y de estatura iba desde la tierra hasta el cielo. Vestía una túnica de la seda más blanca, y la envolvía un manto tachonado de piedras preciosísimas: esmeraldas, zafiros y perlas de varias clases, y se cubría los pies con calzado de ónice.»[13] Cuando la abadesa del monasterio de Anturnach le escribió para reprocharle aquel derroche en los cultos que tanto estaba dando que hablar, cuando le recordó que san Pablo aconsejaba siempre a los cristianos la modestia, ella replicó que esos consejos no iban dirigidos a quienes vivían entregados a la vida monacal, pues éstos «permanecen en la belleza y en la íntegra simplicidad del Paraíso». Esa «íntegra simplicidad» parecía relacionarse en su mente con los colores y el brillo de las piedras preciosas o las materias delicadas, con los placeres y las emociones de los sentidos.

También la música significaba para Hildegarda de Bingen un regreso al Paraíso. Sus composiciones musicales son sin duda su aportación más notable y duradera a la cultura occidental. Al menos, la que mejor podemos compartir con ella desde el momento presente. Y un hecho casi excepcional en la historia de las mujeres europeas. La relación de la Iglesia con la música y la voz femenina fue durante mucho tiempo muy tensa. Si bien en la primera época del cristianismo ambos sexos podían cantar conjuntamente en los templos, tal como narraba Egeria durante su estancia en Jerusalén, a partir del siglo IV fue imponiéndose la idea paulina del silencio femenino también en lo referente al canto. Sólo las iglesias reformadas incorporarán de nuevo a su culto la voz de las mujeres, al permitirles la interpretación de los salmos y los himnos. En el seno del catolicismo, el veto se extendió sin embargo —con mayor o menor relajación según los momentos y los lugares— hasta principios del siglo XX. Todavía en 1874, cuando Verdi quiso estrenar en San Marcos de Milán la bellísima *Misa de Réquiem* que había compuesto para el escritor Alessandro Manzoni, se encontró con grandes trabas por parte de la jerarquía eclesiástica, que se resistía a permitir a las mujeres cantar un oficio solemne en un templo. A lo largo de todos esos siglos, la voz femenina había sido sustituida en el culto por la de los niños y, desde el Renacimiento tardío, en las catedrales y en las iglesias más ricas, por la de los *castrati*, en una atroz costumbre que donde más perduró fue justamente en el corazón de la Iglesia católica, el propio Vaticano: las voces blancas de la Capilla Papal corrieron a cargo de los castrados (o capones, como se les solía llamar en España) hasta 1902.

Durante los siglos de la Edad Media, la interpretación de música por parte de las mujeres fue quedando relegada al ámbito profano, a las celebraciones populares, a la educación de las grandes damas —que jamás debían, sin embargo, exhibir ante un público desconocido sus talentos— y también a las actuaciones de las juglaresas profesionales, que muy a menudo eran esclavas.* Sólo las monjas tenían permiso para cantar en los templos de sus monasterios, pues la música vocal formaba parte imprescindible de los oficios, tanto de los diarios como de los solemnes. En la jerarquía de las comunidades femeninas existía incluso la figura de la *cantrix*, la religiosa encargada de elegir el repertorio, vigilar las copias de los cantorales, dirigir los coros y, probablemente, en muchos casos, componer, igual que hacían algunos monjes en sus cenobios masculinos. De hecho, se conocen los nombres de siete compositoras de himnos bizantinos, procedentes de conventos orientales. Pero tal vez la más recordada y original de las autoras de música religiosa que han existido en la historia sea Hildegarda de Bingen.

La música ocupaba un lugar muy especial en la concepción litúrgica y hasta teológica de la abadesa. El canto significaba para ella, como ya he dicho, el regreso al Paraíso perdido: «Recordemos cuánto deseó el ser humano encontrar de nuevo la voz del Espíritu Vivo que Adán había perdido por causa de su desobediencia, él que, antes de su falta, siendo aún inocente, tenía una voz semejante a la que poseen los ángeles por su naturaleza espiritual. [...]

* En la corte de Occitania hubo en el siglo XI centenares de esclavas moras utilizadas como intérpretes y bailarinas, que habían sido recibidas como regalo del reino de Aragón por la ayuda prestada durante la campaña contra los musulmanes de 1064.

Así pues, para que los seres humanos pudiesen gozar de esa dulzura y de las alabanzas divinas de las que el propio Adán gozaba antes de su caída, y de las que ya no podía acordarse en su exilio, los profetas, incitados por el Espíritu que habían recibido, inventaron no solamente salmos y cánticos, que eran cantados para aumentar la devoción de los que los oían, sino también diversos instrumentos de música [...]. Y así sabios y estudiosos, imitando a los santos profetas, encontraron a su vez ciertas clases de instrumentos, gracias a su arte, para poder cantar según el afán del alma.»[14]

Hasta nosotros han llegado setenta y siete composiciones musicales de Hildegarda de Bingen, entre ellas un precioso ciclo de cantos titulado *Sinfonía de la armonía de las revelaciones celestes*, un grupo de ocho antífonas que forman una narración sobre santa Úrsula y un drama musical, el *Orto virtutum* o *Jardín de las virtudes*. Todas estas obras se enmarcan dentro del ámbito de la monodia medieval (es decir, grupos de voces que cantan a la par, siguiendo la misma melodía), pero su estilo es muy personal, pues la línea melódica adquiere en sus obras una fluidez y, a la vez, una variedad que la alejan del ensimismamiento del canto gregoriano tradicional: gamas de dos y hasta tres octavas, ascensos y descensos en saltos de quinta y melismas que llegan a incluir cuarenta o cincuenta notas en algunas palabras, confieren a sus composiciones una cualidad sensitiva y dinámica, una rara belleza genuinamente femenina, como si quienes las interpretasen fuesen los seres de un paraíso compuesto no tanto por ángeles como por sirenas.

Entre las religiosas que se instalan en Bingen y participan de aquel mundo litúrgico tan peculiar que Hildegarda crea en torno a ella, hay una que ocupa un lugar muy especial en su corazón: Richardis von Stade, una joven noble que había ingresado en el convento años atrás en compañía de una de sus hermanas. Ésta es, probablemente, la monja que aparece representada junto a Hildegarda y a Volmar en algunas de las ilustraciones que adornan sus códices. ¿Cuál fue la relación entre las dos mujeres durante el tiempo que permanecieron juntas? Es imposible saberlo con certeza. Ciertos autores sugieren que se trató de una relación de amor homosexual. Puesto que no hay ninguna prueba, ninguna declaración que lo atestigüe, es atrevido afirmar que llegara a existir entre ellas una pasión física. Pero sí es evidente la intensidad de los sentimientos de la abadesa hacia su pupila, puestos de manifiesto en el desgarro con el que vivió su alejamiento. Ocurrió hacia 1150 —poco después de haberse trasladado a Bingen—, cuando la familia de Richardis decidió enviarla a otro monasterio del que sería abadesa, cargo que se correspondía bien con su alto rango nobiliario. Aunque Richardis aceptó la decisión de su familia, Hildegarda, aterrorizada ante la idea de perderla, puso en marcha toda su influencia e inició una verdadera ofensiva epistolar en la que no dudó en servirse de sus visiones para conseguir que su hija espiritual permaneciese en el convento, y en la que mezcló ruegos y amenazas. Comenzó escribiendo a la propia madre de Richardis, que se mantuvo firme en su idea. Se dirigió entonces al responsable de su diócesis, el arzobispo de Maguncia, acusándolo de haber permitido el traslado de la joven a otro monasterio por simonía, es decir, porque le habían pagado su aceptación. Pero no hubo nada que hacer: Richardis partió al fin de Bingen hacia Bassum, en Bremen. Desesperada, Hildegarda prosiguió, no obstante, la lucha para recuperar a la joven monja. Trató de influir ahora sobre el arzobispo de Bremen y, por último, se atrevió a dirigirse al propio papa, pidiéndole que revocase el nombramiento de Richardis como abadesa. Todo resultó inútil. Ésta fue su única derrota, o al menos la mayor. Cuando al fin comprendió que había perdido a su amiga para siempre, le envió una conmovedora carta; en ese escrito afirmaba haber comprendido al fin sus razones para aceptar su nuevo cargo y haberla perdonado por su huida, pero, llena de dolor, se atrevía a comparar su sufrimiento al de la Virgen al perder a su hijo; admitía, además, la anormal pasión que sentía por ella con estas encendidas palabras: «Yo amaba la nobleza de tu talante, tu sabiduría y tu castidad, y tu espíritu y todo tu ser, hasta el punto de que muchos me decían: ¿Qué haces?» Y clamaba por su ausencia desde la absoluta desolación del abandono: «Ahora, que lloren conmigo todos aquellos que sufren un dolor semejante.» Tristemente, la amada Richardis apenas sobrevivió un año a la separación de su maestra. Hildegarda aceptó su muerte con resignación y tuvo el consuelo de saber que, en sus últimos momentos de vida, su pupila había expresado el deseo de regresar a su lado.

Pero ni siquiera un dolor como aquél, unido a sus incesantes sufrimientos físicos, logró acabar con la energía de la abadesa. Entre 1158 y 1170 (es decir, entre los sesenta y los setenta y dos años, cuando era ya una auténtica anciana para la época), Hildegarda emprendió varios viajes a lo largo del Rin que la llevaron a predicar en diversos lugares. «Las mujeres deben permanecer calladas en las iglesias...» No ella, desde luego, no aquella visionaria, aquella religiosa tan docta como atrevida, que parecía llevarse por delante todas las convenciones con la fuerza de un fenómeno de la naturaleza. A pesar de la edad y de los achaques, Hildegarda viajó infatigable, a pie por los caminos nevados o navegando a lo largo de los ríos, y alzó bien fuerte su voz desde los coros de las iglesias, desde los impresionantes púlpitos de las catedrales de Colonia o Mayenza —que antes y después de ella sólo acogieron cuerpos y voces masculinas—; alzó su voz contra el pecado, recordando a los fieles y al propio clero la indignidad de sus vidas: «¡Oh, qué perverso es que los hombres no quieran volverse hacia el bien ni por Dios ni por los propios hombres, sino que procuren el honor sin esfuerzo y las recompensas eternas sin abstinencia! [...] No tenéis ojos, pues vuestras obras no brillan ante los hombres con el fuego del Espíritu Santo, y no les recordáis los buenos ejemplos; de ahí que el firmamento de la justicia de Dios no resplandezca para vosotros con la luz del sol, y que el aire carezca de los suaves olores de la mansión donde moran las virtudes.»[15]

Entretanto, la abadesa seguía redactando sus obras visionarias: hacia 1160 terminó el *Liber vitae meritorum* [Libro de los méritos de la vida] y en 1174, a los setenta y seis años, el *Liber divinorum operum* [Libro de las obras divinas]. Los escritos de Hildegarda, llenos de alegorías, de símbolos y de extrañas referencias, resultan en gran medida incomprensibles para los lectores de hoy: «Es más, junto al citado extremo oriental —escribe al describir una de sus visiones—, estaban otras dos apariciones cercanas entre sí, de las cuales una [...] tenía la cabeza y el pecho como un leopardo; en cambio, los brazos eran de hombre, pero sus manos se asemejaban a las garras del oso. La otra aparición [...] vestía una túnica de piedra, y ni a un lado ni a otro se movía, sino que volvía atrás su mirada hacia el viento. Pero la otra imagen [...] tenía la cara y las manos de hombre enroscadas entre sí, y mostraba unos pies de ave de presa. Y vestía una túnica como de madera [...]. También llevaba puesta una espada, colocada sobre su costado, y, permaneciendo inmóvil, volvía su rostro hacia occidente.»[16] Seres monstruosos, minerales, colores, armas, gestos... Metáforas e imágenes que a menudo recuerdan el fascinante mundo iconográfico del arte medieval cuyo significado hoy hemos olvidado en buena medida, pero que sin duda eran entendidas por sus contemporáneos, al menos por las gentes cultas. Porque, a pesar de sus constantes protestas sobre su ignorancia, lo cierto es que los escritos de Hildegarda revelan un profundo conocimiento de la teología y la filosofía; y no sólo de las Sagradas Escrituras o los textos de los Padres de la Iglesia, sino también del pensamiento más innovador de su época, el interés renacido por el platonismo y el neoplatonismo o los conceptos teológicos de la Escuela de Chartres que ella, como una auténtica filósofa-creadora, traducía en un lenguaje simbólico y lleno de fuerza.

El siglo XII fue en efecto en buena parte de Europa, un momento de efervescencia cultural, que se volcó en la incorporación de nuevos o al menos renovados conceptos filosóficos y, al mismo tiempo, se entregó con entusiasmo a la observación de los fenómenos naturales. Por primera vez en la historia de la cultura cristiana, la naturaleza dejó de ser considerada un espacio mitológico, tan imprescindible como poco amistoso, para empezar a ser vista como la obra de Dios y, por lo tanto, digna de ser estudiada. Con estas tendencias innovadoras se relacionan los dos textos más sorprendentes de Hildegarda. Sorprendentes porque su contenido pertenece a un ámbito, el científico, del que las mujeres permanecerían alejadas durante largos siglos. *Physica* y *Causae et curae* son los títulos de esas dos obras en las que la monja sabia transmite no ya sus visiones de la Luz divina, su imagen inspirada del Espíritu transhumano, sino su observación cercana y realista de la materia.

La *Physica* —cuyo verdadero título es *Los nueve libros de las sutilidades de las diversas naturalezas de las criaturas*— es un auténtico tratado de lo que ahora denominaríamos ciencias naturales. En él, Hildegarda describe amorosa y minuciosamente plantas, árboles, minerales, metales y animales, basándose casi siempre en su propio trabajo de campo, aunque se ve obligada en ciertos momentos a tomar datos de otros textos anteriores. Aunque se adscribiese intelectualmente a los movimientos más novedosos de su época, su concepción del mundo, patente en estos escritos, no deja de ser plenamente medieval. Cree en la estrecha correspondencia entre el macrocosmos y el microcosmos (el ámbito del firmamento celeste y el terrenal), e interpreta la materia en función de la idea de lejana ascendencia griega de los cuatro elementos que constituyen todo lo que existe, es decir, tierra, fuego, aire y agua, que se corresponden con los cuatro humores del cuerpo, melancolía, bilis, sangre y flema, y que, al relacionarse con las posiciones de los planetas, dan lugar a una serie de combinaciones que marcan las características físicas y psicológicas de los seres.

Estas ideas están especialmente presentes en *Causae et curae*, un extenso tratado medicinal, asombroso no sólo por los conocimientos que demuestra la autora, sino por la delicadeza y atención con las que se acerca a los fenómenos del cuerpo y de la mente humana. El hecho de que una monja del siglo XII fuese médica no es tan sorprendente como puede parecernos ahora: durante largos periodos de la historia, las mujeres practicaron la medicina, al menos atendiendo a otras mujeres. Para las monjas, en particular, era una tarea habitual, pues los hospitales para pobres, como ya he dicho, formaban parte de todos los monasterios. Pero incluso fuera de ellos está acreditada la existencia de médicas y cirujanas (llamadas también «barberas»), es decir, personas que no habían estudiado en centros institucionalizados, sino que aprendían con la mera práctica. En el censo de París de 1292, se menciona a ocho mujeres médicas y veinte cirujanas. En Italia, la existencia de doctoras era muy habitual. La primera de la que se tiene constancia es Trotula que, según la tradición, enseñó medicina en el siglo XII en la importante Escuela de Salerno —cuyos licenciados tenían fama en toda Europa— y escribió un tratado de ginecología. Muchos autores dudan de su existencia real, pero el hecho de que haya podido ser un personaje legendario pone de relieve la importancia que las médicas tuvieron durante algún tiempo en la escuela de Salerno y en Europa en general. En los siglos XIV y XV hubo mujeres profesoras de medicina en varias universidades italianas. Y todavía en el XVI, Oliva Sabuco de Barrera, nacida en Alcaraz (Albacete) en 1562, podía permitirse publicar y dedicar a Felipe II —con la tradicional petición de excusas por su condición de mujer— un interesante compendio de cinco tratados titulado *Nueva filosofía de la naturaleza del hombre.* Hija de un boticario, Sabuco era más que una médica. Era una auténtica filósofa, erudita e investigadora, una mujer docta, empeñada en reformar a través de sus textos la enseñanza de la medicina y de la filosofía y capaz de aportar ideas innovadoras, como su descripción de la circulación menor o la localización del alma en el cerebro, concepto de una sorprendente modernidad. Pero lo cierto es que obras como la de Oliva Sabuco eran ya en esos momentos una excepción, hasta tal punto que son muchos los que han cuestionado históricamente su autoría, adjudicándole la obra a su padre. Porque a medida que crecía el poder de las universidades y se impedía a las mujeres el acceso al saber, a las titulaciones y a la práctica inherente a ellas, fueron apartadas del campo de la medicina. Treinta años después del censo de 1292 que reconocía la existencia en París de médicas y cirujanas, en 1322, se celebró allí un juicio contra una mujer acusada de practicar la medicina de manera ilegal. Desde entonces, la actividad femenina quedó restringida exclusivamente a la asistencia en los partos: la partera o comadrona —que solía provenir de sagas femeninas dedicadas a esa tarea— fue en efecto una figura fundamental en la vida de la mayor parte de las mujeres europeas a lo largo de muchos siglos, al menos hasta el XIX, cuando en las familias más ilustradas o ricas se inició lentamente la costumbre de que fuesen los médicos los que se ocupasen de los nacimientos. Otras muchas mujeres siguieron practicando durante centenares de años al margen de la ley una medicina empírica, basada en las hierbas, los remedios naturales y los brebajes, según arcanas sabidurías heredadas de sus antepasadas, que acabó conduciéndolas infinidad de veces a las cárceles y a las hogueras de la Inquisición, acusadas de brujería. Sólo a partir de la segunda mitad del siglo XIX, las mujeres fueron aceptadas de nuevo en la práctica de la medicina, cuando los horrores causados por las guerras empezaron a movilizar un voluntariado femenino que pudo organizarse a través de nuevas instituciones, como la Cruz Roja, y que dio paso a la profesionalización de las enfermeras.

Setecientos años antes, sin embargo, Hildegarda de Bingen había podido demostrar sus conocimientos sin que nadie se escandalizase o pretendiera acusarla por ello de bruja. Y eso a pesar de que sus nociones sobre el cuerpo femenino se alejaban notablemente de la ortodoxia: siguiendo los conceptos de Galeno y, a partir del siglo XIII, del recuperado Aristóteles, los fisiólogos y médicos medievales —y aun los de muchos siglos posteriores— consideraban el cuerpo de la mujer y especialmente sus órganos sexuales como un mero espejo en negativo del cuerpo del hombre. Aristóteles, tan respetado durante siglos por los pensadores y médicos europeos, había llegado a escribir frases como éstas: «La hembra es como si fuera un macho estéril; en realidad, la hembra es hembra por una incapacidad, a saber: no puede producir semen, y esto es debido a su naturaleza fría. [...] La hembra es como si fuera un macho deforme, y la descarga menstrual es semen, sólo que impuro: le falta un elemento básico, el alma. Este elemento ha de ser aportado por el semen masculino, y cuando el residuo femenino lo recibe, entonces se forma el feto. [...] Así, la parte física, el cuerpo, proviene de la hembra, y el alma del macho, ya que el alma es la esencia de un ente particular. [...] Debemos considerar la condición femenina como si fuera una deformidad, si bien se trata de una deformidad natural.»[17] Todavía veinticuatro siglos después, Sigmund Freud parecía seguir teniendo de alguna manera esas ideas en su cabeza cuando justificaba buena parte de los conflictos psicológicos femeninos en lo que él llamaba la «envidia del pene» o «el complejo de castración». Parece como si, durante miles de años, muchos hombres doctos hubieran vivido asustados por el misterioso poder sexual y procreador de la mujer, y hubieran disimulado ese miedo tras encendidos discursos misóginos, en los que el género femenino —descendiente para los cristianos de la lujuriosa y pecadora Eva— era considerado no sólo irracional, mudable y débil en lo referente al alma, sino además peligroso, deforme y lleno de impurezas en cuanto al cuerpo.

Hildegarda, en cambio, se acercó al organismo femenino sin prejuicios y con el íntimo conocimiento que le había otorgado la observación no sólo de su propio cuerpo, sino de los de las muchas mujeres a las que probablemente tuvo que atender como médica. Y si bien consideraba, al igual que la mayor parte de los moralistas y pensadores de su época, que la castidad es siempre más deseable que la entrega física, era consciente de que para determinados temperamentos resulta imposible someterse a una vida sin sexo. El acto sexual podía ser para ella incluso algo bello, muy lejos del pánico que provocaba en tantos tratadistas, y podía serlo además tanto para los hombres como para las mujeres. Idea atrevida y hasta algo heterodoxa, pues los moralistas tendían a considerar que las mujeres capaces de gozar del acto sexual eran lujuriosas y, por lo tanto, pecadoras; ella defendió, en cambio, el placer femenino y hasta describió el orgasmo con científica naturalidad, haciendo prevalecer incluso el goce femenino sobre el masculino: «Cuando la mujer se une al varón, el calor del cerebro de ésta, que tiene en sí el placer, le hace saborear a aquél el placer en la unión y eyacular su semen. Y cuando el semen ha caído en su lugar, este fortísimo calor del cerebro lo atrae y lo retiene consigo, e inmediatamente se contrae la riñonada de la mujer, y se cierran todos los miembros que durante la menstruación están listos para abrirse, del mismo modo que un hombre fuerte sostiene una cosa dentro de la mano.»[18]

En su tratado médico, Hildegarda ofrece además toda una serie de recetas basadas en remedios naturales. Se ocupa por supuesto de la cura de ciertas enfermedades, afecciones de la piel o dolores diversos, pero, curiosamente, parece interesarse de una manera particular por los males del alma, y propone así diversas ayudas para combatir la melancolía o la cólera: «Coger un puñado de pétalos de rosa y un poco menos de salvia, reducirlo a polvo y, cuando la cólera surge, colocar este polvo debajo de la nariz. Pues la salvia calma y la rosa alegra.» En general, sus métodos curativos consisten en recetas y recomendaciones alimentarias que tienen que ver con lo que ahora llamaríamos medicina natural y que intentan establecer un equilibrio entre lo físico y lo anímico, en busca de una energía esencial que facilite el bienestar exterior e interior y la actividad.*

En medio de su incesante y variado trabajo, entre sufrimientos y enfermedades sin nombre, Hildegarda vivió hasta los ochenta y un años. Algunos meses antes de su muerte tuvo que soportar una situación que sin duda debió de ser durísima para una creyente tan convencida como ella: la excomunión. Más que de un asunto teológico, da la impresión de haber sido en realidad una lucha de poder. Todo empezó cuando la abadesa aceptó enterrar en su monasterio a un noble que, supuestamente, había sido a su vez excomulgado. El clero de Maguncia, en ausencia de su arzobispo, decidió aprovechar la ocasión para iniciar un inten-

* En los últimos años han surgido en Francia y Alemania algunas asociaciones de seguidores de Hildegarda que han recuperado sus métodos y sus recetas naturales.

so pulso contra aquella mujer que había logrado tanta influencia, a quien se adjudicaban ya en vida numerosos milagros, y cuyas casas recibían peregrinos y donaciones incesantes. Se la conminó a sacar el cadáver impío del recinto sagrado, bajo la amenaza de ser excomulgadas tanto ella como sus monjas. A pesar de su edad y de la enfermedad que amenazaba ya acabar con su vida, Hildegarda no se arredró. Demostró una vez más su independencia y su fortaleza, y se negó a cumplir las órdenes, secundada por sus hijas espirituales, que prefirieron someterse junto a ella a la terrible pena de la excomunión antes que abandonarla. Cuando llegó al fin la sentencia, respondió enviando a los prelados una durísima carta en la que utilizó el argumento de sus visiones para situarse por encima de ellos y amenazarlos a su vez con el castigo divino. En ese escrito llama la atención que una de sus protestas más enérgicas es contra la prohibición de los cantos en su monasterio, pues el castigo implicaba que debían suspenderse los oficios y, con ellos, la música: «Cuando el diablo engañoso supo que el hombre, por inspiración de Dios, había empezado a cantar [...], se sintió aterrorizado y atormentado y se dio a reflexionar y a averiguar [...] cómo podría en adelante no sólo multiplicar en el corazón de los hombres las sugerencias malvadas y pensamientos inmundos o diversas distracciones, sino incluso en el corazón de la Iglesia, a través de disensiones y escándalos o mediante órdenes injustas, perturbando o impidiendo la celebración y la belleza de la divina alabanza y de los himnos espirituales. Por eso, vosotros y todos los prelados debéis reflexionar con extrema vigilancia, y antes de cerrar con vuestra sentencia la boca de alguien que en la Iglesia canta las alabanzas de Dios al suspenderlo y prohibirle recibir los sacramentos, antes de hacer todo eso, debéis examinar con cuidado las causas por las que lo hacéis, pensando sobre ellas con la mayor atención.»[19]

Como tantas veces, Hildegarda salió victoriosa de esta última lucha contra el poder masculino: dada su increíble resistencia y los muchos apoyos de que gozaba, el clero de Maguncia se vio al fin obligado a aceptar la alegación de que el fallecido había sido perdonado y había comulgado antes de su muerte, y levantó la excomunión sobre ella y sus monjas. Seis meses después, el día 15 de las calendas de octubre (17 de septiembre de nuestro calendario actual) de 1179, la abadesa fallecía en su monasterio de Eibingen. Los redactores de su *Vida*, escrita algunos años más tarde, dejaron constancia de los prodigios que siguieron a su muerte: «Por encima de la casa en la cual la virgen santa entregó su alma dichosa a Dios, al comienzo de la noche del domingo, dos arcos muy brillantes y de diversos colores aparecieron en el cielo y fueron dilatándose hasta alcanzar la anchura de una vasta meseta que se extendía hacia las cuatro partes de la tierra [...]. Los dos arcos se entrecruzaban en la cima: una clara luz emergía, como la de la esfera lunar, y, extendiéndose a lo lejos, parecía alejar de la casa las tinieblas de la noche. En esa luz brillaba una cruz rutilante, pequeña al principio pero que, creciendo lentamente, se hizo inmensa, y a su alrededor había innumerables círculos de colores variados, en los que se veían otras pequeñas cruces brillando en sus propios círculos.»[20] Visión digna de la muerte de la gran monja visionaria.

La devoción que Hildegarda de Bingen despertó en vida y que se intensificó después de su fallecimiento, el hálito de santidad que le conferían muchos devotos, la fama de sus curaciones milagrosas y las peregrinaciones incesantes a su tumba hicieron que, cincuenta años después de su muerte, en 1233, se iniciase un proceso de canonización que, sin embargo, nunca fue concluido. Probablemente había sido demasiado independiente, poderosa y heterodoxa como para que una Iglesia cada vez más empeñada en los caminos de la estricta ortodoxia y de la misoginia pudiera considerarla santa.

CAPÍTULO II

Cristina de Pisan y «la querella de las damas»

> Ese sexo [femenino] envenenó a nuestro primer padre, decapitó a Juan Bautista y llevó a la muerte al valiente Sansón. ¡Ay de ese sexo, en el que no hay temor, ni bondad, ni amistad, y al que hay que temer más cuando se le ama que cuando se le odia!
>
> GEOFFROY DE VENDÔME

> Los que insultan a las mujeres por envidia son hombres indignos que, habiendo conocido a muchas mujeres de mayor inteligencia y de más noble conducta que la suya, sienten hacia ellas amargura y rencor.
>
> CRISTINA DE PISAN

Desprecios, insultos, vejaciones, amenazas... Como tantas otras mujeres que se atrevieron a rebelarse contra la situación de exclusión, silencio y dominio masculino a la que se veían sometidas, Cristina de Pisan atravesó a lo largo de su vida por momentos muy duros. Sin embargo, el sentido de las muchas injusticias que se cometían contra ella y contra el sexo femenino en general le dio fuerzas para convertirse en una mujer excepcional, que llegó a ocupar un lugar destacado en la historia: poeta, historiadora y tratadista de asuntos morales y políticos, fue la primera escritora que logró ganarse la vida con sus libros y una de las primeras en alzar fuertemente su voz a favor de sus congéneres y entregarse con valentía a su defensa.

Aunque siempre se sintió francesa de corazón y francesa fue la lengua en la que escribió, Cristina había nacido en Venecia en 1364. Pertenecía a una familia de gentes muy cultas y bien relacionadas con el poder: su padre, Tomás de Pisan —o Pizan—, era un destacado médico y astrólogo, cuyos cuidados se disputaban algunos de los príncipes más importantes de la época. Ahora puede resultarnos extraña esa mezcla de ciencia médica y superstición, pero en aquella época era sin embargo algo normal. La astrología gozaba entonces de gran prestigio; se consideraba que las posiciones de los planetas y sus movimientos influían de manera determinante en las personas, y no sólo en lo referente a su carácter o su estado de ánimo, sino también en todo lo que tenía relación con su organismo, sus enfermedades y los remedios que se debían aplicar para curarlas. De hecho, las cátedras de Astrología, así como las de Matemáticas y Geometría, necesarias para poder hacer los cálculos astrológicos, formaban parte habitualmente de las facultades de Medicina.*

Al llegar a la madurez, Tomás de Pisan siguió la costumbre habitual durante siglos en una sociedad muy poco dada a la movilidad, la de contraer matrimonio dentro del propio nivel social e incluso en el seno de una misma actividad profesional: su esposa era la hija de otro afamado médico. De aquel matrimonio nacieron, además de Cristina, dos hijos varones. Hacia 1365 —cuando la niña tenía alrededor de un año—, el astrólogo fue llamado a Francia por Carlos V, conocido como el Prudente, un monarca cuyo reinado, entre 1364 y 1380, marcó un breve periodo de calma en un siglo lleno de guerras y de catástrofes. Tan sólo unos años antes, en 1348, la terrible Peste Negra había provocado que Europa perdiera casi la mitad de sus habitantes, que quedaron reducidos por aquel entonces a cincuenta millones. Carlos el Prudente era un hombre culto y sensible, al que le gustaba rodearse de sabios y que disponía de una extraordinaria biblioteca —origen

* La primera cátedra en España de estas materias fue la de Astrología y Matemáticas de la Universidad de Salamanca, creada alrededor de 1460.

de la actual Biblioteca Nacional de París—, llena de ricos manuscritos. A Tomás de Pisan le demostró su aprecio colmándolo de dinero, propiedades y honores y, cuando en 1368, su esposa, su hija Cristina y sus dos hijos varones llegaron desde Venecia para instalarse junto a él en París, el propio rey les dio la bienvenida en su recién restaurado palacio del Louvre. Las puertas de la corte permanecieron siempre abiertas para la pequeña Cristina, llenando luego sus recuerdos de nostalgia e idealización, como si hubiera vivido entonces en un mundo mágicamente delicioso. Años más tarde, describía de esta manera el lujo y la belleza en el que vivía su admirado Carlos V: «[...] los nobles tapices de oro y de seda trabajados en gran lizo que cubrían las paredes de las ricas habitaciones, de terciopelo bordado con grandes perlas, con oro y seda [...], los pabellones y doseles de aquellos altos palios y aquellos tronos cubiertos, las vajillas de oro y plata de la mejor calidad con las que se servían las mesas, los grandes trincheros sobre los que descansaban jarras de oro, copas y cálices y demás vajillas de oro con piedras preciosas, las hermosas fuentes, los vinos, las carnes deliciosas servidas con largueza [...].»[1]

Su infancia fue, desde luego, excepcional. No sólo estuvo rodeada de bienestar, sino también de afecto. Según ella misma recuerda en sus textos, fue una criatura feliz, mimada y bien atendida por sus padres: «Fui como niña bautizada / y bien alimentada y querida / por mi madre, / quien tanto me amó, / que me crió a sus pechos.»[2] Es significativo cómo en esos versos Cristina subraya el hecho realmente especial de que su propia madre le diera de mamar: ésa era desde luego una costumbre muy poco habitual entre las damas de su posición, que solían entregar a los hijos para que fuesen criados por nodrizas. En las familias más ricas, el ama de cría podía vivir en la casa, pero era bastante frecuente que los recién nacidos, sobre todo las niñas, fuesen enviados al campo para ser amamantados por campesinas con las que solían permanecer, en caso de sobrevivir, hasta cumplir los dos o tres años. Esta costumbre sólo desapareció a partir del siglo XVIII, cuando Rousseau y sus seguidores difundieron entre las clases cultas los conceptos de un nuevo sentimentalismo familiar; a partir de entonces se extendió la idea de los beneficios de la lactancia materna, comenzó a darse mucha más importancia al trato íntimo con los hijos, y la infancia empezó a ser reconocida como una etapa fundamental de la vida, en la que el cariño y la protección de los progenitores eran esenciales para el desarrollo de los individuos. Hasta ese momento, el hábito de dejar a los bebés a cargo de las nodrizas contribuía a los altos índices de natalidad de las élites, mucho más elevados que los que se daban entre las clases bajas: las mujeres humildes solían utilizar el periodo de lactancia para evitar nuevos embarazos, pues se creía que la leche materna se corrompía con el acto sexual y podía, por lo tanto, provocar la muerte del bebé. Las patricias, en cambio, se veían obligadas a asegurar el futuro de la dinastía del marido trayendo al mundo hijo tras hijo. Era frecuente que tuviesen una gestación cada año o cada año y medio durante su vida fértil. Cumplían así al pie de la letra con los preceptos de los moralistas cristianos, muchos de los cuales consideraban que la principal razón de la existencia de las mujeres sobre la tierra era su papel de vientres portadores de nuevas vidas. En el siglo XIII, santo Tomás de Aquino lo enunciaba de esta manera: «Tal y como dicen las escrituras, fue necesario crear a la hembra como compañera del hombre; pero como compañera en la única tarea de la procreación, ya que para el resto, el hombre encontrará ayudantes más válidos en otros hombres, y a ella sólo la necesita para ayudarle en la procreación.»[3] Trescientos años más tarde, Lutero sería aún más brutal: «Aunque se agoten y se mueran de tanto parir, no importa, que se mueran de parir, para eso existen.»[4] Y así ocurría, en efecto, que morían de parir, pues la muerte a causa de las complicaciones del embarazo, los abortos, el parto o el posparto era algo habitual. Por lo tanto, es lógico que para infinidad de mujeres, la procreación no fuera un momento placentero —como suele serlo ahora para las mujeres del primer mundo—, sino algo peligroso que provocaba en muchas de ellas un miedo terrible. A esos temores había que añadir, además, la preocupación por la supervivencia de los hijos: se ha calculado que a lo largo de los siglos que van desde la Edad Media hasta el XIX, la mortalidad infantil en Europa oscilaba, según las épocas y las regiones, entre el 50 y 80 por ciento. En el mejor de los casos, pues, sólo uno de cada dos niños llegaba a alcanzar la edad adulta. Atravesar el embarazo, el parto y la infancia de los hijos era a menudo un camino de profundo sufrimiento y angustia.

En sus recuerdos posteriores, Cristina de Pisan tan sólo confesaba haber vivido un conflicto durante aquellos años felices de su niñez: la tensión entre su temprana pasión por el conocimiento, heredada de su padre, y el empeño maternal en convertirla en una mujer virtuosa al uso, es decir, preparada para ejercer como esposa y madre, lejos de cualquier peligrosa tentación intelectual. Siguiendo a los pedagogos de la época, una niña del nivel social de Cristina debía ser someramente instruida, con el único y claro objetivo de poder responsabilizarse de sus deberes religiosos, maritales y domésticos. Un tratado francés para las esposas publicado en el mismo siglo en que ella vivió, *Le Ménagier de Paris*, llegaba incluso a especificar que las damas podían leer, pero sólo aquellas cosas «escritas de puño y letra de su marido... y ésas han de leerlas ellas solas, y para las otras pidan compañía y mándenlas leer a otros delante de ellas; y digan a menudo que no saben muy bien leer otra letra y escritura sino la de su marido. Y ello les sirve de buena doctrina y de muy grande bien, para evitar incluso las murmuraciones y sospechas.»[5] *Le Ménagier de Paris*, que conoció un gran éxito a lo largo de varios siglos, había sido escrito por un marido de avanzada edad para su joven esposa de quince años. En él se proponía como modelo de mujer a Griselda, un personaje de los cuentos populares, una muchacha de extracción humilde casada con un noble, sin más dote que la promesa de su obediencia, sometida por el esposo a pruebas que resultan ser verdaderas torturas y de las que ella, por supuesto, sale victoriosa gracias a su absoluta sumisión.

No sabemos si Cristina estudió en casa —con su propio padre o a cargo de algún preceptor— o si asistió a alguna escuela monacal para hijas de la nobleza o incluso a alguna de las escuelas laicas que existían en las ciudades más importantes, regidas por maestras. Pero cabe suponer que el papel de su padre en su esmerada instrucción debió de ser importante. No era desde luego habitual que una mujer llegara a profundizar tanto en el conocimiento como ella hizo: las privilegiadas, las que tenían acceso a la educación, siempre una minoría, tan sólo aprendían a leer, pues incluso escribir solía considerarse algo peligroso; se les enseñaba también, por supuesto, la inevitable religión y los cuidados de la casa, en particular costura y tejido. Evidentemente, dado el nivel económico de esas niñas, casi ninguna de ellas tendría que ocuparse de las tareas domésticas, que recaerían en los criados o en los esclavos. Pero sí se les exigiría que vigilasen los trabajos de la servidumbre; y, si el futuro marido tenía la suficiente confianza en ellas, podría incluso llegar a permitirles participar en la administración de la casa, convirtiéndolas en depositarias de las llaves de la despensa, una auténtica caja fuerte en cualquier vivienda acomodada de la época, allí donde se almacenaban los granos, alimentos, condimentos y bebidas que serían imprescindibles en las estaciones frías o, aún más importante, en los frecuentes momentos de sequías y malas cosechas.

Además de la vigilancia de los criados y, en el mejor de los casos, el control de la despensa, la ocupación fundamental de las damas tenía que ver con todo lo relacionado con el tejido, ocupación que compartían con sus congéneres de las clases menos afortunadas: hilar, tejer, bordar o coser han sido en efecto durante siglos y siglos actividades típicamente femeninas. Las mujeres han vivido a lo largo de la historia rodeadas de husos, ruecas, telares, hilos, cintas, tejidos, agujas y alfileres, elaborando con sus manos todo un mundo de piezas útiles o suntuarias, modestas telas de estambre para las ropas más humildes, pobres trajes remendados una y otra vez, suaves linos bordados para sus ajuares, ricas tapicerías de hilos de seda con las que cubrir ventanas y paredes y alejar los fríos, mantos de terciopelo y oro para adornar con devoción las imágenes sagradas... Espacios femeninos, salas, habitaciones o patios donde las mujeres han permanecido horas y horas inclinadas sobre sus labores, a solas consigo mismas o en compañía de amigas y familiares, charlando, riéndose, cantando, burlándose quizás a veces un poco de los hombres, contándose historias de hadas y demonios, creando un lenguaje propio de imágenes, colores y símbolos que apenas ha sido considerado más que el resultado de un puro entretenimiento, de una obligación doméstica o incluso moral, pues, como proclamaban los tratadistas, semejante tarea las mantenía alejadas de la peligrosa ociosidad, madre de tantas tentaciones.

Pero en muchos casos, los trabajos textiles no eran sólo una simple distracción o una parte de las tareas domésticas: para numerosas mujeres constituían una verdadera profesión con la que se ganaban dignamente la vida. A decir verdad, la idea de que el sexo femenino no ha trabajado nunca pertenece a una falsa mitología en torno a nuestra condición creada a lo largo del siglo XX. Por supuesto que las nobles, las damas ricas y las hijas de la burguesía acomodada permanecían alejadas de cualquier actividad que generase dinero y, por lo tanto, conllevase una vida pública y la posibilidad de acceder a la independencia. Pero ellas eran sólo una minoría. En el resto de las clases sociales, las mujeres han trabajado siempre, participando intensamente en la economía familiar, con la responsabilidad siempre añadida del hogar y de los hijos. Si comenzamos observando los niveles más bajos, los del campesinado, podemos comprobar que la actividad femenina era exactamente igual que la de los hombres; de hecho, en muchos de los latifundios de Europa, a los colonos casados se les atribuía el doble de tierra que a los solteros, lo cual demuestra que los brazos de una mujer valían lo mismo que los de su marido. El testimonio de una joven criada de la Inglaterra rural del siglo XIV pone de relieve la cantidad de responsabilidades que podían recaer sobre una chica del campo: «Tengo que aprender a hilar, rastrillar, cardar, tejer, limpiar los conejos, elaborar bebidas, hornear, hacer malta, cosechar, amontonar gavillas, quitar las malas hierbas, ordeñar, alimentar a los cerdos y limpiar sus pocilgas. En la casa tengo que hacer las camas, barrer, fregar y, en la cocina, limpiar los cacharros, lavar los platos, recoger la leña y encender el fuego, hervir la leche, limpiar el fogón y engrasar los moldes, hacer el queso y ocuparme de que todo esté en orden.»[6]

Sin duda alguna, la agitada vida de esa criada no era nada excepcional. La servidumbre ha sido —y aún sigue siendo— uno de los sectores en los que millones de mujeres han trabajado desde tiempos inmemoriales, y lo han hecho a menudo durante horas y horas, sin apenas descanso, gozando de poquísimos derechos y muy mal retribuidas. Creo que no es exagerado afirmar que muchas de las mujeres que a lo largo de la historia han disfrutado y disfrutan de su propio tiempo lo han hecho a costa de explotar a otras mujeres. Normalmente, y hasta bien entrado el siglo XX, las niñas de las familias pobres eran enviadas a servir entre los ocho y los doce años. Su salario, cuando existía, era siempre menor que el de los hombres que se ocupaban de tareas similares, y no se les solía entregar hasta que salían de la casa para casarse. Ese sueldo acumulado constituía, por lo tanto, la dote que las jóvenes sirvientas aportaban al matrimonio. Pero muchos amos sin escrúpulos —o, aún peor, muchas amas— echaban a menudo a sus criadas sin pagarles nada. Esas mujeres abandonadas y desprotegidas terminaban en las calles, dedicadas a la prostitución de baja estofa o malviviendo de la mendicidad, aunque quizá sería más justo decir malmuriendo.

Aún peor que la situación de la servidumbre era, por supuesto, la de los esclavos, una vergonzante realidad durante largos siglos en Europa, y en particular en España. Heredada del mundo antiguo, la esclavitud fue legitimada por la Iglesia cristiana, aunque con ciertos matices: si griegos y romanos consideraban aceptable esclavizar a los vencidos en las guerras, fuera cual fuese su origen, la Iglesia prohibía esta costumbre cuando se tratase de fieles cristianos. A lo largo de la Edad Media, la mayor parte de los esclavos utilizados en los países europeos procedían de las tribus eslavas, aún no convertidas a la fe de Cristo. De hecho, la propia palabra esclavo, *sclavus*, nace en el latín medieval como una deformación de *slavus*. En la península Ibérica, la esclavitud se nutrió especialmente de musulmanes y norteafricanos, cuyo tráfico contribuyó a partir del siglo IX al desarrollo del comercio en los puertos del Mediterráneo, particularmente en Barcelona. Pero desde finales de la Edad Media, los esclavos desaparecían de la mayor parte de Europa, pasando a convertirse en un «capricho» que muy pocos se atrevían a exhibir. Sólo en las tierras de la península Ibérica siguieron siendo habituales: al comenzar la colonización de las tierras americanas, se inició la costumbre de enviar allí a numerosos esclavos africanos a través de las sedes del comercio negrero, que radicaban en Lisboa, Sevilla y Las Palmas de Gran Canaria. Esta afluencia de seres humanos en compraventa facilitaba su adquisición por parte de las familias portuguesas y españolas acomodadas. El tema ha sido aún poco investigado y se ignora el número total de esclavos que podían existir en las tierras de España en uno u otro momento, pero sí se sabe que abundaban en lugares como Sevilla, Valencia y, por supuesto, en la corte. Incluso se ha podido determinar que, en una ciudad como Salamanca, a principios del siglo XVI, las familias con cierto poder económico poseían uno o dos esclavos, mientras que las más importantes llegaban a tener hasta veinte.[7] Algunos propietarios de seres humanos demostraban una enorme avidez por aquel tipo de perversa propiedad: uno de los arzobispos de Toledo, Alonso de Fonseca, tenía en 1525 más de cien esclavos.[8] Semejante comercio era, por supuesto, muy rentable para mucha gente: para los dueños que se beneficiaban del trabajo gratuito, para los traficantes, para los colonos americanos y también para los sucesivos monarcas, que se ocupaban de otorgar las licencias a cambio de elevados cánones. La Corona llegó incluso a utilizar el tráfico negrero para financiar algunas de sus guerras: en 1552, Felipe II, como príncipe regente de Castilla, autorizó a un tal Hernando Ochoa a llevar 23.000 negros a las Indias occidentales a cambio de 184.000 ducados que servirían para combatir la rebelión de los príncipes protestantes alemanes.[9] No sé si cabe mayor cinismo: seres humanos vendidos para poder sostener una guerra contra otros seres humanos en nombre de Dios. Por cierto, resulta sorprendente el hecho de que la esclavitud no fuera abolida en España hasta 1880, durante el reinado de Alfonso XII, y sólo tras un largo periodo de intensas presiones por parte de los gobiernos de Estados Unidos y Gran Bretaña. Entretanto, es fácil imaginar la triste existencia de los esclavos españoles y de las esclavas en particular: ellas constituían la inmensa mayoría de los seres humanos que se vendían aquí; a menudo eran utilizadas por sus propietarios como mercancía sexual y forzado depósito de sus desahogos, pues no había, por supuesto, ningún castigo previsto para la violación de las mujeres negras; ni siquiera se consideraba que la relación sexual con una esclava fuera adulterio en el caso de que el hombre que se acostaba con ella estuviera casado; la excusa moral era bien simple: fornicar con las esclavas era algo así como una inversión económica, pues los hijos nacidos de ellas —fuera quien fuese el padre— eran igualmente esclavos y contribuían, por lo tanto, a aumentar el patrimonio de su propietario. Aquellas desdichadas mujeres vivían y morían sin que las cobijase jamás ningún derecho, ni la menor compasión.

En el mundo urbano de la artesanía y el comercio, la actividad profesional femenina era también normal. Hasta la Revolución francesa y sus posteriores consecuencias en toda Europa, el sistema laboral estuvo organizado alrededor de los gremios. Pues bien, los archivos gremiales de gran número de ciudades europeas permiten asegurar que, además de su intensa participación en toda la industria textil, existían numerosas mujeres activas en los gremios de zapateros, orfebres, herreros, maestros, encuadernadores, ilustradores e impresores de libros, trabajadores del cuero y las pieles, pintores, carreteros, prestamistas, hosteleros y comerciantes de todas clases. Un *Libro de los oficios* escrito en París a finales del siglo XIII nos hace saber que había mujeres trabajando en 86 de las 100 profesiones que aparecen recogidas en el texto.

En muchos de esos gremios, las mujeres podían llegar a ser admitidas como maestras, aunque nunca llegaban a ejercer puestos de responsabilidad dentro de las organizaciones gremiales, reservados exclusivamente para los hombres. Sin embargo, a partir del Renacimiento, a medida que la elaboración de determinados productos comenzaba a abandonar el campo de los antiguos talleres familiares en un lento proceso de industrialización, las trabajadoras empezaron a ser relegadas a los niveles más bajos y peor pagados de la producción. En el ámbito tan específicamente femenino de lo textil, ese fenómeno comenzó en el siglo XIV y fue intensificándose hasta llegar a la industrialización definitiva del XVIII. A lo largo de ese periodo, los trabajos especializados pasaron a ser realizados por los hombres, mientras que las mujeres quedaban arrinconadas en las tareas de categoría ínfima, tales como cardar, hilar, hervir el lino, preparar los ovillos, etcétera. En los archivos de los gremios se comprueba en efecto cómo, poco a poco, los nombres femeninos van desapareciendo de las listas de oficiales y maestros, eclipsándose tras la presencia casi exclusivamente masculina.

Obviamente, el nivel económico de la familia de Cristina de Pisan estaba muy por encima del de todas aquellas mujeres del pueblo, forzosamente trabajadoras, y parecía garantizarle una vida lo bastante cómoda como para que no necesitase ejercer ninguna profesión. Sin embargo, una serie de desgracias iban a convertirla en la auténtica cabeza de una casa venida a menos, y su actividad literaria terminaría por resultar imprescindible para la supervivencia familiar. Todavía en 1379, cuando cumplió los quince años, ese cambio de fortuna resultaba inimaginable. Fue entonces cuando contrajo matrimonio con el hombre elegido por sus padres, Étienne Castel, un caballero ligado a la corte que pronto obtendría el importante nombramiento de notario y secretario del rey. No sabemos si la elección contó con la previa aquiesciencia de la novia, pero de cualquier manera resultó ser acertada: «Nadie —escribiría Pisan años más tarde al recordar a su marido— pudo nunca igualarle en bondad, en dulzura, en lealtad y tierno amor.»

Es evidente que el hecho de que el matrimonio no se basase en el concepto actual del enamoramiento —o al menos no sólo en eso— no significa que muchas de las infinitas parejas que han existido a lo largo de la historia de Europa no hayan podido ser afortunadas y amarse incluso intensamente. A decir verdad, el concepto del amor, enormemente variable y complejo, solía estar presente en cualquier diseño ideal de la vida de un matrimonio, aunque pudiera entenderse de formas muy distintas a como lo hacemos ahora. Hasta los moralistas más estrictos de aquel final de la Edad Media consideraban conveniente que existiese amor entre los esposos. Desde el siglo XII, la Iglesia exigía incluso el consentimiento mutuo de la pareja para celebrar los matrimonios, requisito que antes de esa fecha no había sido en cambio imprescindible. Pero a la vez, imponía también la aceptación por parte de los progenitores. De hecho, los matrimonios celebrados sin el permiso paterno eran declarados nulos, y las leyes de la mayor parte de Europa sostenían que ésa era causa justificada para desheredar a un hijo. La consecuencia de este doble juego era que muy a menudo la voluntad de los contrayentes era forzada por las familias: en la práctica, seguían siendo los progenitores los que elegían a las futuras parejas de sus hijos mediante compromisos que muchas veces se firmaban cuando los futuros novios eran aún niños.

También el amor entre los miembros de la pareja era objeto de un doble rasero, estableciéndose diferencias en su intensidad según el sexo. La mayor parte de los tratadistas consideraban que el amor de la esposa hacia el marido debía ser absoluto. Jacopo de Varazze, un moralista del siglo XIII, lo expresaba diciendo que la mujer debía estar convencida de que «no hay nadie más sabio, más fuerte, más guapo que su esposo»; el amor del hombre debía ser, en cambio, moderado y racional, para no caer en los peligros a los que se habían expuesto Adán y tantos otros personajes bíblicos. Semejante diferenciación intentaba por supuesto asegurar, mediante el amor ciego por parte de la mujer, su total sometimiento a la voluntad masculina. Y en último término, garantizarle al marido, gracias a la fidelidad de la esposa, que su herencia era transmitida a los hijos de su propia sangre y no a vástagos espurios. Los moralistas no solían fingir al respecto y a menudo reconocían abiertamente que la custodia del hombre sobre el cuerpo de su mujer era la única manera de que éste se sintiera tranquilo respecto a su descendencia. Todavía en el siglo XVI, Baltasar de Castiglione ponía en boca de uno de sus personajes de *El Libro del Cortesano* la afirmación de que si los hombres ponían tan empecinado freno a la libertad sexual de sus mujeres era «porque no estemos en duda de nuestros mismos hijos, de si son nuestros o ajenos». Evidentemente, ese concepto de índole claramente económica fue transformándose en una premisa moral, que llegó incluso con el tiempo a arrebatar a las mujeres decentes, convertidas en seres angélicos, la posibilidad misma del deseo. Dada la trascendencia de la fidelidad de las esposas, la consideración moral y jurídica era diferente según los sexos: si la femenina era obligada, la masculina, aunque aconsejada por la Iglesia y los tratadistas, resultaba en cambio fruto de la voluntad y la virtud y, por lo tanto, nunca imprescindible. De hecho, el adulterio masculino no se consideraba delito y, durante los siglos medievales, no fue infrecuente que algunos hombres conviviesen bajo el mismo techo con la esposa legal y la concubina. En cambio, el castigo para la infidelidad femenina solía ser terrible en la mayor parte de los códigos. En las *Constitucions de Catalunya* se recoge una disposición de mediados del siglo XIV que autoriza a los nobles a emparedar a sus mujeres adúlteras en una celda «de doce palmos de largo, seis de ancho y dos cañas de altura», donde permanecerían durante el tiempo que el marido considerase justo —que podía ser el resto de sus vidas—, durmiendo en un saco, evacuando en un orificio excavado en el suelo y alimentándose sólo de pan y agua, que se les entregaba a través de un ventanuco.[10] Otros muchos códigos autorizaban el asesinato de los amantes por parte del marido o contemplaban la pena de muerte, considerando a la mujer adúltera como culpable de traición.

Cristina de Pisan y Étienne Castel se amaron intensa y apasionadamente, quizá más incluso de lo deseado por los moralistas, a juzgar por los recuerdos que ella transmitirá en sus textos en prosa y en sus poemas, en los que no siempre evita las referencias a su vida más íntima: «Enloquezco de deseo cuando / mi príncipe me dice que es todo mío. / Me derrite con su dulzura, / sí, mi hombre sabe en verdad amarme.» Sin embargo, apenas recién casados, se abrió «la puerta de sus infortunios», como dirá ella misma, y también de los de Francia. Las desdichas comenzaron con la muerte del rey Carlos V, ocurrida en septiembre de 1380. Su heredero, el delfín Carlos, tenía sólo doce años cuando comenzó su desgraciado gobierno bajo las riendas de sus ambiciosos tíos. Tomás de Pisan perdió de pronto sus apoyos en la corte, de manera que sus rentas y su sueldo fueron suspendidos. Sin embargo, la situación no era del todo mala: el médico poseía algunas propiedades y Étienne logró mantener su cargo de notario y secretario del nuevo monarca. Pero el destino se mostraría en seguida implacable: cinco años después de la muerte de su rey, en 1385, fue el propio Tomás el que falleció; y, en un nuevo ciclo de cinco años, en octubre de 1390, sería el turno de Étienne Castel, que moriría durante un viaje con Carlos VI, probablemente a consecuencia de la peste.

Cristina de Pisan sintió entonces que el mundo se hundía bajo sus pies. Tenía veinticinco años y, a juzgar por sus escritos, nunca logró recuperarse de la pérdida del ser amado, a cuya memoria permaneció siempre fiel, negándose a volver a contraer matrimonio o a relacionarse íntimamente con ningún otro hombre. Los alegres poemas cortesanos que había empezado a escribir algún tiempo atrás se convirtieron ahora en lastimosas quejas por su pena incurable: «Estoy viuda, sola, vestida de negro; / adornado mi rostro de tristeza, / llena de pena y de clara aflicción, / llevo este amargo luto que me mata. / [...] / ¡Adiós, días hermosos! Mi alegría se ha ido, / mi fortuna ha sido abatida; / estoy viuda, sola, vestida de negro.»[11]

Tiempo después, Pisan llegará a confesar que a menudo se había visto tentada en aquel momento por la idea del suicidio: no sólo sufría el duelo por su amor muerto sino que, de pronto, sin sentirse preparada para ello, se veía obligada a convertirse en «el capitán de la nave sola en medio de la tempestad», según sus propias palabras. Dada la difícil situación económica de la familia, sus dos hermanos varones decidieron regresar a su Venecia natal, donde aún conservaban algunas propiedades de las que podrían vivir. Cristina quedaba pues al cargo de su madre viuda, sus tres hijos de nueve, siete y cinco años, y una sobrina sin recursos que vivía con ellos. Sola y responsable de tantas cosas en un mundo de hombres, en el que sería sometida a toda clase de abusos y vejaciones. Pero sin duda fueron esas inesperadas y en principio terribles obligaciones las que la convirtieron en una mujer decidida y valiente más allá de todo lo que ella misma hubiera podido imaginar. En su *Libro de la mudanza de Fortuna*, escrito catorce años después, explicará cómo la desdicha la transformó en un ser nuevo al que ella considera, por su sorprendente coraje, varonil: «Me descubrí un corazón fuerte y osado, / lo cual me asombró, mas sentí / que me había convertido en un verdadero hombre.»[12]

Para empezar, Pisan tuvo que enfrentarse a su total ignorancia de los asuntos económicos de su marido; como era habitual, éste la había mantenido alejada de esos temas, de los que una esposa no necesitaba —y no debía— ocuparse. Pronto empezaron a aparecer los acreedores, que cayeron sobre ella como lobos para intentar recuperar deudas en buena medida falsas o, cuando menos, amplificadas. «Como suele ocurrirles a las viudas, audiencias y juicios me rodearon por todas partes», explicará más tarde, al recordar aquellos difíciles momentos. Las propiedades de su marido fueron embargadas mientras todo se solucionaba. Y la modesta suma de dinero en efectivo que había heredado le fue robada por un mercader a quien se la entregó, según una costumbre de la época, para que hiciese con ella negocios. A su vez, tuvo que iniciar un largo juicio de trece años contra la administración de la corte para poder cobrar los muchos atrasos que se le debían a su marido. Para hacer frente a los gastos ordinarios y a los generados por los diversos procesos a los que se vio sometida, comenzó a vender las propiedades heredadas de su padre, los bienes inmuebles primero y, más adelante, también sus joyas, los tapices que cubrían las paredes, los cuadros, los muebles, y hasta algunos hermosos manuscritos hebraicos que Carlos V había regalado a su querido astrólogo y físico. Agobiada, enferma y reducida prácticamente a la pobreza, Pisan tuvo además que soportar ese tipo de rumores insidiosos, tan habituales en torno a una joven viuda, sobre sus imaginarios amoríos con diversos hombres.

Lo que la salvó del hundimiento definitivo, tanto anímico como económico, fueron la literatura y el ansia de conocimiento. Se acostumbró a pasar su tiempo libre y solitario en la Biblioteca Real, cuyo responsable había sido buen amigo de su padre, o en lo que ella misma llama a menudo con cariño su «pequeño estudio», un espacio personal y rico de significados, que recuerda a la «habitación propia» que siglos después Virginia Woolf considerará imprescindible para la actividad intelectual de las mujeres. Y entonces pudo entregarse con pasión al aprendizaje tan deseado desde pequeña: «Así como un hombre que ha pasado por peligrosos caminos se vuelve hacia atrás, contemplando sus pasos [...], así, considerando el mundo como un lugar lleno de peligrosos pantanos y pensando que el único bien que existe es la vía de la verdad, me volví hacia el camino al que mi propia naturaleza me inclina, es decir, el amor al estudio.»[13] Se dedicó a leer todo lo que caía en sus manos, desde los versos de los clásicos hasta los tratados filosóficos contemporáneos, y a escribir mucho. En los primeros tiempos, poesía, algo que había hecho desde su adolescencia pero que ahora empezó a tomarse cada vez más en serio. Al advertir el interés con que sus versos eran acogidos, en 1399 se decidió al fin a reunir en un primer libro sus *Cien baladas*, casi todas de tema amoroso, dedicadas muchas de ellas al recuerdo del amado ausente o, por el contrario, a cantar la alegría sensual del deseo y de los encuentros entre enamorados.

Como poeta, Cristina de Pisan seguía una larga tradición en la que la había precedido un buen número de mujeres. La primera, por supuesto, Safo, la madre de todas las poetas, la que cantaba en versos luminosos el deseo por otros cuerpos femeninos: «Y el amor me sacudió / las entrañas, cual viento que en el monte agita encinas.» Pero también, desde la antigua Grecia, la acompañaban los nombres de Myrtis, Corinna, Praxila, Anyte o Erinna. Mucho más cercanas en el tiempo y el espacio, la escritora parisina podía sentirse hermana de las trovadoras, las *trobairitz* de la lengua de oc, aquellas damas que en los siglos XI y XII convirtieron los castillos provenzales en verdaderas *cours d'amour*, cortes entregadas por igual al juego caballeresco de la guerra o los torneos que al juego refinado del amor cortés y sus expresiones poéticas. Pero en la poesía provenzal, las damas no jugaron solamente el papel pasivo de señoras de sus «dulces amigos» e inspiradoras de sus versos, sino que muchas de ellas ejercieron con talento y éxito la labor de trovar. La historiografía tradicional ha desdeñado a esas poetas, manteniéndolas ausentes de las recopilaciones, como si nunca hubieran existido. Sin embargo, su presencia se ha ido imponiendo poco a poco en los últimos años. Hoy por hoy, se conocen los nombres y las obras de una veintena de ellas, altas damas occitanas, esposas o hijas de señores, compañeras de los trovadores en los juegos poéticos en torno al deseo amoroso. En términos generales, su poesía tiene un fuerte contenido erótico y sensual —una constante de la poesía femenina de todos los tiempos— y una sencillez propia del llamado *trobar leu* o llano, que otorga a sus obras una modernidad superior a la de muchos de sus compañeros, seguidores de otras fórmulas más sofisticadas y conceptuales. Éstos son algunos ardientes versos de Béatrice de Die, *trobairitz* de la segunda mitad del siglo XII: «¡Cuánto deseo tener a mi caballero / una noche en mis brazos desnudos, / pues su alma se elevaría hasta las nubes / con sólo servirle de almohada! / Él me da más felicidad / de la que Blancaflor habrá recibido de Floris. / Suyos son mi amor y mi corazón, / mis pensamientos, mis miradas, mi vida... / Buen amigo, tan digno de amor, tan afable, / ¿cuándo os tendré en mi poder? / Si alguna noche puedo acostarme a vuestro lado / y daros amorosos besos, / imaginad qué embriaguez sentiré / al teneros así como marido, / con tal de que vos juréis / someteros a mí por entero.»[14] Desde luego, podemos afirmar que Béatrice de Die no disimulaba en absoluto ni su deseo erótico ni su ansia de dominio sobre el amante, tan alejada de la idea mil veces repetida de la mujer sometida y pasiva.

A pesar de la importancia de las *trobairitz*, la poeta francesa anterior a Cristina de Pisan más reconocida por la posteridad fue Marie de France, que no formó parte del mundo trovadoresco. Aunque vivió en pleno siglo XII, en el momento de auge del amor cortés, ella había nacido en el norte de Francia, lejos de Occitania, probablemente en Bretaña, y debió de pasar buena parte de su vida en la corte de Enrique III de Inglaterra, para quien escribía en francés. Se han conservado tres obras suyas: el *Yposet*, una colección de fábulas, inspiradas en parte en Esopo, y que a su vez sirvieron de inspiración a La Fontaine (algunos críticos consideran que realmente el célebre escritor plagió sin vergüenza a Marie de France); *Le purgatoire de Saint Patrice* [El purgatorio de San Patricio], obra de encargo en la que se cuenta la historia de ese santo irlandés, y sus famosos *Douze lais bretons* [Doce lais bretones], poemas en versos octosílabos de origen celta que se interpretaban acompañados de música, llenos de maravillosas historias de amor y de magia: «Ocurría con ellos dos lo mismo / que con la madreselva / que al avellano se agarra, / y cuando lo ha abrazado y tomado / y crecido alrededor de su tronco, / ya sólo juntos pueden permanecer. / Quien quiere desunirlos / hace morir al avellano / y a la madreselva con él. / "Mi bella amiga, así nos ocurre a nosotros: / Ni vos sin mí, ni mí sin vos".»[15] Las historias recogidas en los *lais* tienen una estrecha relación con los cuentos de hadas, cuyas primeras recopilaciones harían en el siglo XVII francés precisamente algunas mujeres como Marie-Catherine d'Aulnoy o Marie-Jeanne Lhéritier de Villandon, aunque la fama inmortal en este género se la hayan llevado su contemporáneo Charles Perrault y otros autores masculinos.*

A las *Cien baladas*, la primera obra dada a la luz por Cristina de Pisan, le seguirán a lo largo de los años más de una treintena, que ella hacía editar en preciosos libros copiados a mano en algu-

* Véase el capítulo VII.

no de los muchos talleres que por aquel entonces existían en París, ilustrados con delicadas miniaturas por su amiga y colaboradora Anastasie, y encuadernados en ricas telas, metales preciosos y bien curtidas pieles. Esos volúmenes lujosos iban a parar a manos de los más altos personajes de la corte, incluida la propia reina Isabeau, quienes le pagaban por ellos fuertes sumas de dinero o bien exquisitos y caros regalos. Así logró Pisan sacar adelante a su familia y convertirse, seguramente sin pretenderlo y movida por la necesidad, en lo que muchos consideran la primera escritora «profesional» de la historia, la primera al menos, de entre los nombres que conocemos, que pudo ganarse la vida con sus escritos.

Su obra no sólo alcanzó el éxito en París, sino que también tuvo una gran resonancia en la corte inglesa, que a finales del siglo XIV parecía vivir un momento de dulces relaciones con Francia, una breve tregua en medio de aquella fuerte hostilidad secular —la guerra de los Cien Años (1337-1453)—, que pronto se vería rota por un nuevo conflicto. Pero en el espejismo de la paz, cuando Ricardo II de Inglaterra enviudó en 1395, los intereses diplomáticos hicieron recaer la elección de su nueva esposa en la princesa Isabel, hija de Carlos VI de Francia, que por aquel entonces tenía cinco años. Como tantas veces a lo largo de la historia, la pobre niña de sangre real no era más que un peón político cuyo bienestar no preocupaba a nadie, de tal manera que, a pesar de su corta edad, la boda se celebró de inmediato y la pequeña reina partió a vivir a Londres, a las neblinosas tierras de su marido. El interés que despertaba la poesía de Cristina de Pisan entre los ingleses hizo que, durante la estancia en París del séquito que debía llevarse al otro lado del mar a la nueva soberana, el conde de Salisbury se ofreciera a ella como protector y se hiciera cargo de la educación de su hijo mayor, Jean Castel, que tenía por aquel entonces doce o trece años. Ésta era una gran oportunidad para el muchacho, que, como tantos jóvenes de familias ilustradas, podría así prepararse para ejercer en el futuro cargos cortesanos, igual que había hecho su propio padre.

La aventura inglesa de la princesa Isabel y de Jean Castel estuvo sin embargo a punto de acabar en tragedia, en medio de las conmociones que asolaron el país en 1399: ese año, Ricardo II fue obligado a abdicar tras una rebelión encabezada por Enrique de Lancaster, que se hizo coronar como Enrique IV. Ricardo murió unos meses después de hambre y de frío en la fortaleza de Pontrefact, donde había sido encerrado. El nuevo rey se negó en principio a devolver a la niña viuda, aunque las presiones de Francia hicieron que finalmente fuera enviada de nuevo a su país en 1401. Entretanto, Pisan pasó un tiempo de profunda angustia: su segundo hijo varón murió en aquellos años, su hija profesó en el convento de San Luis de Poissy y del mayor, Jean, dejaron de llegar noticias en cuanto comenzó la sublevación en Inglaterra. Al cabo de muchos meses de inquietante silencio, la poeta recibió en su propia casa la visita de dos mensajeros personales del nuevo rey; ellos le hicieron saber que Jean estaba con él en Londres y que el monarca reclamaba allí la presencia de su madre, de cuya obra era gran admirador: como a tantos príncipes y señores de la época, a Enrique IV le gustaba rodearse de gentes cultas y brillantes que dieran esplendor a su corte, y no reparaba en los medios para conseguirlo. Cristina supo sin embargo jugar el falso juego de la diplomacia y mostró su firme voluntad de no trasladarse a Inglaterra hasta que su hijo hubiera regresado antes a su lado y ella pudiera estar segura de que se encontraba bien. Jean fue devuelto a su madre, pero ésta jamás inició su prometido viaje a Londres. Con el tiempo, y tras muchas peticiones de ayuda y protección a diversos personajes de la corte por parte de Pisan, su hijo llegaría a obtener el mismo puesto que había tenido el padre fallecido, el de notario y secretario del rey.

Entretanto, la obra de Cristina de Pisan iba evolucionando de manera sorprendente: poco a poco fue abandonando la poesía amorosa para arriesgarse en un camino realmente singular para una mujer, el de historiadora y tratadista política y moral. Pero lo que más asombro y desprecio —¿o acaso era temor?— ocasionó en muchos de sus contemporáneos fue su intensa actividad como polemista. Sin ser consciente de ello, la escritora inició lo que con el tiempo se llamaría «*la querelle des dames*», «la querella de las damas», un intenso debate sobre las cualidades intelectuales y morales de las mujeres que, a lo largo de tres siglos, implicó a numerosos ensayistas de ambos sexos en diversos países europeos.

A pesar de la sorpresa y el furor que causó a muchos hombres de su tiempo, lo cierto es que su evolución como escritora fue absolutamente lógica en una mujer tan inteligente y preparada como ella. Ya durante sus años de lucha jurídica contra aquella sociedad misógina que se burlaba y abusaba de una viuda obligada a salir adelante sin la protección y la custodia de un hombre, el tono de los poemas de Pisan había ido cambiando. De la exaltación del amor o el duelo por el amado de sus primeras obras, había ido pasando a una poesía en la que se lamentaba de la pérdida de los valores caballerescos, con su respeto hacia las mujeres, y en la que constataba el nacimiento de una nueva sociedad basada en el dominio de la fuerza física y la violencia, donde los seres más débiles —y las mujeres por supuesto entre ellos— se veían sometidos a toda clase de vejaciones y malos tratos. En 1399, su extenso poema *Épître au dieu Amour* [Epístola al dios Amor] había sorprendido por la novedad de su tema: «Así se quejan las mencionadas Damas / de los robos, vituperios, difamaciones, / traiciones, graves ultrajes, / falsedades y otros muchos daños / que a diario reciben de tantos desleales / que las censuran, difaman y engañan.»[16]

La «querella» propiamente dicha comenzó en 1401, cuando un importante personaje, Jean de Montreuil, preboste de la ciudad de Lille, le hizo llegar a Cristina de Pisan un tratado que acababa de escribir sobre *Le Roman de la Rose* [El libro de la rosa]. Aunque había sido escrito en el siglo XIII, *Le Roman de la Rose* se había puesto muy de moda entre los intelectuales franceses en los últimos años del XIV. Es un largo poema en torno a la búsqueda del amor; la primera parte había sido compuesta por Guillaume de Lorris en el tono alegórico propio de la poesía cortés; la segunda, sin embargo, obra de Jean de Meung, un respetadísimo profesor de la universidad de París, establecía mediante abstracciones pseudofilosóficas una extensa teoría misógina, en la que las mujeres eran consideradas, como tantas otras veces, seres astutos y traidores, y el amor, lejos de los delicados conceptos de la primera mitad del libro, se convertía en la pura satisfacción de los deseos, al servicio de las necesidades del macho. La obra abunda en frases como ésta: «Bien insensato es el que toma mujer en matrimonio, pues la vida en tal estado es difícil y penosa a causa de las disputas y las peleas, que son resultado de la necedad y del orgullo de las mujeres, a causa de los obstáculos que ellas crean todo el tiempo, y los reproches, las reclamaciones y las quejas que hacen con cualquier motivo. [...] Quien casa con mujer pobre, debe ocuparse de alimentarla, vestirla y calzarla; y si cree mejorar de estado tomando mujer rica, apenas logra soportarla, tan orgullosa y arrogante resulta ser. Si es hermosa, todos la persiguen, todos se apresuran a servirla [...], y al final la consiguen, de tanto como se esfuerzan, pues una torre sitiada por todas partes raramente evita ser tomada. Si es fea, quiere gustar a todos, ¿y cómo sería posible mantener guardada a una criatura a la que todos acosan o que quiere que todos la miren?»[17]

Harta de tantos desprecios, indignada por tanto tono de superioridad procedente de los hombres, Pisan tomó la pluma para responder al preboste de Lille y mostrar su alto grado de consciencia y orgullo respecto a su ser femenino: «¡Que no se me impute como locura, arrogancia o presunción el hecho de atreverme yo, una mujer, a responder y contradecir a un autor tan sutil, cuando él, un hombre solo, se ha atrevido a difamar y a reprobar sin excepción a todo un sexo!» El preboste no se dignó responderle directamente, aunque la denunció en público por atreverse, a pesar de ser mujer, a «ofrecer sus escritos a los lectores»; en aquel discurso, llegó incluso a compararla con «la cortesana griega Leoncia, quien, tal y como nos cuenta Cicerón, osó escribir contra el gran filósofo Teofrasto.» Quien sí se dirigió a ella fue un destacado miembro de la Cancillería Real, que en una carta de tono admonitoriamente paternalista, la conminó a arrepentirse «del error manifiesto, locura o demencia que te ha atacado [...]. Sintiendo hacia ti compasión por caridad, te ruego, aconsejo y requiero para que corrijas tus palabras y enmiendes tu error hacia el excelente e irreprensible doctor en la santa divina Escritura, noble filósofo y sabio profundo, al que osas tan horriblemente corregir y reprehender.» Una pobre mujer alzando su voz y su opinión contra los doctos hombres herederos de tantas generaciones de sabios era, desde luego, algo excesivo para muchos de ellos. Pero Pisan había soportado ya demasiado por causa de los hombres poderosos y supuestamente sabios como para dejarse intimidar por ellos. De nuevo escribió, contestándole esta vez al canciller en tono atrevidamente irónico: «Oh, sabio sutil en el entendimiento filosófico, elegante en la ciencia, rápido en la bonita retórica y la sutil poética [...], me has escrito cartas llenas de injurias, reprochándome mi sexo femenino (al que consideras apasionado por naturaleza, movido por la locura y la presunción).» Le recordó «la noble memoria y continua experiencia de muy grandes multitudes de mujeres valiosas» y le hizo ver que «una pequeña punta de un cortaplumas o de un cuchillo puede agujerear un gran saco lleno e hinchado de cosas pesadas.»[18] Desde luego, poco tenía que ver esa mujer valiente y segura de sí misma con la viuda ignorante y amedrentada de doce años atrás: el dolor, los problemas, la responsabilidad, el estudio, todo había contribuido a convertir a Cristina de Pisan en un ser humano capaz de demostrar una gran madurez.

Para sorpresa e indignación de muchos, la escritora no se encontraba sola en su defensa de las mujeres: a pesar de la misoginia habitual de la universidad parisina —de la que procedían todos los hombres con los que la escritora mantenía su debate—, el canciller de la propia institución, Jean Gerson, la apoyó públicamente o, más bien, atacó públicamente al segundo autor de *Le Roman de la Rose* en un sermón en el que cuestionaba el contenido de su moral y la de sus seguidores, que él consideraba poco cristiana. También algunos altos personajes de la corte se pusieron de su lado, y, haciendo gala en un último canto del cisne de aquel espíritu caballeresco que iba cayendo poco a poco en el olvido, crearon la Orden de la Rosa, cuyos miembros masculinos se comprometían a defender el honor de las damas, representadas por su guardiana Cristina de Pisan. La querella o debate se mantuvo viva al menos durante tres años más antes de renacer una y otra vez en los siglos venideros, sucediéndose las cartas de los defensores y los atacantes de las mujeres, y siempre entre ellos la voz de Pisan, que cada vez se dejaba oír con más seguridad, con más rigor y confianza en sí misma y en sus congéneres.

Gracias a su talento como polemista, su fama y su prestigio se acrecentaron tanto a los ojos de muchos que, en 1404, el duque de Borgoña le hizo un encargo excepcional: le pidió que escribiera una relación del reinado de su hermano, el tan añorado Carlos V el Prudente. Un trabajo como ése, que habría de servir de recordatorio y testimonio de la vida del difunto monarca para la posteridad, conllevaba lógicamente una gran responsabilidad. Hasta entonces, las crónicas de la historia de la familia real francesa habían corrido siempre a cargo de los monjes de la abadía de Saint-Denis o de algunos grandes personajes muy cercanos al trono. Era la primera vez que se le pedía una obra semejante a una persona ligada a la corte por lazos secundarios y que, además, era mujer. La petición pone pues de relieve la importancia que Pisan había adquirido y lo mucho que algunos confiaban en sus conocimientos y sus dotes como escritora y pensadora. *Le Livre des faits et bonnes mœurs de Charles V* [El Libro de los hechos y buenas costumbres de Carlos V] es, en efecto, más que un simple relato sobre el reinado del Prudente: es un verdadero tratado político en el que la autora muestra sus bien reflexionadas ideas sobre el cometido del príncipe y las bases del buen gobierno. Anticipándose al papel que tantos humanistas desarrollarán décadas más tarde, Cristina elabora en su obra nuevos conceptos sobre el ejercicio del poder. Para ella, el derecho del monarca sobre sus súbditos emana de Dios, y significa no tanto un privilegio como una tremenda responsabilidad moral; se muestra enemiga de la tiranía y considera que el príncipe debe regirse según las leyes del derecho natural, cuya lógica consecuencia es el bien común, el único objetivo que debe mover todas las decisiones de los gobernantes.

Las ideas de Cristina de Pisan no servirían de mucho en una Francia que pronto se vería sacudida por terribles convulsiones. Mientras ella terminaba su libro, fallecía el duque de Borgoña, dejando al país sumido en una profunda crisis, pues él había sido el único capaz de mantener el orden mientras la razón de su sobrino Carlos VI se desmoronaba poco a poco. Hacía ya doce años que el joven rey había sufrido su primer ataque de locura, arremetiendo inesperadamente con su espada contra los miembros de su escolta, cuatro de los cuales murieron antes de que el enfermo pudiera ser detenido.* En el momento de la muerte del duque de Borgoña, en 1404, era ya evidente la incapacidad casi total del rey, así como la desidia moral o la desenfrenada ambición del resto de los miembros varones de la familia. Su propio hijo y heredero Juan, que llegaría a ser conocido como Juan Sin Miedo, era un hombre tenebroso y violento, dispuesto a enfrentarse con quien hiciera falta por alcanzar el poder y a llevarse por delante a todos los que consideraba sus enemigos. Las hostilidades de los príncipes llevaron pronto al inicio de una guerra civil larvada entre los partidarios del nuevo duque de Borgoña y los del de Orleans —o borgoñones y armañacs—, guerra que estallaría abiertamente a partir de 1410.

En aquella difícil situación, Pisan se posicionó de inmediato a favor de Orleans y, sobre todo, a favor de la paz, e inició una nueva campaña de inútiles epístolas que dirigió a la reina y a los grandes personajes del reino, solicitando su intervención para calmar los ánimos y restablecer la convivencia y el respeto. A lo largo de los siguientes años, dio además a la luz diversos tratados en los que una y otra vez insistía en la necesidad de la paz y el buen gobierno, lamentándose de que, frente a las antiguas bata-

* La locura era un mal muy de la época y por el que la época, a su vez, mostró un interés inusual hasta entonces: fue en 1375 cuando se fundó en la ciudad de Hamburgo el primer asilo para alienados de la historia.

llas entre caballeros, que sólo los enfrentaban a ellos en buena lid —concepción sin duda idealizada pero también sincera por su parte—, los nuevos tiempos estuviesen alumbrando una forma de guerra en la que se atacaba impunemente a la población civil, y en la que se sucedían los saqueos y la violencia gratuita, basada en el ansia de venganza personal.

Pero ni siquiera en aquellos momentos tan difíciles para Francia abandonó Cristina de Pisan su vieja lucha a favor de las mujeres. Fruto de sus profundas reflexiones al respecto y de sus intensos estudios, en 1405 escribió su obra más famosa, *Le Livre de la Cité des Dames* [El Libro de la Ciudad de las Damas], un tratado alegórico en el que la autora reivindicaba el valor moral, intelectual, político y hasta guerrero de las mujeres a lo largo de la historia. La obra comienza con una Cristina atormentada, tras muchas lecturas, por su condición de mujer: «Filósofos, poetas y moralistas —y su lista sería muy larga—, todos parecen hablar con una misma voz para llegar a la conclusión de que la mujer es profundamente mala e inclinada al vicio [...]. Casi me era imposible dar con un texto moral, fuera quien fuese el autor, en el que no me encontrase algún capítulo o párrafo donde no se censurase a las mujeres [...] Decidí al fin que Dios había hecho algo bien abyecto al crear a la mujer.» Es entonces cuando la pensadora, avergonzada de su propio sexo, recibe la visita de tres figuras alegóricas, Razón, Rectitud y Justicia, quienes le explican los motivos del desprecio masculino hacia las mujeres: «Muchos hombres han censurado a las mujeres por diversas razones: unos a causa de sus propios vicios, otros a causa de la imperfección de sus propios cuerpos, otros por pura envidia, otros incluso porque les gusta murmurar. Algunos, para demostrar que han leído mucho, se basan en lo que han encontrado en los libros y sólo citan a otros autores, repitiendo lo que ya ha sido dicho.» No, las grandes señoras alegóricas de Cristina de Pisan no parecen sentir mucha piedad hacia los hombres, igual que ellos no la demuestran en sus palabras hacia las mujeres: «Te aseguro que todo hombre que disfrute hablando mal de las mujeres tiene un alma abyecta, pues actúa contra Razón y contra Naturaleza: contra Razón, porque es ingrato e ignora los beneficios que las mujeres otorgan, beneficios tan importantes y tan numerosos, que nadie sería capaz de devolvérselos, y cuya necesidad es permanente; contra Naturaleza, porque no existe animal ni pájaro que no busque de manera natural su otra mitad, es decir, la hembra; si un hombre dotado de razón hace lo contrario, no deja de ser algo desnaturalizado.» Razón, Rectitud y Justicia proponen entonces a Cristina crear una Ciudad de las Damas, un espacio utópico en el que puedan reunirse todas las mujeres que a lo largo de la historia han demostrado su valor, su talento, su castidad, su fuerza, su inteligencia, su generosidad, sus muchas virtudes en campos bien diversos. A partir de ese momento, en el libro se suceden innumerables narraciones sobre mujeres tomadas de la Biblia, de la literatura clásica o de la historia más reciente, a través de las cuales Cristina de Pisan construye un universo de autoestima y dignidad femeninas nunca visto hasta entonces. La conclusión es tan sencilla y lógica como demoledora para la tradicional misoginia de los supuestos sabios: «La excelencia o la inferioridad de los seres no residen en sus cuerpos según el sexo, sino en la perfección de sus conductas y virtudes.»[19]

El Libro de la Ciudad de las Damas conoció gran éxito —y provocó grandes rechazos— hasta el siglo XVII, inspirando a muchas de las mujeres que participaron en la larga «*querelle des dames*», como la reina Margarita de Navarra o María de Zayas. Luego fue cayendo en el olvido, hasta que el interés del siglo XIX por la Edad Media lo recuperó del silencio. Pero las opiniones de algunos de los críticos e historiadores que se ocuparon de la obra y de su autora volvieron a ser entonces tan misóginas como aquéllas contra las que Cristina de Pisan había alzado su voz. En su prestigiosa *Histoire de la Littérature Française*, publicada en 1894, Gustave Lanson escribía lo siguiente: «[Cristina de Pisan fue] buena hija, buena esposa, buena madre, pero por lo demás una de las más auténticas marisabidillas (*bas-bleus*) de cuantas han existido en nuestra literatura, la primera de esa insoportable saga de mujeres autoras a las que ninguna obra cuesta el menor esfuerzo y que, durante toda la vida que Dios les concede, sólo se preocupan por multiplicar las pruebas de su infatigable facilidad, igual a su universal mediocridad.»[20] Sólo la crítica feminista desarrollada en los últimos años ha permitido redescubrir la obra de Cristina de Pisan y otorgarle el lugar que realmente ocupa en la historia de la literatura y en la del pensamiento femenino.

Entretanto, la situación en Francia era cada vez más trágica: a la guerra civil, que continuaba con mayor violencia, se unía en 1415 la invasión por parte de los ejércitos ingleses bajo el mando del nuevo rey, Enrique V, que aspiraba a hacerse coronar también en París y trataba de aprovecharse de la debilidad de aquel país trágicamente dividido. A partir de ese momento quedaba demostrado lo que Pisan llevaba desde hacía años proclamando y lamentando en sus libros. Los nobles tiempos de la caballería habían terminado. Las pesadas armaduras de los caballeros franceses los volvían impotentes frente a los ligeros arqueros ingleses y las masacres gratuitas se sucedían: tras la batalla de Azincourt, los ingleses ejecutaron a todos los prisioneros, salvo aquéllos a cambio de los cuales podrían lograr un elevado rescate. Había comenzado la era de las guerras de exterminio, que asolarían Europa de norte a sur y de este a oeste durante interminables siglos de sangre y dolor.

Mientras Carlos VI el Demente era ya poco más que una sombra, Juan sin Miedo, imparable en su ambición, pactaba con el monarca inglés y, mediante traiciones, lograba hacerse con el poder en París. El borgoñón fue finalmente asesinado en 1419, pero su hijo Felipe prosiguió la guerra contra sus parientes y reconoció a Enrique V de Inglaterra como sucesor al trono de Francia. El año 1422 marcó un momento decisivo en medio de aquel largo conflicto: los dos monarcas, el de Francia y el de Inglaterra, fallecieron casi a la vez. Los borgoñones se apresuraron entonces a proclamar rey en París al hijo del invasor, Enrique VI. Por su parte, los armañacs coronaban en Berry a Carlos VII, heredero del rey loco. Y la guerra proseguía con su interminable secuela de horrores.

Cristina sintió entonces que no podía más: había empleado tanta energía en aconsejar y suplicar la paz, que la prolongación de los enfrentamientos se convirtió para ella en un profundo fracaso personal. Envejecida, agotada, decepcionada de los seres humanos se refugió junto a su hija en el convento de Poissy. Allí al menos podía llevar una vida tranquila, rodeada de otras mujeres, entregada como siempre al estudio y también a la oración. De hecho, en once años, tan sólo escribió un libro de contenido religioso, *Les Heures de contemplation sur la Passion de Notre Seigneur* [Las Horas de contemplación de la Pasión de Nuestro Señor], lleno de piedad hacia el sufrimiento humano.

Pero, de pronto, ocurrió algo extraordinario: una mujer o, mejor dicho, una muchacha de extracción humilde logró hacer alzar la cabeza a los humillados franceses y, enarbolando la espada, se puso al frente de los curtidos ejércitos de Carlos VII. Toda una fuerza armada de hombres acostumbrados a las mayores barbaridades cayó rendida a los pies de la diminuta Juana de Arco, a la que sólo movía la extraordinaria fuerza de su fe. En 1429, Juana consiguió liberar de los ingleses la importante ciudad de Orleans. A partir de ese momento se sucedieron las victorias para Francia. Carlos VII podía ser al fin coronado, como mandaba la tradición, en Reims.

Cuando estas noticias llegaron al convento de Poissy, Pisan volvió a sentir por un momento la exaltación de los viejos tiempos: la paz estaba próxima y llegaría, además, de la mano de una joven virgen. La poeta decepcionada, cuya voz había sido acallada por el dolor, recuperó el deseo perdido de escribir y cantó, en casi quinientos versos exaltados, el valor extraordinario de Juana: «Una muchachita de dieciséis años, / (¿no es en verdad algo sobrenatural?) / a quien no le pesan las armas. / Y ante ella van huyendo / los enemigos, que ninguno se le resiste. / [...] ¡Ah!, qué honor al femenino / sexo, al que Dios ama.»[21]

No sabemos en qué fecha murió Cristina de Pisan. Pudo haber sido en 1430, a los sesenta y cinco o sesenta y seis años. Probablemente nunca llegó a saber que los enemigos de la mujer convertirían a Juana de Arco en una de sus víctimas favoritas: en ese mismo año fue hecha prisionera por los borgoñones, que la entregaron a los ingleses. Todos conocemos su final: en 1431 fue quemada en la hoguera en la ciudad de Ruán. Lo más triste es que su terrible muerte no fue justificada en nombre de la guerra, sino en nombre de la fe, pues Juana ardió por herética, por haberse atrevido a proclamar que la voz de Dios sonaba en su cabeza, llamándola a defender a su país contra el enemigo inglés. Lo más triste es también que quienes mejor contribuyeron durante el juicio a su sentencia condenatoria fueran los tenebrosos y misóginos sabios de la universidad de París, vendidos al poder del duque de Borgoña y de Enrique VI. Y que, junto con sus visiones, la causa fundamental de las acusaciones se basara en sus ropas masculinas: «Rechazó y renunció a las vestiduras femeninas», se atrevió a ponerse «una camisa, pantalones, un jubón con medias amarradas con veinte lazos, leotardos, un vestido corto hasta las rodillas, una gorra, botas, espuelas largas, espada, daga, escudo, lanza y otras armas», y todo eso suponía «una violación al canon de la ley, resulta abominable a Dios y a los hombres y está prohibido por la Iglesia.»[22] Así quedó expuesto en el juicio. Mejor pues pensar que la valiente Cristina de Pisan murió ignorando que, decididamente, su voz de mujer había clamado en vano en el desierto.

CAPÍTULO III

Las mujeres del humanismo

> Por eso una mujer es siempre mujer, es decir, loca, por muchos esfuerzos que realice para ocultarlo.
>
> ERASMO DE ROTTERDAM

> Bien feliz eres, lector, si no perteneces a este sexo al cual le están vedados todos los bienes, al vedársele la libertad, a fin de concederle como única felicidad, como virtudes soberanas y únicas, hacer el tonto y servir.
>
> Madame de GOURNAY

A lo largo de los últimos siglos de la Edad Media, buena parte de Europa fue evolucionando hacia ese fenómeno de eclosión cultural que se llamó Renacimiento, un largo momento de consolidación de los principios de la moderna civilización occidental en aspectos tan diversos —aunque interrelacionados entre sí— como el arte, el pensamiento, la teoría política, el desarrollo económico o la ciencia. El fervoroso teocentrismo medieval cedió poco a poco el paso a un mundo en el cual, sin que la presencia de Dios dejara de ser intensa en la vida de cada europeo, la consciencia del individuo adquirió un nuevo y fundamental papel en la historia. Fue el triunfo del humanismo, el comienzo del desarrollo de la idea de la criatura humana como un ser autónomo, liberado en buena medida de aquella cadena que durante tantos siglos lo había mantenido atado a un tenebroso fatalismo lleno de superstición. Fue también el momento de la búsqueda, a través de los conceptos de la filosofía renovada de Platón, de una belleza que, aunque sombra de lo divino, no dejaba de ser plenamente humana. La recuperación de la vieja idea ateniense del hombre como centro y medida de todas las cosas.

El hombre, sí. Pero cabe preguntarse si en ese concepto estaba incluida la humanidad al completo o si se refería tan sólo al género masculino. Porque lo cierto es que, en medio del extraordinario proceso intelectual y civilizador que fue el humanismo, la mujer siguió ocupando mayoritariamente su tradicional situación de sombra, elevada en el mejor de los casos al nivel de espejo y reflejo del poder o la sabiduría masculina. Las viejas ideas sobre la inferioridad natural del sexo femenino seguían dominando la mayor parte de las corrientes de pensamiento y de comportamiento moral, refrendadas por las ideas cristianas sobre la condición pecadora y por lo tanto temible de las hijas de Eva. Este texto del humanista y gran escritor francés del siglo XVI François Rabelais resume muy bien el miedo masculino frente a las mujeres, seres que poseen en su interior, según creencia de la época, «un cierto animal o miembro [el útero] que no se encuentra en el hombre y que produce con frecuencia ciertos humores salobres, nitrosos, voraces, amargos, mordaces, punzantes y amargamente cosquilleantes, mediante el doloroso escozor y culebreo por el cual [...] se estremece todo el cuerpo femenino, se exacerban todos los sentidos y todas las pasiones se satisfacen y todo se vuelve confuso».[1] O, como diría en expresivo castellano fray Martín de Córdoba, las mujeres «todo lo hacen por extremo y por cabo» y tienen grandes dificultades para controlar sus apetitos carnales «como es comer e dormir e folgar e otros que son peores», cosa lógica si se piensa que son «más carne que espíritu».[2]

En general, seguía considerándose que las mujeres eran seres peligrosos, dañinos e inferiores, lo cual justificaba la obligación por parte de los hombres de mantenerlas permanentemente bajo control. Los siglos que iniciaron la era moderna vieron sin embargo avivarse a través de los humanistas el debate sobre la inteligencia femenina y la conveniencia o no de instruir a las mujeres, debate al que Cristina de Pisan había prestado con tanta firmeza su voz al iniciar la «querella de las damas». Eran muchos los que seguían negándole al sexo en su conjunto la capacidad de entendimiento. Entre muchos humanistas y moralistas de la época siguió desarrollándose la idea de raigambre medieval de que era conveniente que las mujeres fuesen instruidas, pero sólo dentro de los límites razonables que las ayudasen a ser buenas cristianas, esposas decentes y madres responsables. Preconizaban por lo tanto para ellas una educación que no estaba destinada a su desarrollo integral como seres humanos, sino a situarlas en mejores condiciones al servicio del bienestar de la familia y, en último término, del marido. Ésa era la tesis que sostenía, por ejemplo, el influyente Erasmo de Rotterdam. En 1526, el pensador holandés publicó su *Christiani matrimonii Institutio* [Instrucción del matrimonio cristiano], que dedicó a Catalina de Aragón, hija de los Reyes Católicos y primera —y pronto repudiada— esposa de Enrique VIII de Inglaterra, que estaba considerada como una mujer de gran cultura y, a la vez, de destacada virtud. En su texto, Erasmo critica a los progenitores de las clases privilegiadas que sólo se ocupan de enseñar a sus hijas a tejer tapices y sedas, pues «sería mejor que les enseñaran a estudiar, porque el estudio ocupa todo el espíritu [...] No es sólo un arma contra el ocio, es también un medio de imprimir en la mente de las niñas los más altos preceptos que las llevarán hacia la virtud.»[3] Esta generosidad de Erasmo no debe sin embargo engañarnos, pues su concepto de la mujer no era demasiado elevado; en su famoso *Elogio de la locura*, en diversas ocasiones llama a las mujeres «locas», y desprecia a las que pretenden demostrar el desarrollo de su intelecto: «Si una mujer quiere hacerse pasar por prudente, no hace más que añadir una nueva locura a la que ya padece.»[4]

Otro de los moralistas y pedagogos más influyentes de la época, el valenciano de origen judío Juan Luis Vives, mantenía ideas muy semejantes en su *Institutio fœminae christianae* [Instrucciones para la mujer cristiana], una obra que conoció un gran éxito en su época y fue traducida a casi todas las lenguas europeas. Según él, las jóvenes debían ser instruidas en «estudios que formen la moral y la virtud, conocimientos que enseñen la forma de vivir más religiosa y mejor. Recomiendo que no se preocupen por la retórica, pues la mujer no necesita de ella; lo que necesita es probidad y prudencia; no es malo que la mujer sea callada, lo que es necio y abominable es que sea voluntariosa.»[5] Los límites a su aprendizaje estaban pues muy claros. Y, sobre todo, los límites a su capacidad para la vida pública. Vives consideraba, en efecto, que el intelecto de las mujeres era débil y caprichoso y, por ese motivo, insistía en la vieja idea de que no debía permitírseles enseñar o predicar: «Veloz es el pensamiento de la mujer y tornadizo por lo común, y vagoroso y andariego, y no sé bien adónde le trae su propia lubricada ligereza [...] Puesto que la mujer es un ser flaco, inseguro en su juicio y muy expuesto al engaño, según mostró Eva, que por muy poco se dejó embobar por el demonio, no conviene que enseñe, no sea que, persuadida de una opinión falsa, con su autoridad de maestra influya en sus oyentes y arrastre fácilmente a los otros a su propio error.»[6] También Fray Luis de León, que gozó de gran consideración, veía a la mujer como un ser inferior («flaca y deleznable más que ningún otro animal»), que debía mantenerse sometida y callada, pues «así como a la mujer buena y honesta la naturaleza no la hizo para el estudio de las ciencias, ni para los negocios de dificultades, sino para un solo oficio simple y doméstico, así les limitó el entender, y por consiguiente, les tasó las palabras y las razones.»[7]

En la época de desarrollo del humanismo, el debate sobre la capacidad femenina era no sólo una polémica de alta trascendencia intelectual y moral, sino un asunto de moda entre las élites. De hecho, Baltasar de Castiglione lo recogió en su famosísimo *Libro del Cortesano*. Publicada con enorme éxito en 1534, en esta obra se fijan los cánones del comportamiento social más refinado del momento. En ella se reproducen diversas controversias entre personajes reales, conversaciones sobre temas variados que tenían lugar en las reuniones organizadas en su bellísimo palacio por Elisabetta Gonzaga, duquesa de Urbino. Uno de los debates del libro gira precisamente en torno a la supuesta inferioridad de las mujeres, defendida por el humanista Gasparo Pallavicino: «Porque debía bastarles hacer de esta dama de la corte un ser hermoso, discreto, casto, afable y capaz de entretener [...]; pero querer darle conocimiento de todas las cosas del mundo y permitirle poseer esas virtudes que tan pocos hombres han poseído en los últimos siglos es algo que no se puede soportar ni escuchar.» Su oponente, Giuliano de Médicis, sostenía en cambio con firmeza su convicción acerca de la igualdad moral e intelectual entre los dos sexos: «Si las cualidades accidentales pertenecen a la mente, diré que las mujeres pueden entender todas las cosas que entienden los hombres y que la inteligencia femenina puede penetrar donde quiera que penetre la inteligencia masculina.»[8] Realmente, estas ideas de Giuliano de Médicis eran muy adelantadas para su época. Muy pocos tratadistas se dignaron elevar a las mujeres al nivel de los hombres. Uno de los más valientes —y solitarios— defensores de este concepto fue el humanista y médico alemán Cornelius Agrippa von Nettesheim, quien publicó en 1529 su avanzada obra *De nobilitate et praecellentia fœminei sexus* [Sobre la dignidad y excelencia del sexo femenino], en la que desarrollaba principios que, hasta entonces, sólo Cristina de Pisan y un pequeño puñado de mujeres escondidas se habían atrevido a expresar: «El alma de la mujer no tiene un sexo diferente de la del hombre. Ambos recibieron almas exactamente iguales y de igual condición. Las mujeres y los hombres están dotados de los mismos dones espirituales, la razón y la capacidad de expresarse mediante palabras. Fueron creados para el mismo fin y sus diferencias sexuales no tienen que influir en su destino.»[9]

Si las extremas ideas de von Nettesheim apenas tuvieron eco, las de pensadores tan prestigiosos como Erasmo o Vives contribuyeron en cambio a favorecer el desarrollo de un cierto nivel de educación femenina entre las clases sociales más cultas y ricas, aunque fuera una educación tan limitada en sus objetivos y siempre favorable a los intereses masculinos de control sobre las mujeres. Entre la inmensa mayoría de la población siguió predominando no obstante la idea de la absoluta nulidad intelectual femenina, contribuyendo a mantener durante siglos una sociedad de mujeres incultas y sometidas al deseo y las necesidades de los hombres, moviéndose entre las dos situaciones extremas de criadas-para-todo o muñecas sobreprotegidas. Es curioso comprobar cómo la mayor parte de las excepciones a esta regla lo fueron por expreso deseo paterno, es decir, masculino: las mujeres verdaderamente cultas llegaron casi siempre a serlo porque sus padres —ellos mismos hombres amantes del estudio— se ocuparon de educarlas y de desarrollar sus talentos intelectuales y artísticos, desafiando así las reglas de la sociedad patriarcal. Padres generosos que quisieron regalar a sus hijas el placer del conocimiento y la reflexión, alejándolas de la vacuidad de la existencia de la inmensa mayoría de las mujeres de su clase, otorgándoles vías para alcanzar por sus propios medios la libertad individual, y sin duda tratando también de evitarles los abusos que algún día podrían llegar a cometer sobre ellas sus posibles maridos. Gracias a ellos, fueron no pocas las mujeres que a lo largo del Renacimiento llegaron a alcanzar conocimientos importantes, y pudieron desarrollar sus talentos y su inteligencia. En aquellos siglos hubo en efecto en toda Europa, y especialmente en la esplendorosa Italia, un movimiento de mujeres cultas, de humanistas que entregaron sus vidas al estudio, que alcanzaron la sabiduría, dominaron lenguas, tuvieron profundos conocimientos en las materias filosóficas, científicas y artísticas del momento y analizaron el mundo y la vida a través de sus escritos.

Sin embargo, la mayoría de esas mujeres tuvieron que luchar desesperadamente, a veces en condiciones incluso trágicas, por mantenerse en su camino una vez superado el territorio de la infancia y por ser respetadas como iguales por los hombres doctos. En general, ellos se negaban a considerar a aquellos «prodigios» de la naturaleza como iguales. Mientras eran jóvenes, las llamaban con paternalista admiración «*puellae doctae*» [«niñas sabias»] y las elogiaban por su rareza, pero muy pocos estaban dispuestos a aceptarlas entre sus filas una vez que se convertían en adultas, a permitirles expresarse y a debatir con ellas los mismos asuntos que discutían entre sí: sus voces de niñas podían ser tiernas y agradables, sus voces de mujeres resultaban en cambio chillonas, molestas, despreciables. Pero tampoco la inmensa mayoría de las demás mujeres las aceptaba con naturalidad, recelosas de sus conocimientos y sus talentos. Así pues, las humanistas pagaron a menudo un precio demasiado elevado a cambio del amor a la sabiduría, el de la soledad y el aislamiento. Incluso las pocas que lograron ser admiradas y respetadas perdieron a los ojos de la gente su carácter femenino, convirtiéndose en seres asexuados situados en tierra de nadie. De hecho, eran muchas las que se veían obligadas a elegir entre el matrimonio y el conocimiento, en el que sólo lograban profundizar si permanecían encerradas entre los muros de sus propias casas o bajo las bóvedas de los conventos. «¿Debo casarme o entregar mi vida al estudio?», le preguntaba en una carta la joven humanista Alessandra Scala a su amiga y compañera Cassandra Fedele. Ambas se casaron y ambas renunciaron a seguir el camino de la sabiduría. Era como si la sociedad —y ellas mismas— considerase imposible que una mujer culta más allá de lo normal pudiera vivir también plenamente su femineidad, llevando una vida sexual activa y teniendo hijos, sin renunciar por ello a su pasión por el conocimiento y a sus dotes creativas.

Fueron muchas las que, en esa difícil situación, se refugiaron en los conventos o en el interior de sus propias casas, seguro pero solitario. La historia de la humanista Isotta Nogarola, que vivió en la Verona del siglo xv, resume bien la condición de estas mujeres rechazadas tanto por sus colegas masculinos como por muchas de sus congéneres. Isotta y su hermana Ginevra —ambas curiosamente bautizadas con nombres de tradición artúrica—, huérfanas de padre, fueron extraordinariamente educadas por varios preceptores contratados por su madre. Ginevra abandonó sus estudios para contraer matrimonio. Isotta optó en cambio por el celibato para poder dedicarse al saber y, consciente de su valía, trató de introducirse como una más en los círculos humanistas masculinos. Pero fue rechazada sin contemplaciones. Tuvo que hacer frente además a una acusación que ha perseguido tradicionalmente a muchas mujeres inteligentes, la de la promiscuidad; en su caso, el asunto fue incluso más grave, pues se la quiso culpabilizar de cometer incesto con su propio hermano: «[Ella] —escribía el informante anónimo de esta infamia—, que ha logrado tanta admiración por su elocuencia, hace cosas que no se corresponden con su erudición y su reputación, pero he oído algo de hombres sabios que tengo por cierto: que una mujer elocuente nunca es casta; y el comportamiento de muchas mujeres cultas confirma que esto es verdad.»[10] Todo aquel asunto provocó las burlas de ciertas damas de Verona, contentas de comprobar el fracaso de esa joven sin duda superior intelectualmente a todas ellas. Como otras muchas mujeres sometidas a persecuciones y desprecios semejantes a lo largo de la historia, Nogarola se sintió profunda e injustamente humillada. A uno de los humanistas que se había negado a responder a sus cartas le escribió estas dolidas palabras: «¿Por qué tuve que nacer mujer para ser insultada por los hombres en palabras y obras? [...] Su injusticia al no escribirme me ha hecho sufrir mucho, tanto que no creo que haya sufrimiento mayor [...]. Porque se burlan de mí en la ciudad, las mujeres se mofan de mí. No puedo encontrar un sitio para esconderme y las burras me desgarran con sus dientes y los bueyes me clavan sus cuernos.»[11] A pesar de todo, Isotta Nogarola decidió no abandonar su búsqueda de la erudición, aunque se dio por vencida en su intento de lograr ser recibida como una igual por los hombres. Se retiró pues del mundo y permaneció prácticamente recluida el resto de su vida en su palacio, entregándose al estudio de las Sagradas Escrituras. Durante esos años escribió uno de los textos más interesantes de los que crearon las humanistas italianas, *De pari aut impari Evae atque Adae peccato*, en el que se debate la responsabilidad de Adán y Eva en la caída. Frente al pensamiento imperante en la Iglesia, Nogarola hace a Adán copartícipe del pecado original. Sin embargo, incapaz de librarse del todo de la profunda concepción patriarcal de su tiempo sobre su sexo —y acaso influida por su propio carácter—, su defensa de Eva se basa en su inevitable debilidad femenina.

Otra de las mujeres vencidas por la intensa presión exterior fue Laura Cereta, que vivió en Brescia en la segunda mitad del siglo XV. Educada por su padre, un prestigioso médico, Cereta era experta en latín, griego, matemáticas, astrología y filosofía moral. En su *Correspondencia* arremete contra los hombres que pretenden hacerse pasar por cultos, pero también contra las mujeres frívolas, entregadas tan sólo al cuidado y la exhibición de sus cuerpos y no al desarrollo de sus espíritus: «¡Observad a las mujeres en la plaza! [...] Una se ata un nudo hecho con el cabello de otra persona en su propia cabeza, otra tiene la frente rodeada de rizos encrespados. Otra, para mostrar el cuello, se ata sus cabellos dorados con una cinta. Otra se cuelga una cadena del hombro, otra del brazo y otra del cuello, al pecho. Otras se ahorcan con collares de perlas. Nacieron libres y luchan por estar cautivas. ¡Oh, la debilidad de nuestro sexo, que corre hacia la voluptuosidad!»[12] Casada a los quince años y viuda a los dieciséis, Cereta decidió, como Cristina de Pisan o Isotta Nogarola, encerrarse en su casa, dedicada al estudio. Sin embargo, tras las críticas que suscitó la publicación de su interesante *Correspondencia*, permaneció en silencio el resto de su corta vida.

Un caso ejemplar de absoluta inseguridad fue el de la noble veneciana Lucrezia Cornaro Piscopia. Como tantas de sus colegas, Cornaro vivió retirada del mundo, consagrada a Dios como oblata benedictina, es decir, sometida a la orden pero sin la obligación de vivir en clausura. Fue la primera mujer que recibió el título de doctora en filosofía, tras superar las pruebas correspondientes en la universidad de Padua. Pero su aspiración era alcanzar el grado de doctora en teología. A pesar de estar suficientemente preparada para lograrlo, cuando tuvo que intervenir frente al tribunal que la examinaba, se retiró tras pronunciar una terrible frase que expresa muy bien el confuso sentimiento de todas esas mujeres sometidas a una profunda y larguísima tradición de cultura patriarcal: «No puedo hacerlo; al fin y al cabo, sólo soy una mujer.» Y una mujer sola no podía enfrentarse a todo un mundo.

Hacía falta una firmísima autoestima para superar ciertos límites, una poderosa seguridad en sí mismas que para la gran mayoría era inalcanzable. Incluso alguien tan valiente en ciertas actitudes vitales como Olimpia Morata se mostró temerosa de exponerse ante el público. Educada por su padre, un destacado humanista de Ferrara, Morata creció en la corte de esa ciudad, famosa en toda Italia por la cultura de sus mujeres. Allí comenzó a componer en latín y griego poemas, cartas y diálogos, un género habitual en la literatura de estirpe humanista. En griego precisamente escribió estos versos, en los que ella misma se autoexcluye de la tradicional condición femenina: «Yo, una mujer, he abandonado los símbolos de mi sexo, / lana, lanzadera, canasta e hilo. / Amo tan sólo el florido Parnaso con sus coros alegres.» Morata fue una de las pocas humanistas que mantuvo su actividad erudita después del matrimonio, quizá gracias a las especiales circunstancias que lo rodearon: su abierta simpatía por la causa protestante —perseguida por la Inquisición en todo el territorio italiano— hizo que fuera expulsada de la corte de Ferrara cuando tenía dieciocho años. Se refugió en Alemania, y allí se casó con un médico luterano, que siempre respetó su pasión por el conocimiento. Sin embargo, igual que les ocurrió a infinidad de mujeres creadoras, nunca se atrevió a dar a la luz su extensa obra, que sólo fue publicada después de su muerte, temiendo sin duda enfrentarse a un público que tal vez la habría criticado sin piedad.

En el terreno de la poesía —terreno fecundamente femenino desde los comienzos de la historia— fue sin embargo más habitual que las mujeres italianas de los siglos XV y XVI dejaran oír sus voces, muchas de ellas llenas de talento y recibidas con verdadera admiración. La mayor parte pertenecían por supuesto a familias nobles, como Lucrezia Tuornabuoni, esposa de Piero de Médicis, madre de Lorenzo el Magnífico y abuela de los pontífices León X y Clemente VII. Lucrezia, que vivió entre 1425 y 1482, fue una dama de talento político, implicada directamente en muchos de los asuntos de gobierno de Florencia. Pero también desempeñó un papel muy importante como mecenas en aquel extraordinario entorno de los Médicis en el que se renovaron profundamente la filosofía, la política, las artes, la literatura y hasta la lengua toscana, apoyada por ellos como un idioma culto y no sólo popular, como un idioma de alta creación literaria que, con el paso del tiempo, llegaría a ser el italiano hablado en toda la Península. En toscano precisamente escribió Lucrezia sus cartas y sus poemas, de intenso contenido religioso.

Otra de las grandes damas del tiempo que fueron reconocidas como poetas fue Veronica Gàmbara, una valiente mujer que, a principios del siglo XVI, tras quedarse viuda muy joven del señor del pequeño Estado de Correggio, gobernó sus tierras con inteligencia e incluso supo defenderlas con las armas, a la vez que patrocinaba las artes, organizaba en su corte un espléndido círculo de literatos y artistas y se dedicaba ella misma a la poesía. Sus poemas, de tradición petrarquista, abordan a menudo los asuntos amorosos, pero no desdeñan la actualidad política y bélica de Italia. Como la de Cristina de Pisan y tantas otras mujeres a lo largo de la historia, su voz clama siempre a favor de la paz y el entendimiento. En este soneto se dirige al papa Pablo III, pidiéndole que proteja las tierras italianas de las invasiones del emperador Carlos V y de Francisco I de Francia, y que busque la tregua entre ellos: «Tú que de Pedro el glorioso manto / vistes dichoso, y del celeste reino / tienes las llaves, pues eres digno / ministro de Dios, y pastor sabio y santo, / mira la grey a ti confiada, y cuánto / la mengua el fiero lobo; y así seguro / sostén de tu sagrado ingenio / ella reciba, y él justa pena y llanto. / Expulsa decidido del rico nido / al enemigo de Cristo, ya que ambos reyes / se han dirigido a ti. / Si así lo haces, no será el eco / de tus buenas obras y hechos egregios / menor que el de aquél cuyo gran nombre llevas.»[13]

Tal vez la poeta noble más famosa de la época haya sido Vittoria Colonna, que vivió entre 1492 y 1547 y que pertenecía a una vieja estirpe de príncipes. Casada a los diecisiete años con el marqués de Pescara, uno de los más destacados militares al servicio de Carlos V, se quedó viuda aún joven al morir su marido en la batalla de Pavía en 1525. Desde entonces se dedicó en cuerpo y alma a sus intereses más profundos, intelectuales y artísticos pero también espirituales: Colonna estuvo muy cercana a los movimientos reformistas y fue por ello investigada y seguida de cerca por la Inquisición. Fue amiga de algunos de los más importantes escritores de la época, como Ariosto, Aretino, Castiglione o Bembo y, sobre todo, de Miguel Ángel Buonarroti, con quien mantuvo una intensa relación de mutuo amor platónico; fue a ella a quien el artista dedicó algunos de sus mejores versos, tratándola siempre en masculino —«Muerte me ha arrebatado un gran amigo», dice en el doloroso poema que escribió tras su fallecimiento—; sin duda lo hacía en señal de respeto y admiración, demostrando así que la consideraba no una mujer, y por lo tanto un ser inferior, sino una igual. La poesía de Colonna, amorosa, religiosa y también de contenido político, circuló ampliamente por toda Italia, primero en manuscritos y después en numerosas ediciones. Muchos de esos poemas están dedicados al dolor por la muerte de su marido: «Cuando muerte deshizo el nudo amado / que ataron amor, naturaleza y cielo, / robó a mis ojos el placer y al corazón su sustento, / mas unió las almas de forma aun más estrecha. / Ése es el lazo del que me alabo y glorio, / el que me aleja de todo error mundano: / me mantiene en el camino honrado / donde de mis deseos aún gozo. / Estériles los cuerpos, mas fecunda el alma, / pues su valor dejó tan claro rayo / que siempre será luz de mi nombre. / Si el cielo me fue avaro en otras gracias, / y si mi amado bien muerte me esconde, / aún con él vivo: y ya más no deseo.»[14] A pesar de su relevancia social e intelectual, Colonna no se vio libre de burlas y ataques por parte de algunos de sus colegas masculinos, como Niccolò Franco que, en este cruel soneto, se mofa de su amor por el marido muerto: «Cual emisario, oh Príapo, aquí vengo / de parte de una poetisa nuestra, / manifestando todos los respetos / que se le deben a un emperador. / Dicen que siempre te hallas en su pecho / y al escuchar por la mañana misa, / Dios sabe, si te ruega, que hasta ella / se extraña de que tanto amor le nazca. / Y aunque derroche su arte y su intelecto / haciendo rimas, y aunque te haga agravio, / porque tan pocos versos te dedica, / todo esto se trueca en honor tuyo, / y estás forzado a estarle agradecido / si llora el rabo del marido muerto.»[15]

Ese tipo de burlas masculinas recayeron también a menudo sobre las poetas cortesanas, un grupo peculiar de mujeres de vidas libres y de intensa y original creación lírica. Fue a lo largo del siglo XVI cuando surgieron por toda Italia estas «*cortigiane oneste*», meretrices de alto nivel que vivían no sólo de su belleza sino también de su inteligencia y su talento, aplicados al amor físico y a su propio desarrollo artístico e intelectual, a la manera de las antiguas hetairas de la Atenas clásica. Poseedoras de un poder de seducción basado en sus ricas personalidades, formaban parte de los círculos sociales de muchos de los hombres más importantes de la época, nobles, artistas, literatos, pensadores, entre los que a menudo eran significativamente llamadas «*compagnesse*», compañeras. Ellas acompañaban en efecto a aquellos hombres en numerosos aspectos de sus vidas que ellos no hubieran podido compartir con las virtuosas, aburridas e incultas esposas que la sociedad patriarcal les imponía: capaces de interpretar música y de bailar, de componer versos, de debatir asuntos literarios, artísticos o filosóficos, eran a la vez mujeres que se entregaban sin disimulos a las relaciones puramente físicas o al más intenso y libre amor pasional. La sociedad las consideraba prostitutas, pero cabe preguntarse hasta qué punto ellas —que gozaban del privilegio moral de elegir a sus amantes— traficaban con su cuerpo más de lo que lo hacían las mujeres que se casaban con hombres a los que no querían y a los que se entregaban a cambio, en el mejor de los casos, de estabilidad, prestigio y protección. No creo que sea exagerado considerar que, durante siglos y siglos, infinidad de mujeres han vivido de sus cuerpos, intercambiándolos por dinero o por un estatus. La diferencia entre las esposas y las prostitutas es que las primeras actuaban dentro de las condiciones aceptadas y reguladas por los sistemas sociales, jurídicos y religiosos, mientras que las segundas lo hacían en los márgenes. Pero tanto a unas como a otras no les quedaban muchas más opciones en un mundo en el que, como miembros del sexo femenino, ocupaban el ínfimo rango dentro de cada estamento social y apenas disponían de libertad de elección para poder encarar la vida de otra manera.

En cualquier caso, es preciso situar históricamente el concepto de prostituta, que no coincide en todos sus aspectos con la visión actual. Para empezar, la prostitución fue considerada un oficio como cualquier otro hasta finales del siglo XVI, cuando triunfaron la Reforma en los países del norte y la Contrarreforma en los del sur. En los siglos finales de la Edad Media, a medida que las ciudades se iban desarrollando e iban creando leyes que las regían en todos los aspectos, fue controlada y sometida a normas que la regulaban con la misma naturalidad con la que se regulaba la venta de vinos o la fabricación de zapatos. Durante mucho tiempo, el negocio de la carne se consideró no sólo lícito, sino incluso un privilegio reservado a quienes gozaban de buenas relaciones con las cortes y los ayuntamientos: en 1497, el príncipe don Juan, hijo de los Reyes Católicos y gobernador de Salamanca, le concedía a uno de sus servidores un solar para instalar una casa de mancebía, que más tarde le fue alquilada por uno de los regidores de la ciudad.[16] Por lo demás, las rameras tenían que cumplir con las obligaciones previstas en los decretos municipales, tales como no abandonar los barrios en los que vivían durante la noche o en los días en los que se celebraban fiestas religiosas. También se les solía regular la manera de vestirse, exigiéndoseles por ejemplo que llevasen siempre puesto un velo amarillo —un elemento común en muchos lugares de Europa—, de tal manera que pudiesen ser identificadas por la calle y no se hicieran pasar por mujeres honestas. Igualmente, se las sometía a constantes controles médicos, más importantes a medida que la sífilis, llegada de América a principios del siglo XVI, se extendía como una peste imparable por todo el continente.

Pero es importante señalar que la condición de prostituta solía extenderse según las leyes a todas las mujeres que, simplemente, no eran castas. Los decretos venecianos al respecto pueden servir como ejemplo. Venecia fue una de las ciudades donde más prostitutas hubo en el siglo xvi, llegando a suponer hasta alrededor de un 10 por ciento de la población. Pues bien, una ley de 1543 las define como aquellas mujeres solteras o separadas que «tengan comercio o práctica con uno o más hombres». Comercio o práctica: no se consideraba por lo tanto imprescindible el hecho de que cobrasen dinero a cambio de sus relaciones. En consecuencia, cualquier mujer que tuviera diversos amantes, tanto simultáneos como consecutivos, podía ser considerada meretriz.

Ese concepto, de índole moral más que estríctamente económica, era el que predominaba en toda Europa. Numerosas mujeres que gozaban de una cierta libertad en sus costumbres eran con frecuencia acusadas de prostitutas. Si a ello se añadía el hecho de que frecuentasen los a menudo desvergonzados ambientes literarios, teatrales, artísticos o musicales y que, además, se expusieran ante el público con sus propias obras y recibiesen dinero a cambio de ellas, para mucha gente no cabía ninguna duda respecto a su condición. Así les ocurrió, entre otras muchas, a la dramaturga inglesa Aphra Behn* o a la gran poeta francesa del xvi Louise Labé. Nacida en Lyon en 1526, Labé no pertenecía, como la inmensa mayoría de las escritoras de aquellos siglos, a la nobleza o la alta burguesía, sino que era hija de un simple cordelero, un artesano de la industria textil. Aunque, según parece, el señor Labé era analfabeto, a medida que fue mejorando su situación económica mediante sucesivos matrimonios, se preocupó por darle a su hija una educación exquisita. Su cultura y su capacidad creativa —además de ser escritora, cultivaba también la música con maestría— terminaron por hacer de ella el centro de la vida intelectual y literaria de Lyon. En su casa se reunían poetas, humanistas y músicos, entre ellos algunas otras mujeres escritoras, animadas por su destacado ejemplo. Pero Louise Labé no se libró de recibir críticas aceradas contra sus «reprobables»

* Véase el capítulo VII.

costumbres sexuales. Ella mantuvo sin embargo la cabeza bien alta y bien viva su autoestima como creadora y como persona. Prolongando en el tiempo la voz de Cristina de Pisan, se rebeló una y otra vez contra la ignorancia en la que los hombres mantenían a las mujeres, defendiendo con ardor su derecho a la educación, a través de la cual consideraba posible lograr la igualdad, como había sido indudablemente su caso: «Ha llegado el momento —le escribía a su amiga Clémence de Bourges— de que las severas leyes de los hombres dejen de impedirles a las mujeres el estudio de las ciencias y otras disciplinas. Me parece que aquellas de nosotras que puedan valerse de esta libertad, codiciada durante tanto tiempo, deben estudiar para demostrar a los hombres lo equivocados que estaban al privarnos de este honor y beneficio. Y si alguna mujer aprende tanto como para escribir sus pensamientos, que lo haga y que no desprecie el honor, sino que lo exhiba, en vez de exhibir ropas finas, collares o anillos.»[17] Su obra comprende elegías, sonetos y, a la manera de los humanistas, un *Debate de Locura y Amor*. Sus poemas suelen ser de tema amoroso, íntimos e intensos a la vez, llenos de sensualidad: «Bésame otra vez, rebésame y besa: / dame uno de tus besos más sabrosos, / dame uno de los más cariñosos: / yo te devolveré cuatro más ardientes que brasas. / ¿Te cansas, dices? Ven que calme ese mal / dándote otros diez muy dulces. / Y así, mezclando nuestros dichosos besos, / gocemos el uno del otro a capricho.»[18]

Otra creadora sobre la que corrieron rumores insidiosos fue la compositora Barbara Strozzi; pero a ella, al contrario que a Louise Labé, sí que la afectaron anímicamente y, por lo que parece, de una manera profunda. Nacida en Venecia en 1617, Barbara era hija adoptiva —y quizá natural— del poeta Giulio Strozzi. Excepcionalmente dotada para la música, fue una prolífica autora de piezas vocales de altísimo nivel. Pero, mientras otras músicas de la época, como las hermanas Francesca y Settimia Caccini, realizaban sus carreras interpretando sus propias obras en diversas cortes y teatros de toda Europa, Strozzi se negó siempre a comparecer ante el público. Cuando comenzó su carrera, a los quince años, lo hizo en su propia casa, ante los miembros de la Accademia degli Unisoni que había fundado su padre; aquélla era una tertulia de intelectuales y artistas con fama de libertinos. La presencia de la joven entre semejantes hombres, por mucho que estuviera respaldada por su padre, hizo correr en seguida venenosos rumores sobre su vida sexual. Pronto se le aplicó el calificativo de cortesana. Strozzi respondió a las insidias renunciando a una posible vida pública, negándose a comparecer en ningún escenario y limitándose a dar a conocer su importante obra musical a través de la imprenta.

Otra mujer perseguida a lo largo del tiempo por la fama de cortesana, a pesar de que no haya ninguna prueba al respecto, es la espléndida poeta Gaspara Stampa, una veneciana nacida en 1523. Gaspara fue, desde luego, un ser libre: tuvo sucesivos amantes, pues, como ella misma decía, «¿Qué puedo hacer, si el arder me es fatal, / si voluntariamente acepto ir / de un fuego a otro, y de uno a otro mal?»[19] Pero nada confirma que recibiese dinero o regalos a cambio de su entrega. Su poesía, poderosa, original y llena de sensualidad, está casi toda ella dedicada a uno de los hombres a los que amó, el conde Collaltino di Collalto, al placer y la felicidad que su presencia le proporcionaban, pero también al malestar que le causaban sus frecuentes ausencias y desdenes. Stampa era una enamorada tan apasionada como inteligente, que conocía las reglas a menudo caprichosas y llenas de crueldad del amor y se plegaba a ellas: «Dura es mi estrella, mas mayor dureza / es la de mi conde: él me rehuye, / yo le sigo; otros por mí se consumen, / yo no puedo mirar otra belleza. / Odio a quien me ama, amo a quien me desprecia; / a quien me es sumiso, mi corazón le ruge, / y soy sumisa con el que irrita mi esperanza; / a tan raro manjar está mi alma hecha. / Él sólo da causa a más enfados, / ellos me quieren dar consuelo y paz: / a ellos los dejo, y me entrego al otro. / Así en tu escuela, Amor, se hace / lo contrario siempre de lo que es bueno: / se desprecia al humilde, al impío se complace.»[20] Sus *Rimas* fueron publicadas con gran éxito póstumamente en 1554, algunos meses después de su muerte, ocurrida cuando tenía tan sólo treinta y un años.

Sobre la romana Tullia D'Aragona, contemporánea de Gaspara Stampa, sí que hay datos ciertos que confirman que era una cortesana, aunque ella nunca lo reconociese en sus escritos. Sin embargo, sabemos que su madre también lo había sido —y no era inhabitual que una madre cortesana educara a su hija para ejercer la misma profesión— y se conservan documentos que dan fe de cómo, viviendo en Florencia, Cosme de Médicis la autorizó a no tener que cubrirse con el velo amarillo obligatorio para las prostitutas porque «era una poeta». Una gran poeta, por cierto, que alcanzó una fama comparable a la de Vittoria Colonna, la refinada y espiritual amiga de Miguel Ángel, y que formó parte muy activa de los círculos literarios de las diversas ciudades en las que vivió y ejerció su profesión. Además de sus numerosos poemas, D'Aragona escribió un *Dialogo dell'infinità d'amore* [Diálogo sobre la infinitud del amor] en el cual, con cierta divertida contradicción respecto a su propia vida, defendía ardientemente la superioridad del amor como un sentimiento invasor de la vida frente al amor puramente físico. Muchas de sus composiciones fueron respuestas a otros poemas que le habían sido dedicados por algunos de los literatos más prestigiosos de su tiempo, lo cual pone de relieve su importancia y el respeto que fue capaz de ganarse. Sus versos hablan a menudo de un amor doliente y arrebatador, al cual, igual que Gaspara Stampa, la autora parece entregarse a conciencia; su tono es, sin embargo, menos personal, más estereotipado —elegante y petrarquianamente estereotipado, desde luego— que el de Stampa: «Una vez Amor en lento fuego / hizo arder mi vida, y me destrozó / el doliente corazón de tal modo, que lo que para otro / sería martirio, para él será ya dulzura y juego. / Puedan desdén y piedad, muy lentamente, / apagar la llama; y pueda yo, / libre de tan largo y fiero deseo, / vivir cantando alegre en cualquier parte. / Mas, desdichada, el cielo aún no se ha saciado / de mis dolores, y entre suspiros / me lleva de nuevo a mi antigua suerte: / y tan aguda espuela clava en mis flancos, / que temo, al primer cruel martirio / caer, y como menos mal ansiar la muerte.»[21] A pesar de su fama como cortesana y como poeta, Tullia D'Aragona murió a los treinta y seis años pobre y olvidada, un triste destino que fue muy a menudo el de las prostitutas, incluso las más refinadas: el deterioro físico de la edad terminaba por convertirlas demasiadas veces en mujeres abandonadas por todos aquellos que, durante años, las habían deseado y admirado y habían gozado con ellas. Así era la hipocresía de aquella sociedad masculina de amantes del arte y los placeres, de todos esos hombres capaces de gastarse fortunas para disfrutar de la compañía de las cortesanas, capaces de halagarlas y perseguirlas y de compartir con ellas momentos intensos y variados, pero igualmente capaces de dejarlas caer en el olvido cuando la vejez, la enfermedad o la pobreza las asolaban.

Precisamente la tercera de las grandes poetas-cortesanas, Veronica Franco, fue consciente de esa situación y, durante mucho tiempo, trató de convencer al gobierno de Venecia de que era necesario crear una institución de caridad que recogiese a las prostitutas envejecidas o enfermas, que a menudo se veían obligadas a pasar sus últimos años mendigando. Franco fue —ella sí que con toda seguridad— una de las meretrices más famosas de Venecia y, a la vez, un importante miembro de los círculos literarios y artísticos de la ciudad. Su celebridad en todos los sentidos era tanta, que en 1574, durante una visita de Enrique III de Francia, los dirigentes de la Serenísima República la eligieron a ella para que el monarca pasase una noche en su compañía: hermosa, refinada y culta, Franco era en efecto la mejor «*compagnessa*» para entretener a todo un rey. Nacida en Venecia en 1546, quizás hija, como Tullia D'Aragona, de otra mujer del oficio, Veronica se casó muy joven con un médico del que pronto se separó, iniciando entonces una carrera que la llevó a ser la más famosa de las «*cortigiane oneste*», amiga y colega de los mejores escritores y pintores, retratada nada más y nada menos que por Tintoretto, quien fue tal vez uno de sus amantes.

Como literata, inició su actividad ejerciendo de editora en algunas antologías de poemas. En 1575 publicó su propia colección de *Rimas* y en 1580, una selección de su correspondencia, bajo el título de *Lettere familiari a diversi* [Cartas íntimas a diversos]. Franco, que era una mujer fuerte, inteligente, muy bien preparada y, desde luego, atrevida, estuvo en el centro de diversas polémicas y a menudo fue atacada con virulencia. Uno de sus enemigos fue el patricio Maffeo Venier, a quien ella rechazó: ya he dicho que era privilegio de las cortesanas el poder elegir a sus amantes. Humillado, Venier le dedicó ciertos versos ofensivos que hizo publicar y circular por toda Venecia, «*Veronica, ver unica puttana*» [«Veronica, verdadera única puta»]. Franco no era, por supuesto, la primera cortesana insultada con crueldad en algún libelo: muchos escritores que gozaban a menudo de su compañía se sentían sin embargo con suficiente autoridad moral como para arremeter contra ellas en sus textos; era sin duda su única manera de vengarse de aquellas mujeres poderosas por su sensualidad, su libertad y su talento y que, para colmo, lograban obtener dinero de ellos aprovechándose de sus debilidades.

Pero Veronica Franco no dejó de plantar cara a sus perseguidores y supo defenderse a través de sus propios poemas, defendiendo a la vez a todas las mujeres: «¡Pobre sexo de tan mala fortuna, / siempre en peligro pues siempre está / sometido y carente de libertad!».[22] Supo defenderse tan bien, que incluso logró salir inocente de un proceso incoado por la Inquisición, ante la cual había sido acusada de practicar la brujería, permitir que en su casa se jugasen fuertes sumas de dinero, descuidar los sacramentos, comer carne en días prohibidos y hasta pactar con el demonio para lograr que ciertos hombres se enamorasen de ella, acusaciones extensas y variadas que respondían a los prototipos de denuncias ante el Santo Oficio. Pero si el poder de la institución era enorme, también debía de serlo el de Franco, quien logró demostrar que todo respondía a un complot en su contra: quizá los muchos apoyos y relaciones que había establecido a lo largo de su vida con los personajes más influyentes de la ciudad pudieron ayudarla en aquel espinoso asunto. Por las actas del juicio sabemos que, en aquella fecha de 1580, Veronica mantenía en su casa a cinco hijos. Ese hecho parece demostrar que ella no fue una de las muchísimas mujeres que, a lo largo de la historia, abandonaban a los recién nacidos cuando no podían o no querían criarlos; esa práctica habitual coexistía con el infanticidio, un crimen más común de lo que pueda pensarse en un mundo en el que no existían métodos fiables de control de la natalidad.

En el momento de la causa con la Inquisición, la escritora tenía treinta y un años, edad suficiente en la época para que el deterioro físico empezase a abalanzarse sobre ella. Ese mismo año de 1580, aquella mujer que en sus poemas hablaba sin disimulos de su condición de cortesana y se enorgullecía de «cuánto las meretrices tienen de bueno, / cuánto de gracioso y de gentil», publicaba en su selección epistolar una carta escrita a una amiga, aconsejándole que no empujara a su hija a ejercer la prostitución, ni siquiera la de alto nivel: «Cosa muy desdichada y muy contraria al sentido humano es obligar al cuerpo y al espíritu a tal servidumbre, que asusta sólo de pensar en ella. Darse como botín a tantos, con el riesgo de ser despojada, de ser robada, de ser asesinada, de que uno solo pueda quitarte todo aquello que con muchos y a lo largo de mucho tiempo has adquirido, con tantos otros peligros de injurias y de enfermedades contagiosas y espantosas; comer con boca ajena, dormir con ojos ajenos, moverse según los deseos ajenos, corriendo en manifiesto naufragio siempre de las facultades y de la vida: ¿Qué mayor miseria? ¿Qué riquezas, qué comodidades, qué delicias pueden pagar tamaño agravio? Creedme: entre todas las desdichas mundanas, ésta es la mayor; y si, además, a las razones del mundo se añaden las del alma, ¿qué perdición y qué certeza de condena es ésa? Cuidaos de lo que os dicen y no queráis serviros, en las cosas que pertenecen a la vida y a la salvación del alma, de ejemplos ajenos; no contribuyáis a que las carnes de vuestra miserable hijita sean reveladas y vendidas, siendo además vos misma el carnicero.»[23] Tal vez la cercanía de la vejez había cambiado su manera de ver las cosas. Acaso hubiera tenido alguna mala experiencia. O quizá simplemente sabía que había que poseer mucho talento y dominio del propio carácter para no dejarse arrastrar como prostituta al total sometimiento y dependencia de los hombres, para ser capaz de mantener, como ella había hecho, la fortaleza y el respeto de sí misma. ¿Se arrepentía de su propio pasado? No lo sabemos a ciencia cierta, aunque una leyenda no demostrada afirma que vivió sus últimos años sumida en una profunda devoción religiosa. Lo que sí parece ser cierto es que en ese momento ya no ejercía la prostitución. Sin embargo, Veronica tenía muy presente en su mente la situación de muchas de sus compañeras, menos privilegiadas que ella: fue en esa época cuando propuso al gobierno de la Serenísima República la fundación de una casa de retiro a la que pudieran acogerse aquellas que, por voluntad o por necesidad, abandonaran el oficio. Aunque la idea tardó aún un tiempo en cuajar, el hecho de que una prostituta tuviera la posibilidad de dirigirse directamente a los gobernantes de la ciudad con un proyecto de semejante envergadura pone de relieve sus contactos y el destacado papel que desempeñaba en la vida ciudadana de su tiempo.

Los últimos años de Veronica Franco permanecen sumidos en la oscuridad. Tan sólo sabemos que murió en 1591, a los cuarenta y cuatro años, cuando el tiempo del humanismo y de las «*cortigiane oneste*» llegaba a su fin, y una ola de fervor religioso contrarreformista inundaba los países católicos, encerrando a las mujeres aún con más intensidad, en nombre de la virtud, bajo los tenebrosos muros de la ignorancia, el aislamiento y el silencio.

CAPÍTULO IV

Las primeras escritoras de España

> Porque cosa de tan poco ser es esto que llamamos mujer.
>
> Fray Luis de León

> Vos [Dios] sois justo juez, y no como los jueces del mundo, que como son hijos de Adán, y, en fin, todos varones, no hay virtud de mujer que no tengan por sospechosa.
>
> Teresa de Ávila

Cuando la monja Egeria viajó en el año 381 a los Santos Lugares y escribió sus cartas a las religiosas del monasterio de Galicia del que era superiora, las tierras de España aún formaban parte del Imperio romano.* Habrían de pasar muchos siglos y muchas dominaciones de pueblos diferentes, muchas conquistas y reconquistas, muchos nacimientos y desintegraciones de reinos, muchas generaciones de seres humanos, hasta que volviera a dejarse oír en este rincón del mundo alguna voz de mujer. Más de mil años transcurren en efecto desde la peregrinación de la monja hasta que, en el siglo XV, aparecen otros textos escritos y firmados en femenino. Para entonces, el latín de Egeria se había convertido en una lengua conocida sólo por las élites más cultas, los idiomas prerromanos habían desaparecido por completo —salvo el euskera— y la gente hablaba y escribía comúnmente en aquellas lenguas romances aún en proceso de consolidación, el castellano,

* Véase el capítulo primero.

el gallego-portugués, el asturiano o el catalán. ¿Hubo otras mujeres autoras entre Egeria y las damas del siglo xv? Cabe suponer que sí. Tal vez algunas monjas escribieran en los conventos, igual que miniaban y copiaban textos en los *scriptoria*. Puede que hubiera exquisitas trovadoras, como ocurría en Occitania, o juglaresas viajeras y desenfadadas, semejantes a las que recorrían otras muchas zonas de Europa. Quizá muchas mujeres del pueblo crearan cantos y poemas, contribuyendo así al gran corpus de obra anónima medieval. Evidentemente, el hecho de que no conozcamos ningún texto escrito por ellas no quiere decir, sin embargo, que no hayan podido existir. Y a juzgar por lo que sabemos respecto a otros países, lo más probable es que así haya sido. Pero, por desdicha, el papel de las mujeres en la cultura de las tierras de España ha sido menos investigado que en otros lugares.

Hoy por hoy, el primer escrito en prosa firmado por una mujer española que conocemos está fechado en 1402. Y ni siquiera se trata de una obra literaria propiamente dicha, sino de unas *Memorias* que una dama noble, Leonor López Carrillo de Córdoba, dictó ante un notario con alguna finalidad que ignoramos. Sin embargo, esas *Memorias* resultan apasionantes por los hechos que narran, y constituyen un documento histórico de gran importancia. La vida de esa mujer, que probablemente nació en 1362, está llena de acontecimientos sorprendentes, que ponen de relieve lo que podía llegar a ser la turbulenta existencia de una dama de su época, sometida a toda clase de cambios de fortuna y empujada además en su caso particular por un carácter tan ambicioso como soberbio. Leonor pertenecía a la más alta nobleza castellana: era hija de una sobrina de Alfonso XI y del maestre de Alcántara y de Calatrava. De hecho, se crió en el Alcázar de Segovia con las hijas del rey Pedro I el Cruel. Con tan sólo siete años, su padre la casó con un caballero de otra importante familia, Ruy Gutiérrez de Hinestrosa. «A mi marido —relata en su texto, describiendo lo que podía ser la fortuna de un hombre de alta cuna de la época— le quedaron de su padre muchos bienes y muchos lugares; tenía hasta trescientos caballeros, y cuarenta madejas de perlas tan gruesas como garbanzos, y quinientos moros y moras [esclavos] y vajilla por valor de dos mil marcos de plata; y las joyas y preseas de su casa no se podrían escribir en dos pliegos de papel.»[1] Pero ambas familias, la suya y la de su marido, fueron víctimas de la guerra civil entre Pedro I y su hermano Enrique, que reinó luego como Enrique II de Trastámara. Cuando éste asesinó a Pedro I en 1369, el padre de Leonor, fiel al monarca fallecido, se refugió con las infantas en la ciudad de Carmona, que enseguida fue sitiada por el nuevo rey. Tras un largo asedio, López de Córdoba negoció su rendición a cambio de que las pequeñas princesas fueran enviadas a la corte de Inglaterra y también de que su vida y la de los suyos fuese respetada. Enrique II cumplió la primera parte del pacto, pero no la segunda: el padre de Leonor fue decapitado, y toda su familia encerrada en las atarazanas de Sevilla. Las *Memorias* describen la crueldad con la que los prisioneros podían ser tratados en aquellos tiempos: «Y nuestros maridos tenían cada uno sesenta libras de hierro en los pies, y mi hermano don Lope López tenía encima de los hierros una cadena en la que había setenta eslabones; él era un niño de trece años, la criatura más hermosa que había en el mundo. Y a mi marido, en especial, le ponían en el algibe del hambre, donde le tenían seis o siete días sin comer ni beber nunca.» Toda la familia y el séquito que los acompañaba, salvo la propia Leonor y su marido, murió durante una epidemia de peste que asoló la prisión. Al cabo de nueve años de encierro, el matrimonio fue liberado al fallecer Enrique II. Leonor, que tendría entonces diecisiete o dieciocho años, fue acogida en Sevilla por una tía. Su marido trató inútilmente durante mucho tiempo de recuperar sus bienes, que le habían sido encautados. Ella en cambio, con su desmesurada ambición, logró ir rehaciendo su hacienda. Aquella mujer llena de soberbia narra en su autobiografía sin ningún disimulo las astucias que utilizó con su propia familia para hacerse con un nuevo patrimonio, pero, a la vez, se permite achacar sus logros materiales a su devoción religiosa: «Y antes de todo esto, yo había ido treinta días a maitines, con aguas y con vientos y descalza, ante santa María la Amortecida, que está en la Orden de San Pablo de Córdoba; y le rezaba sesenta y seis veces, con sesenta y seis avemarías, la oración que sigue, en reverencia de los sesenta y seis años que Ella vivió con amargura en este mundo, para que Ella me diese casa. Y Ella me dio casa, y casas, por su misericordia mejores que las que yo merecía.» La piedad no era desde luego para Leonor un obstáculo en la obtención de sus fines: quizá fuera consecuencia del cruel trato recibido en prisión y de su familiaridad con la enfermedad y la muerte durante aquellos años de su adolescencia, pero el caso es que se muestra capaz de todo con tal de conseguir lo que desea. Incluso, con la mayor frialdad posible, da a entender que llegó a cometer un asesinato cuando algunas de las damas o criadas de su tía trataron de influir a ésta en su contra: «Y sentí tal desconsuelo que perdí la paciencia; y la que más me llevó la contraria con mi señora tía se murió en mis manos comiéndose la lengua.» Las *Memorias* continúan narrando cómo, durante una epidemia de peste que azotó Andalucía entre 1400 y 1401, murieron varias personas de su entorno y hasta su propio hijo por su empeño en hacerles cuidar a uno de sus servidores enfermo, un niño judío huérfano al que ella había recogido y bautizado: «Mandé llamar a un criado del señor maestre, mi padre [...], y le rogué que llevara a aquel chico a su casa. Y el desdichado tuvo miedo y dijo: "*Señora, ¿cómo le voy a llevar con la peste, para que me mate?*" Y le dije: "*Hijo, no lo quiera Dios.*" Y él, con vergüenza de mí, se lo llevó. Y, por mis pecados, las trece personas que lo velaron de noche, todas murieron. [...] Y yo rezaba esa oración todas las noches rogando a Dios que me quisiese librar a mí y a mis hijos; o que, si a alguno se tuviera que llevar, se llevase el mayor porque era muy enfermizo. Y quiso Dios que, una noche, no encontraba quien velase aquel chico enfermo porque habían muerto todos los que hasta entonces le habían velado. Y vino a mí ese hijo mío, que le llamaban Juan Fernández de Hinestrosa como su abuelo, que tenía doce años y cuatro meses, y me dijo: "*Señora, no hay quien vele a Alonso esta noche.*" Y le dije: "*Veladlo vos, por amor de Dios.*" Y me respondió: "*Señora, ahora que han muerto otros, ¿queréis que me mate a mí?"* Y yo le dije: "*Por la caridad que yo hago, Dios tendrá piedad de mí.*" Y mi hijo, por no salirse de mi mandato, fue a velarle; y, por mis pecados, aquella noche le dio la peste, y al otro día le enterré. Y el enfermo vivió después, habiendo muerto todos los que he dicho.» Aunque la autobiografía de Leonor López de Córdoba termine bruscamente en ese punto, poseemos sin embargo más datos de su agitada vida. Sabemos que, a partir de 1404, reinando Enrique III, regresó a la corte como valida de la reina Catalina de Lancaster, que era hija de una de las infantas con las que ella se había criado y a las que su padre había protegido contra Enrique II. Al morir el rey en 1407, Catalina de Lancaster pasó a gobernar como regente, y junto a ella permaneció Leonor, gozando de un enorme poder, hasta 1412. Su carácter intrigante hizo sin embargo que la reina terminara por expulsarla de la corte. Regresó entonces a Córdoba, convertida eso sí en una riquísima dama, y allí murió en 1430.

Además de ese texto autobiográfico, conocemos algunas obras en prosa redactadas en el siglo XV en castellano y catalán por dos monjas, Teresa de Cartagena e Isabel de Villena, dos mujeres a las que podemos considerar autoras literarias en un sentido estricto, pues a través de sus escritos trataron de transmitir sus vivencias y sus ideas a sus lectores, dos religiosas capaces de sobreponerse al retiro y el silencio del claustro y de su propio sexo para crear una personal e importante vía de comunicación con el mundo exterior. El caso de Teresa de Cartagena es especialmente llamativo, pues a esa doble reclusión como mujer y como religiosa se unía además su condición de sorda. Nacida en Burgos hacia 1425, Teresa provenía probablemente de una importante familia de judíos conversos, origen que comparte por cierto con otras muchas religiosas destacadas de la historia de los reinos de España, incluida la propia santa Teresa. Pudo haber sido nieta del obispo de Burgos Pablo de Santo María, que antes de su conversión había ejercido como rabino mayor de la ciudad. En cualquier caso, debió de recibir una magnífica educación, y ella misma confiesa haber estudiado durante algunos años en Salamanca, sin duda alguna en los ambientes próximos a la prestigiosa universidad. Sin embargo, su vida se vio truncada cuando, en la adolescencia, contrajo una enfermedad que la privó de la audición. Se convirtió así en un ser aislado y profundamente afligido, no sólo a causa de la muralla de incapacidad que la separaba del mundo, sino también porque aquella sociedad trataba con enorme dureza y desprecio a los disminuidos, como ella misma denunciaría más tarde en sus escritos: «Los amigos nos olvidan, los parientes se enojan, y aun la propia madre se enoja con la hija enferma, y el padre aborrece al hijo que con continuas dolencias le ocupa la posada [...], que su mismo padre y madre dispongan de despacharlo prestamente de su casa y ponerlo donde ninguno detrimento y confusión les pueda venir.»[2] En esas condiciones, Teresa fue «abandonada» por sus progenitores en algún convento, costumbre que las familias pudientes solían adoptar respecto a los hijos discapacitados. Quizá fuera en el de las agustinas de San Ildefonso de Burgos, fundado por uno de sus tíos. Durante largos años se debatió allí en medio de lo que ella misma llama su «exilio y tenebroso destierro», sintiéndose «más en un sepulcro que en una morada», rebelándose en vano contra aquel destino de mujer incomunicada. Sin embargo, lentamente aprendió no sólo a aceptar su minusvalía, sino a amarse a sí misma en ella y a Dios a través de ella. Fue entonces cuando compuso su *Arboleda de los enfermos*, un tratado místico de carácter singular, pues se centra en la reivindicación de su diferencia —y la de los afectados por cualquier enfermedad grave— respecto a las personas sanas, y en el encuentro con Dios a través de ese sufrimiento, hasta llegar a la plena conformidad con su situación: «Mi dolor es ya de la forma de mi padecimiento, y mi querer está tan de acuerdo con mi padecer, que ni yo deseo oír ni me pueden hablar, ni yo deseo que me hablen. Las que llamaba enfermedades las llamo ahora resurrecciones.»[3] El hermoso texto de la *Arboleda de los enfermos* muestra la personalidad de una mujer de gran cultura, de exquisita sensibilidad y, a la vez, de fortaleza poco común, capaz de convertir el mal en bien gracias a una intensa y consciente ejercitación en la paciencia.

Escrita hacia 1455, la obra de Teresa debió de conocer una cierta relevancia, a la vez que provocó un intenso rechazo. Algunos consideraban inadecuado que una mujer alzase orgullosamente la voz en su propia defensa y acusara de falta de caridad a la sociedad que la rodeaba. Muchos sostuvieron que no era posible que una mujer y, para colmo de males, sorda —lo cual era tanto como decir boba—, fuese capaz de escribir un libro como aquél: admirados de su profundidad y su sabiduría, llegaron a afirmar que debía de haberlo copiado. ¿Cómo podía aceptar semejante muestra de inteligencia femenina un mundo que consideraba a las mujeres prácticamente privadas de intelecto? Al fin y al cabo, era un tiempo en que los tratados de los hombres sabios estaban llenos de frases como estas que Huarte de San Juan escribe todavía un siglo después: «Luego la razón de tener la primera mujer, Eva, no tanto ingenio, le nació de haberla hecho Dios fría y húmeda, que es el temperamento necesario para ser fecunda y paridera, y el que contradice al saber [...]. Si la sacara templada como Adán, fuera sapientísima, pero no pudiera parir ni venirle la regla, si no fuera por vía sobrenatural.»[4] Una vez más, la eterna dicotomía: o femineidad o inteligencia. Pero Teresa era una mujer a quien su larga lucha contra el aislamiento había vuelto fuerte y consciente de su propia valía, que ella consideraba un don divino. En lugar de quedarse callada ante las críticas, emprendió la redacción de un segundo tratado, *Admiración de las obras de Dios*, que respondía directamente a sus detractores. No exenta de ironía, defendió en él la idea de que Dios puede dotar de sabiduría tanto a los hombres como a las mujeres, y se atrevió incluso a afirmar que la dedicación intelectual es digna y adecuada para el sexo femenino: «Que manifiesto es que más a mano viene a la hembra ser elocuente que no ser fuerte, y más honesto le es ser entendida que no osada, y más ligera cosa le será usar de la péñola [pluma] que de la espada.»

Isabel de Villena fue prácticamente contemporánea de Teresa. Vivió entre 1430 y 1490 y llegó a ser abadesa del convento de clarisas de la Santa Trinidad de Valencia. Pertenecía a una familia de la alta nobleza castellano-aragonesa y era descendiente por vía bastarda de reyes, en tiempos en que la condición de bastardía era todavía aceptada con naturalidad en el mundo cortesano. Ella misma, a pesar de sus orígenes, se educó en la corte de la reina María, esposa de Alfonso el Magnánimo de Aragón, que vivía en Valencia, rodeada de mujeres cultas y piadosas. A los quince años ingresó en el convento de las clarisas, una orden de especial significación en el mundo femenino, pues fue la primera fundada por una mujer, santa Clara de Asís, la hermana espiritual de san Francisco. Siendo ya abadesa, Isabel de Villena escribió en catalán para sus monjas y para las mujeres iletradas que solían acudir al convento una hermosa y singular *Vita Christi* [Vida de Cristo], que hace de ella la primera escritora —y relevante escritora— en lengua catalana. En su obra hay una forma particular de rebeldía contra la tradición patriarcal de los textos sagrados, pues el protagonismo de su narración no lo tiene Cristo, sino las mujeres que le rodean, fundamentalmente su abuela Santa Ana, la Virgen y María Magdalena. En un exquisito ejercicio de acercamiento de la historia a sus coetáneas menos cultas, Isabel humaniza a las santas mujeres, las dota de sentimientos comunes y, siguiendo la tradición practicada desde tiempo atrás en la pintura, describe sus ropas y los ambientes en los que viven como si pertenecieran al mundo contemporáneo. Así narra, por ejemplo, la reacción de la Virgen María ante las primeras palabras de su hijo, semejante a la de cualquier madre cariñosa: «Entre los dolores y trances que la Señora soportó estando en Egipto, tuvo un grandísimo gozo; y fue cuando el amado Hijo empezó a hablar. Y la primera palabra que dijo fue el nombre de su Señora Madre, con tanta dulzura y amor que el alma de su merced fue colmada de grandísimo consuelo y dijo: "*Anima ea liquefacta est ut dilectus locutus est mihi*", queriendo decir: "Mi alma rezuma de grandísimo gozo porque mi amado me ha hablado." Y abrazaba su alteza a aquel divino Hijo, besándole muchas veces con soberana consolación, y le decía: "*O eterna veritas et vera caritas, quam dulcia faucibus meis elo-*

quia tua", queriendo decir: "¡Oh, verdad eterna y caridad verdadera y perfecta! ¡Qué dulces son para mí vuestras palabras!" Y cada vez que el Señor le decía "madre" se encendía nueva alegría en el corazón de su señoría.»[5] Igual de ahistórica y cercana es su descripción de María Magdalena: «Mientras predicaba el Señor en Jerusalén, sucedió que [había] una gran señora muy hacendada, singular en belleza y gracia sobre todas las mujeres de su estado, libre del dominio del padre y la madre, pues ya habían muerto y le habían dejado grandes riquezas y abundancia de bienes [...] Y esta señora era gran amiga de festejos e inventora de trajes, tenía corte y estrado en su casa, donde se juntaban todas las mujeres jóvenes deseosas de deleites y placeres, y allí hacían fiestas y banquetes todos los días.»[6] A través de su mirada tan específicamente femenina, que descansa sobre la cotidianeidad y la sentimentalidad de las mujeres de su propia época, Isabel de Villena logró despojar a los hechos de la historia sagrada de la característica sublimidad de los teólogos y los exégetas, y los volvió verosímiles para un público que ella sabía poco formado intelectualmente. Su obra conoció sin embargo un gran éxito fuera de los muros de su convento, en los ambientes cultos de la época. La propia Isabel la Católica la hizo imprimir en 1497, contribuyendo de esa manera a su difusión.

El hecho de que la reina Isabel se interesara por los escritos de una mujer no fue nada excepcional en su vida: en efecto, la soberana de Castilla se preocupó intensamente por favorecer su propio desarrollo intelectual y el de otras damas a las que siempre sostuvo y apoyó. Ella fue una de las muchas reinas, princesas y nobles que, a lo largo de la historia, ejercieron como mecenas de creadores de ambos sexos, una de las muchas que coleccionaron obras de arte y libros y que quisieron rodearse en sus cortes de personajes destacados del mundo de la cultura. A veces, esas mecenas eran a su vez creadoras, como Lucrezia Tuornabuoni de Médicis o Veronica Gàmbara.* Sin embargo, no fue habitual que

* Véase el capítulo III.

las mujeres de alta cuna, sobre todo las de sangre real, expusieran sus obras literarias o artísticas a los ojos del público. Una de las poquísimas reinas que a lo largo de la historia se atrevieron a tanto fue Margarita de Navarra, hermana de Francisco I de Francia y esposa de Enrique de Albret, soberano de Navarra*. Margarita, que vivió entre 1492 y 1549, adoptó posiciones religiosas cercanas al protestantismo y protegió en sus castillos de Pau y Nérac a numerosos humanistas perseguidos como herejes en sus países de origen. Fue sin duda una mujer valiente que, además de su defensa de la heterodoxia, contribuyó a mantener viva la «*querelle des dames*», tomando siempre partido a favor de la causa intelectual de las mujeres. Su obra literaria, que circuló con gran éxito, incluyó poesía, teatro y narraciones. El sentimiento religioso impregnó buena parte de sus poemas, algunos de los cuales le crearon problemas con esa vieja enemiga de las mujeres y defensora de la ortodoxia que era la universidad parisina. Pero Margarita no renunció a los temas profanos, sobre todo en su importante colección de relatos, el *Heptamerón*, en la cual los personajes femeninos tienen un papel destacadamente activo en las decisiones que toman sobre sus propias vidas.

El mecenazgo de Isabel la Católica presenta sin embargo ciertas características particulares: por un lado, el interés de la reina de Castilla estuvo casi exclusivamente centrado en el arte y la literatura de contenido religioso, algo que la alejó de la tendencia más tolerante con lo mundano de otras princesas europeas; por otra parte, su educación había distado mucho de ser erudita, y fue ella misma la que tuvo que esforzarse, después de su llegada al poder, por cubrir las muchas lagunas que había en su preparación. Realmente, cuando la infanta nació en 1451, nadie había

* El reino de Navarra, que incluía territorios a ambos lados de los Pirineos, fue objeto de constantes conflictos entre Aragón y Francia. En 1515, las tierras al sur de los Pirineos (Alta Navarra) fueron invadidas por el duque de Alba y luego anexionadas a la corona de Castilla. La Baja Navarra fue gobernada por la dinastía Albret hasta 1589, cuando Enrique III de Navarra, al ser coronado como Enrique IV de Francia, unió los dos reinos.

pensado que algún día llegaría a ocupar el trono de Castilla y, por añadidura, el de Aragón. En la historia de los reinos hispánicos, sólo una mujer había gobernado hasta entonces por sí misma, Urraca de Castilla y León, que reinó entre 1109 y 1126, sometida a diversas guerras civiles —que no cabe atribuir a una persecución contra su sexo, pues eran comunes en la época— y a toda clase de rumores y difamaciones sobre su vida privada, que llenaron incluso muchas páginas de las crónicas del tiempo. Antes y después de ella, cuando por fallecimiento de los varones de la familia la sucesión recayó en alguna mujer, los nobles cercanos al trono siempre se las arreglaron para apartar de alguna manera a la heredera del poder, o para hacer que éste fuera ejercido por un marido expresamente elegido, dejándole a la esposa el papel de simple consorte. El caso de Isabel la Católica fue excepcional en la historia de España; de hecho, sólo otras dos mujeres llegaron a ser reinas por sí mismas. La primera fue su propia hija Juana; sin embargo, aunque fue acatada nominalmente como soberana, nunca llegó a ejercer el poder, detentado primero por su padre Fernando y después por su hijo Carlos I; como es bien sabido, la excusa para no permitirle gobernar fue su estado mental, pero los historiadores no terminan de ponerse de acuerdo al respecto y algunos sostienen que su situación nunca fue tan lamentable como se quiso hacer creer o que, al menos, habría mejorado mucho de habérsele prestado atención en lugar de dejarla abandonada y encerrada en Tordesillas, algo que, indudablemente, convenía a los varones de la familia. Despues de ella, habría que esperar más de tres siglos para que otra mujer, Isabel II, llegase a reinar en España; también en este caso su subida al trono en 1833 ocurrió en condiciones excepcionales, por falta de un heredero masculino y tras numerosas indecisiones de su propio padre, Fernando VII; el profundo rechazo por parte de muchos a aquel reinado femenino hizo estallar las sangrientas y largas guerras carlistas, que trataron de defender el derecho a la sucesión del hermano del rey fallecido.

Si Isabel la Católica llegó a ser reina, fue a causa de una serie de circunstancias favorables para ella, pero también gracias a su tenaz ambición. La infanta supo aprovechar las enemistades entre los diversos clanes nobiliarios para proclamarse a sí misma heredera de su medio hermano Enrique IV, que falleció en 1473 sin descendencia masculina. Sus partidarios se enfrentaron al bando que apoyaba a la hija de Enrique, Juana la Beltraneja. La excusa —nunca probada— para desencadenar aquella guerra civil fue que el rey difunto era impotente y que, por lo tanto, Juana no podía ser descendiente suya. Fuera o no verdad, lo más probable es que quienes apoyaron a Isabel —igual que quienes apoyaron a la Beltraneja— lo hicieran creyendo que sería fácil manejarla. Pero la joven reina demostró enseguida su extraordinario interés por los asuntos de gobierno, su voluntad de hierro y su carácter inflexible. Tras vencer a su rival en 1479, Isabel logró ganarse el respeto de sus súbditos creando con gran inteligencia y perspicaz sentido de la propaganda una imagen mixta de hombre-mujer, masculina en sus acciones públicas, su belicismo y su intransigencia religiosa, femenina en su conducta privada de esposa amante y fiel, madre siempre preocupada por sus hijos y mujer recatada, caritativa y piadosa.[7] Por lo tanto, parece que puso en práctica el consejo que su preceptor fray Martín de Córdoba le había dirigido en el *Jardín de nobles doncellas*: «La señora, aunque es hembra por naturaleza, trabaje por ser hombre en virtud.» Así describe su personalidad y su ejercicio del poder Juan de Lucena, con una prosa laudatoria muy característica de la época, que expresa sin embargo muy bien esa doble sexualidad simbólica de la reina: «Todos callamos ante la muy resplandeciente Diana, Reina nuestra Isabel, casada, madre, reina, y tan grande, asentando nuestros reales, ordenando nuestras batallas; nuestros cercos parando; oyendo nuestras querellas; nuestros juicios formando; inventando vestires; pompas hablando; escuchando músicos; toreas [corridas] mirando; rodando sus reinos; andando, andando, y nunca parando; gramática oyendo recrea. ¡Oh ingenio del cielo armado en la tierra! ¡Oh esfuerzo real, asentado en flaqueza! ¡Oh corazón de varón vestido de hembra, ejemplo de todas las reinas, de todas las mujeres dechado y de todos los hombres materia de letras!»[8]

Desde el comienzo de su reinado, Isabel demostró ser una mujer interesada por los asuntos culturales y artísticos, en parte por afición personal y en parte también porque la fama de reina letrada, mecenas y coleccionista servía para aumentar su prestigio, especialmente ante las cortes europeas. Así inauguró una tradición que luego continuarían los monarcas de la Casa de Austria, creando un extraordinario patrimonio artístico. Hizo levantar edificios tan característicos e importantes como la Catedral de Granada, San Juan de los Reyes en Toledo, Santo Tomás de Ávila, el palacio del monasterio de Guadalupe o los hospitales de Toledo y Santiago de Compostela, monumentos que han llevado a algunos historiadores a hablar de un «estilo isabelino». Encargó y coleccionó numerosas pinturas, algunas de artistas tan magníficos como Roger van der Weyden o Juan de Flandes —al que incluso llamó a su lado como retratista—, y valiosísimos tapices y piezas de orfebrería. Dio gran importancia a la música en todas las actividades de la corte, tanto profanas como religiosas, rodeándose de compositores e intérpretes. Favoreció mediante leyes protectoras el desarrollo de la reciente industria de la imprenta, aunque también es cierto que estableció la obligación de la censura previa y permitió la destrucción de libros considerados peligrosos, como los numerosos volúmenes árabes que ardieron en Granada por orden del cardenal Cisneros en 1500, en una lamentable quema de la que sólo se salvaron las obras de medicina, entregadas a la universidad de Alcalá. Reunió una excelente biblioteca de alrededor de cuatrocientos ejemplares, un número muy destacado para la época, compuesta en parte por libros encargados y patrocinados por ella misma. Se ocupó de que tanto su hijo y heredero, el príncipe Juan, como sus hijas Isabel, Juana, María y Catalina recibieran una cuidadosa educación, que hizo que las infantas de Castilla figurasen entre las princesas más cultas de su época. Y protegió personalmente a eruditos y humanistas, hombres y también mujeres, algunas de las cuales vivieron siempre cerca de ella.

Es precisamente en el entorno de su corte donde aparecen los primeros ejemplos de poesía femenina en lengua castellana. Aunque al hablar de poesía en España sería injusto olvidarse de un grupo de poetas de gran importancia que desarrollaron su actividad en al-Andalus: su tradición literaria provenía de Oriente y su lengua era el árabe, pero aquellas mujeres nacieron y vivieron en tierras de la península Ibérica y contribuyeron a enriquecer nuestra variada y mestiza cultura. Ellas constituyen una maravillosa excepción en el terreno desértico de la literatura femenina durante los siglos medievales y, junto con los numerosos poetas masculinos que las acompañaron, alzaron la lírica hispanoárabe a niveles de excelencia.

Se han podido rescatar hasta treinta y nueve nombres femeninos en las fuentes árabes clásicas.[9] Algunas de ellas eran esclavas, exquisitas cantoras que deleitaban a otras mujeres y a los hombres con sus composiciones, pero la mayor parte pertenecía a familias nobles. Ése es el caso de Wallāda bint al-Mustakfī, probablemente la más conocida de todas las poetas de al-Andalus. Wallāda, que vivió en el siglo XI, era hija del califa de Córdoba Mohamed III, una princesa culta y poco amiga de las convenciones, que se permitía amar abiertamente y que reunía en su casa a los más importantes poetas y hombres sabios de su época. Pero quizá su fama se deba no tanto al recuerdo de su propia obra como al hecho de haber inspirado algunos versos que muchos especialistas consideran entre los más bellos de la literatura hispanoárabe, los de su amante Ibn Zaydūn, a quien también ella dedicó a su vez breves y apasionados poemas: «Siento un amor por ti que si los astros lo sintiesen / no brillaría el sol, / ni la luna saldría, y las estrellas / no emprenderían su viaje nocturno.»[10] Cuando Ibn Zaydūn comenzó a cortejar a una de sus esclavas, Wallāda rompió con él; pero, en venganza, decidió escarnecerlo en algunos versos burlones hasta la crueldad: «Tu apodo es el hexágono, un epíteto / que no se apartará de ti / ni siquiera después de que te deje la vida: / pederasta, puto, adúltero, / cabrón, cornudo y ladrón.» Nada más lejos de la sumisión, la dulzura y la decencia en el lenguaje —esos estereotipos tantas veces aplicados a las mujeres y a su literatura— que los bravíos versos de Wallāda.

Es el mismo carácter insumiso e independiente que demuestra otra espléndida poeta hispanoárabe, Hafsa bint al-Ḥāŷŷ ar-Rakū. Hafsa había nacido hacia 1135 en una familia noble de la Granada almohade. Sus poemas y su biografía están también relacionados con el amor, aunque en su caso de una manera trágica: era amante del poeta Abū Ŷa'far, con el que mantenía una profunda relación reflejada en los hermosos versos que se escribían el uno al otro, como estos que Hafsa le envía una noche: «Van a verte mis versos, / deja a sus perlas que adornen tus orejas. / Así el jardín, pues no puede ir a verte, / te envía su perfume.» La respuesta de su amante es igual de sencilla y bella: «Me han llegado tus versos y parece / que el cielo se ha cubierto de luceros para honrarme. / Hablan por ellos unos labios / que mi boca ha jurado besar.» Pero ese amor se truncó cuando el gobernador de la ciudad se enamoró de la poeta y Abū Ŷa'far, en un arranque de celos, no sólo se atrevió a burlarse de él públicamente, sino que se incorporó a las filas de un grupo rebelde contra los almohades. Perseguido incansablemente —aquello no era sólo un asunto político, sino personal—, al final fue prendido y crucificado. Hafsa, que siempre se negó a relacionarse con el gobernador, tuvo además la valentía de guardar luto por su amante muerto, a pesar de las muchas amenazas que recibió. Con el tiempo se trasladó a vivir a Marrakech, donde su gran cultura la llevó a ser preceptora de las hijas del califa almohade, y donde falleció en 1191, sin haber dado a conocer más poemas.

Es tres siglos después, precisamente en el mismo momento en que el último reino árabe de la Península, el de Granada, era vencido por las tropas de los Reyes Católicos, cuando encontramos en la corte de Isabel a las primeras poetas en lengua castellana. Un cierto número de versos escritos por mujeres fueron en efecto incluidos en aquellos tiempos en los Cancioneros, que eran recopilaciones de poemas de diversos autores. Entre esas voces femeninas fragmentarias, la más original es sin duda alguna la de Florencia Pinar, una de las damas de la reina. Algunos de sus poemas aparecen en el famoso *Cancionero General* que Hernando del Castillo hizo publicar en 1511. Apenas sabemos nada de su vida, pero el hecho de que figurara en esa célebre colección y en algunas otras es prueba de que debió de gozar de renombre. Parece ser que fue la primera mujer que participó en las justas poéticas que solían celebrarse en la corte durante los festejos de acontecimientos importantes. Su poesía, aunque contiene muchos de los tópicos de la época sobre el amor, es más directa y atrevida de lo que sin duda cabría esperar de una dama recatada, y transmite la personalidad de una mujer activa en el deseo amoroso, como expresa esta glosa: «Será perderos pediros / esperanza que es incierta, / pues cuanto gano en serviros / mi dicha lo desconcierta. / Crece cuando más va a más / un quereros que me hace / consentir, pues que a vos place / mis bienes queden atrás. / Mas veréis con mis suspiros / la pena más descubierta, / pues cuanto gano en serviros / mi dicha lo desconcierta.»[11]

También en los tiempos de la reina Católica aparecieron en las tierras de España un cierto número de mujeres humanistas. El desarrollo del humanismo, con su revisión filosófica, política, ética y estética del mundo, no tuvo en la Península el mismo impulso del que gozó en otros países, especialmente en Italia o Francia. Pero, a pesar de todo, dejó algunos nombres y obras prestigiosas. Entre las mujeres que se dedicaron en aquellos tiempos a la erudición y a la profundización en la cultura clásica, la más famosa fue Beatriz Galindo, la Latina, maestra y consejera de la soberana. Su vida ha podido ser reconstruida tan sólo de manera fragmentaria. Había nacido en Salamanca entre 1465 y 1475. Se ignoran las condiciones sociales de su familia, aunque podemos imaginar que se tratara de una de esas dinastías de hombres letrados de las que se proveía la administración de justicia o el gobierno, pues tanto ella como su hermano lograron acceder a la corte, ella como profesora de latín de la reina y él como su secretario particular. Su formación, quizás a cargo de su padre, fue sin duda muy exigente, y a los dieciséis años asombraba por su erudición a la sociedad de Salamanca, que le otorgó el sobrenombre de «Latina», aludiendo por supuesto a sus conocimientos de la antigua lengua. Fue probablemente durante la guerra de Granada cuando la reina, decidida a ejercer el poder con todos los recursos a su alcance, se empeñó en aprender latín, que era el idioma culto por excelencia de la época, el que permitía entenderse con príncipes y diplomáticos de otros países y leer no sólo los textos clásicos y los libros religiosos, sino también las muchas obras eruditas que se publicaban en aquel momento en cualquier lugar de Europa. Con su débil tradición humanista y su largo empeño en la lucha contra los musulmanes, la Corona de Castilla era a este respecto una excepción, y el conocimiento del latín resultaba aquí tal rareza, que incluso el aprendizaje de Isabel dio lugar a no pocos comentarios de sorpresa entre los cortesanos. Pero la soberana tenía las ideas muy claras. Tanto, que en lugar de hacer llamar como preceptor a algún famoso humanista, avalado por el prestigio de su sexo, decidió convocar a la corte a aquella jovencísima Beatriz Galindo, asombro de eruditos. La Latina inició así, antes de cumplir los veinte años, una larga carrera de ascenso social y económico. Se convirtió en amiga y consejera de la reina, a la que acompañó hasta el momento de su muerte, en 1504, y gracias a los muchos regalos y propiedades que ésta le concedió, llegó a ser una mujer muy rica. Isabel la casó —otorgándole ella misma una importante dote— con uno de los más destacadados caballeros de sus huestes durante la guerra de Granada, Francisco Ramírez «el Artillero», del que enviudó alrededor de 1500. Tras la muerte de la reina, Beatriz Galindo se trasladó a Madrid, donde tenía diversas fincas y casas. Allí fundó el primer hospital para pobres de la villa, el de la Concepción, conocido popularmente por su apodo de la Latina, que ha perdurado en el tiempo como nombre del barrio en el que se levantaba. También fundó dos conventos femeninos, el de la Concepción, de monjas franciscanas, y el de la Concepción de la Madre de Dios, de monjas jerónimas. Las fundaciones y el apoyo a comunidades religiosas o a instituciones de caridad fueron durante muchos siglos una práctica habitual de los europeos pudientes y, especialmente, de las mujeres. Se trataba de una forma de solidaridad en una sociedad en la que la asistencia social no estaba estructurada, sino que dependía de la voluntad individual. Muchas damas de la nobleza utilizaban buena parte de sus recursos en este tipo de obras, creando o sosteniendo hospitales para pobres, asilos de ancianos, casas de expósitos, hogares de recogida para mujeres descarriadas, comedores de mendigos o incluso fondos de dotes para doncellas sin recursos, además de los siempre imprescindibles conventos. Desde la óptica contemporánea y desde nuestro ideal —nunca del todo cumplido— del reparto equitativo de los bienes públicos, podemos poner en duda un sistema basado en el concepto de la caridad, discutir las razones que movían a esas personas a actuar de esa manera o incluso la forma como eran tratados en aquellas instituciones los más desprotegidos. A pesar de todo, la generosidad y la entrega de los donantes era a veces asombrosa, y muchos de esos centros permitieron a infinidad de personas llevar una vida más digna, recuperarse de enfermedades graves o morir al menos en una cama y no en medio del barro y el polvo de las calles.

Galindo fue una de esas excepcionales mujeres que prefirieron vivir con mayor modestia de la que hubieran podido permitirse y, a cambio, ayudar a los demás o contribuir a través de sus conventos a la oración, que sin duda ella consideraba, como la inmensa mayoría de sus contemporáneos, imprescindible para la salvación del mundo. En su testamento explica y justifica ante sus hijos cómo prefirió gastar su dinero en esas fundaciones en lugar de hacerlo en sí misma: «Todo lo que había de gastar según lo que tenía y la honra en la que estaba, lo gasté en estas obras pías y en otras, más que en vivir honradamente como lo pudiera hacer.»[12] A pesar de todo, Beatriz Galindo no abandonó nunca su actividad de erudita y llegó a fundar en su casa de Madrid una «academia» o tertulia de filosofía. Fue autora de varias obras, todas ellas perdidas. Tradicionalmente se le han atribuido diversos poemas escritos en latín y dos tratados redactados en la misma lengua, *Notas y comentarios sobre Aristóteles* y *Anotaciones sobre escritores clásicos*. El tema de estos supuestos escritos suyos pone de relieve sin duda alguna la amplitud de sus conocimientos. Si a pesar de esa rara sabiduría Beatriz Galindo pudo llegar a casarse y mantenerse activa en sus investigaciones sin que sobre ella pesasen sombras de sospecha o rumores malintencionados, se debió sin duda a la estrecha protección que siempre le otorgó la reina Isabel. La fama de su talento perduró en el tiempo y, casi un siglo después de su muerte, Lope de Vega le dedicó una de sus silvas en el *Laurel de Apolo*, el personal homenaje del gran escritor a los poetas más importantes de distintas épocas: «[...] aquella Latina / que apenas nuestra vista determina / si fue mujer o inteligencia pura, / docta con hermosura, / y Santa en lo difícil de la Corte. / Célebre vivirá de gente en gente / con nombre de Latina eternamente.»[13]

Conocemos los nombres de algunas otras mujeres cultas del entorno de Isabel la Católica, famosas por su precoz sabiduría, que las llevó a formar parte del grupo de las «*puellae doctae*» europeas. Dos de ellas en particular llegaron a tener destinos sorprendentes, impartiendo clases en las universidades de Salamanca y Alcalá. En Salamanca enseñó Luisa de Medrano. Debió de nacer en Atienza, cerca de Guadalajara, hacia 1484, y murió antes de 1527. Nos informa de su presencia en la universidad el humanista italiano Lucio Marineo Siculo, quien anota en sus *Cosas memorables de España*: «En Salamanca conocimos a Lucía [sic] de Medrano, doncella elocuentísima. A la cual oímos no solamente hablando como orador, mas también leyendo y declarando en el Estudio de Salamanca libros latinos públicamente.»[14] Del rector de esa universidad, Pedro de Torres, se conserva además una nota en la que dice: «A. D. 1508, día 16 de noviembre, hora tercia, lee [enseña] la hija de Medrano en la Cátedra de Cánonico.» El hecho de que sea mencionada como «la hija de Medrano» podría tal vez indicar que su propio padre fuera también profesor, como lo fue el padre de la otra mujer que impartió clases en una universidad, en este caso la de Alcalá. Se llamaba Francisca de Nebrija y era hija de Antonio de Nebrija, el gran humanista y filólogo español, autor de obras tan importantes como las *Introductiones latinae*, el *Léxico latino-español*, o la primera *Gramática de la Len-*

gua Castellana, publicada en 1492. Antonio de Nebrija, hombre de saber enciclopédico, era muy admirado por Isabel la Católica. Debió de ocuparse personalmente de la educación de su hija, quien, según parece, colaboró con él en la *Gramática*. Tras su muerte en 1522, Francisca de Nebrija lo sustituyó en la cátedra de retórica de Alcalá. Es todo lo que sabemos de ella. Por lo demás, ignoramos cómo fueron recibidas aquellas valientes y sin duda excepcionalmente inteligentes mujeres en la comunidad universitaria, y si sus carreras terminaron pronto o se prolongaron en el tiempo. Quizá, como Novella d'Andrea, que impartió clases en la universidad de Bolonia, tuvieran que hacerlo escondidas tras un biombo, para no alterar la tranquilidad masculina con su presencia. Fueron «rarezas», por supuesto, pero su memoria fue borrada casi por completo de la historia. La Contrarreforma, aquel intransigente movimiento que se inició a mediados del siglo XVI para salvaguardar la ortodoxia católica frente a la ruptura que había supuesto la Reforma protestante, hizo que las mujeres perdieran las escasas libertades que habían ido alcanzando en los siglos anteriores y el siempre discutido prestigio intelectual del que algunas habían gozado. Las universidades españolas se cerraron a cal y canto para ellas, y no volvieron a abrirse hasta 1910. Para entonces, la existencia de aquellas lejanas antecesoras había sido olvidada.

De otras «*puellae doctae*» de la época tan sólo conocemos sus nombres, mencionados por algunos autores, especialmente por Lucio Marineo Siculo, a quien le gustaba visitar durante sus viajes por la Península a aquellas criaturas de rara erudición. Él mismo fue maestro de Juana de Contreras, que formaba parte del entorno cortesano de Isabel. La joven Juana tuvo la osadía de sostener con el humanista un debate epistolar en torno a ciertos conceptos filológicos, que terminó con esta paternalista amonestación del italiano: «Basta, pues, de este tema, y sobre todo tengo la seguridad de que estarás de acuerdo en no despreciar la autoridad de Siculo. Mas, entretanto, no aplaudo que reivindiques para ti la fama de las heroínas. Pues así como te exhorto a la fama y a los auténticos loores de la virtud, de la misma forma debo disuadirte también de la ambición.»[15] La virtud por encima de todo, por supuesto, la castidad, la decencia, la modestia, el comportamiento honesto y sumiso en todos los sentidos. Nunca la ambición, desde luego, nunca el deseo de sobresalir, de comunicarse con el mundo, de demostrar a los demás la propia valía, demostración que acabaría con la discreción imprescindible en cualquier mujer virtuosa. No en vano los tratadistas escribían en aquellos años frases como éstas de Ermolao Barbaro: «Por lo tanto, quisiera que las mujeres mostraran modestia siempre y en todo lugar. Esto se hará manteniendo la ecuanimidad y controlando el movimiento de sus ojos, su forma de andar y de mover el cuerpo, porque el movimiento de los ojos, el andar descuidado y el excesivo movimiento de manos o de otra parte del cuerpo no conllevan otra cosa que la pérdida de la dignidad; y esas cosas siempre van unidas a la vanidad y son signos de frivolidad. Por esto, las esposas deben cuidarse de que su rostro, su semblante y sus gestos sean decentes. Si son cuidadosas en estos asuntos, serán merecedoras de dignidad y de honor, pero si son negligentes, no podrán evitar la censura y la crítica.»[16] Sumisión, control, encierro y silencio, también en la gestualidad corporal. Decididamente, la única fama deseable para una mujer, como señalaba Siculo, era la de su virtud.

La tradición de apoyo a las humanistas iniciada por Isabel la Católica se mantuvo en tiempos de Carlos I, cuya propia hija, Juana de Portugal, fue una mujer de gran cultura y de espiritualidad profunda, mecenas de artistas, coleccionista y fundadora del riquísimo convento madrileño de las Descalzas Reales. En esa época vivió una de las escasas escritoras profanas del Renacimiento español cuyas obras han llegado íntegras hasta nosotros, Luisa Sigea de Velasco, aunque ella trabajó al servicio de la corte de Portugal. Persona de enormes conocimientos y de verdadero y original talento literario, Sigea logró, igual que Beatriz Galindo, mantenerse gracias a su trabajo, aunque su triste final pone de relieve el declive de la siempre moderada tradición humanista en

España. Luisa Sigea nació en 1522, probablemente en Tarancón. Igual que otras muchas mujeres cultas, debió su educación al interés personal de su padre, que las instruyó cuidadosamente tanto a ella como a su hermana Ángela, quien llegó a ser muy conocida como música. Luisa, por su parte, fue desde muy joven experta en latín, griego, hebreo y hasta árabe, toda una rareza en aquella época. Cuando su padre fue nombrado preceptor del duque de Braganza, hacia 1542, ella lo acompañó a la corte portuguesa, donde fue contratada como maestra de lenguas de la infanta María, hija de Manuel I el Afortunado. Doña María fue una de aquellas princesas de la época que supieron rodearse de una corte de artistas y escritores, entre los que se contaban diversas mujeres. Gracias a su protección, Luisa Sigea pudo proseguir sus estudios en la Biblioteca Real y realizar sus obras más importantes: el poema *Cintra*, inspirado por la belleza del entorno de una de las residencias reales, y el *Duarum virginum colloquium de vita aulica et privata* [Coloquio de dos doncellas sobre la vida áulica y la retirada], un diálogo en la mejor tradición humanista.

Apasionada por el estudio y consciente del privilegio del que gozaba gracias al patronazgo de la infanta, Sigea le mostró en la dedicatoria de esta obra su sincero agradecimiento: «Entre tantos beneficios tan importantes con que habéis siempre procurado honrarme, Serenísima Princesa, hay uno, fruto de la generosidad de vuestro espíritu divino, que permanecerá en primer término fijado en mi pecho mientras viva: que mientras graves preocupaciones os apartaban de los muy alegres estudios en los cuales eran útiles nuestros servicios, vos me concedierais tiempo libre para las letras y un lugar a ello consagrado, donde yo pudiera reemprender el estudio de diversas lenguas y de otras artes que había adquirido al precio de tanto sudor y de constantes vigilias, y enriquecer este capital de intereses cada día más importantes.»[17]

Su correspondencia, de la que se conserva una buena parte, está llena de interesantes y profundas reflexiones sobre la vida y la condición humana. Esto le escribía, por ejemplo, a un caballero de nombre desconocido: «En fin, con todas estas imaginaciones crecía más la pena de la soledad y no sabía caer en la cuenta de qué, hasta que atiné que tenía ausentes tres cosas mías que la falta de la menor de ellas basta para engendrar tal pasión [padecimiento]. Las cuales son la voluntad, la afición, la libertad de espíritu, que son las compañeras mías leales del alma porque, en faltar todas éstas, todo está ausente. [...] Y, faltando la libertad, qué puede haber que dé consuelo ni contento, que sólo estás sustenta [firme] cuando se tiene y duele cuando se pierde.»[18]

Sigea permaneció soltera mientras vivió en la corte de Portugal. Pero en 1555, después de trece años de servicio, la abandonó, sin que conozcamos sus razones, y se instaló en Burgos. Allí contrajo matrimonio con Francisco de Cuevas. Fue una boda sin duda rara, pues la novia tenía treinta y tres años —edad muy avanzada en la época para un primer matrimonio— y el novio, a pesar de ser noble, no disponía de recursos económicos. De hecho, en 1557, la escritora, viéndose en una situación apurada, ofreció sus servicios a la reina María de Hungría, hermana de Carlos I, una mujer de extraordinaria personalidad que, viuda desde los veintidós años, había servido fielmente al emperador y a la causa católica como gobernadora de los Países Bajos. Al abdicar su hermano en 1556, ella abandonó también sus responsabilidades políticas y se retiró a vivir en Valladolid. Sigea pasó a formar parte de su corte, pero una «cruda estrella», como ella misma dirá, parecía acompañar ahora su existencia: María de Hungría murió pocos meses después, dejándola de nuevo en una situación de desamparo. Luisa Sigea escribió entonces a Felipe II, solicitando su protección, sin recibir ninguna respuesta. Tampoco la logró de la reina Isabel de Valois —tercera esposa del monarca—, ni del heredero, el príncipe don Carlos. Habían terminado los buenos tiempos del saber humanista, que iba decayendo en una Europa obsesionada por las guerras de religión, y mucho más en aquella corte de Madrid asfixiada entre la enconada defensa del catolicismo y la administración del Imperio de ultramar, y gobernada por un monarca de alma torturada, que había ido alejándose de sus tentaciones humanísticas juveniles para convertirse en el austero y fanático señor de un mundo tan devoto como tenebroso. Debió de ser por aquel entonces cuando una decepcionada Sigea escribió estos versos llenos de escepticismo: «[...] Así que en fantasías / se me pasan los meses y los días, / en fantasías y cuentos / la vida se me pasa; / los días se me van con lo primero, / las noches en tormentos, / que el alma se traspasa / echando cuenta a un cuento verdadero / cual es desde que espero / el fin de mi deseo; / ¡cuántas habré pasadas / de noches trabajadas / sufriéndolas por ver lo que aún no veo! / Éstas muy bien se cuentan, / mas ¡ay, que las que quedan más me afrentan!»[19] La vida se le pasaba, en efecto. En octubre de 1560, Luisa Sigea de Velasco falleció en Valladolid, sin que la corte del rey Felipe II hubiera hecho el menor gesto para ayudarla. Tenía treinta y ocho años. Quienes la querían o la admiraban achacaron su muerte al dolor que le causó el desprecio de los grandes de España, ajenos a su penuria y totalmente desinteresados de su talento y su sabiduría. Una historia que, por desdicha, nos resulta demasiado familiar.

CAPÍTULO V

Sofonisba Anguissola y las pintoras olvidadas

El arte es ajeno al espíritu de las mujeres, pues esas cosas sólo pueden realizarse con mucho talento, cualidad casi siempre rara en ellas.

BOCCACCIO

Pues si las mujeres son capaces de hacer tan bien a los seres humanos al darles la vida, ¿cómo puede maravillarnos que aquellas que lo desean sean capaces de hacerlos igualmente bien pintándolos?

VASARI

Durante muchos y muchos siglos, las artes plásticas gozaron de una consideración social bien distinta de la que ahora les otorgamos. Pintores, escultores y arquitectos —a los que habría que añadir los músicos— veían por supuesto reconocido su talento por parte de la Iglesia, la nobleza o la alta burguesía, que eran sus principales y casi exclusivos clientes. Sin embargo, los miembros de las élites valoraban a los artistas más como trabajadores manuales que como iguales suyos; eran, por así decir, artesanos de alto nivel, seres que podían llegar a ser admirados y muy bien remunerados por sus cualidades, pero que casi nunca formaban parte de los estrictos y limitados grupos de los elegidos del poder y la riqueza. La mayor parte de ellos se veían obligados por ley a integrarse en los gremios, igual que los herreros o los zapateros, y debían pues atenerse a las normas que éstos imponían sobre el aprendizaje, el pago de impuestos y otras cuestiones laborales. Casi siempre trabajaban por encargo, aceptando no sólo desarrollar los temas que les eran solicitados por sus patronos, sino viéndose incluso obligados a acatar las decisiones de éstos sobre el tamaño de las obras, las figuras que debían aparecer representadas en ellas o la calidad —y por lo tanto el precio— de los pigmentos. La inmensa mayoría de las obras de las artes plásticas europeas fueron concebidas en esas condiciones de trabajo que hoy en día nos resultan inaceptables para un creador. Muchos artistas se rebelaron contra esa situación, esforzándose por demostrar no sólo la inmensidad de su talento, sino también la profundidad de su cultura y su dignidad personal. Podemos afirmar que algunos de los grandes genios estuvieron muy cerca de lograrlo: Miguel Ángel, Rafael, Rubens o Velázquez —ennoblecido al final de su vida con el codiciado hábito de Santiago— fueron considerados por los poderosos algo más que simples criados sometidos a sus caprichos, y fueron admirados y honrados como hombres extraordinarios. Pero, a decir verdad, habría que esperar hasta el gran fenómeno del Romanticismo, con su exaltación del individuo y su sublimación del talento artístico, para llegar a encontrarse con estirpes de artistas «libres», creadores por iniciativa personal y no por encargo, defensores a ultranza de su propia idiosincrasia, héroes del *yo* más personal y, a la vez, víctimas o ídolos del nuevo mercado del arte, basado ya no en el patronazgo de las élites, sino en la aceptación o el forzamiento del gusto burgués.

Hasta llegar a ese momento de transformación definitiva de su papel, los artistas plásticos de prestigio ejercían casi siempre su labor en el marco bien organizado de los talleres, donde ellos eran las cabezas visibles de grupos más o menos amplios de ayudantes y aprendices, que a menudo participaban como un auténtico equipo en las obras del maestro. Al igual que solía ocurrir con los músicos, era frecuente que pintores y escultores perteneciesen a sagas familiares, largas genealogías de creadores que vivían del negocio familiar. El taller del pintor, como el de la mayor parte de los trabajadores manuales, estaba profundamente imbricado en la familia, y la familia, a su vez, en el taller. El propio lugar de trabajo formaba parte de la casa. Allí mismo solían estar las habitaciones donde se preparaban tablas y lienzos, se molían y mezclaban los materiales de los pigmentos —una actividad casi alquímica de obtención personal de colores y texturas—, se hacían los bocetos, se realizaban las obras y se reproducían las muchas copias que a menudo el mercado solicitaba cuando un cuadro alcanzaba un gran éxito. Aprendices y ayudantes compartían normalmente la residencia del maestro, formando parte de la familia. Era normal que niños de procedencia humilde que destacaban por una cierta facilidad para el dibujo o por su fascinación por la pintura fuesen llevados a partir de los siete u ocho años como aprendices a un taller; allí permanecían mucho tiempo encargándose de las tareas más menudas y aprendiendo el oficio, hasta que el gremio les concedía el grado de oficial o ayudante y más tarde —de acompañarles la suerte y el talento— el de maestro, lo cual les permitía establecer a su vez su propio taller.

Dada la intimidad de las relaciones en las estrechas viviendas de los artistas y la poca movilidad vertical de la sociedad, a menudo los matrimonios de los descendientes de pintores y escultores se celebraban con personas del mismo círculo. Que un ayudante prometedor tomase por esposa a la hija de su maestro era normal: el tan conocido caso de Velázquez, que se casó con Juana, la hija de su maestro Francisco Pacheco, es sólo uno de los muchos que se dieron a lo largo de la historia.

E igualmente era normal que las hijas y esposas de los artistas colaborasen en el taller, formando parte del equipo del cabeza de familia. El grado de colaboración variaba según diversas condiciones: las necesidades del propio estudio, el talento de las mujeres y, por supuesto, el grado de permisividad del padre o marido. Sin embargo, los ejemplos son tan numerosos como para no resultar casuales. Tan sólo en España, podemos citar los nombres de un buen puñado de ayudantes femeninas de sus padres o maridos, algunas de las cuales lograron incluso desarrollarse por sí mismas: la propia Juana Pacheco, según diversos testimonios, fue pintora y quizá colaborase con Velázquez en algunas de sus obras; parece que ella es la mujer retratada, sosteniendo en su mano una tablilla o un cartón de dibujar, en la obra de su marido conocida como *Sibila*; siguiendo la tradición, su hija Francisca se casaría con un discípulo del padre, Juan Bautista Martínez del Mazo, aunque ignoramos si también ella ejerció la pintura. Unas décadas antes, en la segunda mitad del XVI, las hijas del valenciano Juan de Juanes habían llegado a ser pintoras destacadas en el seno de una familia de artistas prestigiosos; Dorotea y Margarita Joanes Massip aprendieron el arte de la pintura al lado de su padre, pero, además de colaborar con él, llegaron a recibir encargos propios, como las obras que realizaron para diversos altares de la iglesia de la Santa Cruz de Valencia, obras desaparecidas cuando el templo fue demolido en 1869; la tradición les atribuye también las pinturas del altar de la capilla donde está enterrado su padre, en Santa Cruz de Bocairente, y parece probable que muchos de los cuadros considerados hoy en día del taller de Juan de Juanes fuesen creación suya. En la misma época, fue famosa en Madrid Isabel Sánchez, hija del pintor de cámara de Felipe II, Alonso Sánchez Coello; Isabel fue, según parece, excelente retratista, asidua colaboradora de su padre y, además, destacada intérprete musical; Juan Pérez de Moya, que la conoció cuando era muy joven, escribió asombrado sobre ella: «Retrata con grande admiración de los que de este arte mucho entienden. Alléguese a esto su música de tecla, arpa, vihuela de arco, cítara y otros instrumentos, y hácenla más clara su gentileza, bondad, honestidad y mucha discreción; es de edad de diecisiete años.»[1] Casada con el escultor Francisco de Herrera y Saavedra, su casa se convirtió en centro de reunión de artistas y escritores, como Lope de Vega, quien alabó su talento en algunos de sus versos. Contemporánea suya fue la hija y ayudante del retratista Felipe de Liaño, cuyo nombre ni siquiera conocemos.

Algunas décadas después, el gran pintor barroco José de Ribera, el *Spagnoletto*, contó con la asistencia en muchas de sus obras de su hija menor, María Blanca, quien según parece abandonó la casa paterna para fugarse con don Juan de Austria, bastardo de Felipe IV. En los mismos años, Jesualda Sánchez, hija y viuda de pintores, mantenía en Valencia su propio taller. Pintora y grabadora destacada en aquellos tiempos del Barroco fue también la sevillana Josefa de Ayala, hija de un pintor portugués y de Catalina de Ayala, que pertenecía igualmente a una familia de artistas; casi toda su vida trabajó en la ciudad portuguesa de Obidos, como maestra de su propio taller. Otra de las grabadoras de renombre en el siglo XVII fue María Eugenia de Beer, hija del también grabador y pintor flamenco Cornelius de Beer, que se instaló en España hacia 1630; María Eugenia realizó numerosas portadas e ilustraciones de libros, así como una importante colección de estampas de aves, dedicada al príncipe Baltasar Carlos; es una de las pocas artistas de su época que firmó todas sus obras, demostrando la consciencia que sin duda tenía de su valía. En las últimas décadas del siglo XVII y primeras del XVIII, tuvo mucho éxito como miniaturista la sevillana María de la Concepción Valdés Carrasquilla, hija del gran pintor Valdés Leal y de la también pintora Isabel Carrasquilla. Era la misma época en que triunfaba en la corte su conciudadana Luisa Ignacia Roldán, escultora de cámara de Carlos II y de Felipe V, que había aprendido el oficio con su padre, Pedro Roldán.*

En el siglo XVIII, Josefa María Larraga, hija del artista valenciano Apolinario Larraga, llegó a tener en Valencia su propio taller de pintura religiosa, a pesar de tener las manos contrahechas, y fundó una escuela de pintura para mujeres. Miniaturista importante en la corte de Felipe V fue la napolitana María Menéndez, hija del pintor de cámara de ese rey, Antonio Menéndez. Algo más tarde, Ana María Mengs, hija de Anton Rafael Mengs, pintor de cámara de Carlos III, llegó a ser muy respetada en Madrid como retratista y también miniaturista; fue nombrada pintora de cámara del infante don Luis y logró ingresar en la Acade-

* Véase el capítulo VIII.

mia de Bellas Artes de San Fernando como académica de honor y mérito.

Un caso muy especial, por el renombre de su maestro y posible padre, es el de María del Rosario Weiss, alumna y tal vez hija bastarda de Goya. Nacida en Madrid en 1814, María del Rosario se fue a vivir con el propio Goya a los siete años, supuestamente por una serie de desdichas ocurridas en su familia, cercana al círculo del pintor. Desde entonces, el maestro inició el aprendizaje de la niña, que lo acompañó durante su exilio en Burdeos. Fuera o no su verdadero padre, Goya se comportó como tal, e incluso en sus cartas hablaba a sus amigos de los talentos de su joven pupila con un orgullo que parece más paterno que propio de un simple preceptor: «Esta asombrosa niña desea aprender a pintar miniaturas y yo también quiero que lo haga, porque probablemente es el mayor fenómeno de su edad en el mundo.»[2] De regreso en Madrid, Weiss inició una prestigiosa carrera que la llevó a ingresar como miembro honorario de la Academia de San Fernando y a dar clases de pintura a la reina Isabel II. Sin embargo, murió demasiado joven, con tan sólo veintinueve años, sin haber podido desarrollar plenamente su talento.

Los nombres de hijas o esposas de artistas reconocidas por su propia valía se repiten por toda Europa: Lievina Teerlinck —hija de uno de los pintores de cámara de Enrique VIII—, Margarethe van Eyck —hermana de los extraordinarios Jan y Hubert—, Antonia Uccello —hija de Paolo—, Marietta Tintoretta —hija del gran Tintoretto— o la asombrosa Artemisia Gentileschi —hija de Orazio—,* son sólo algunas de esas mujeres que compartieron el talento con los hombres de sus familias y aprendieron de sus manos el oficio. A ellas se les unen otras muchas de orígenes diversos, que a lo largo de los siglos lograron vivir dignamente de su trabajo y, en muchos casos, conocieron el éxito más indiscutible.

Sin embargo, apenas ninguna de las artistas femeninas es mencionada habitualmente en los libros de historia del arte. Son

* Véase el capítulo VIII.

mujeres desaparecidas. No sólo sus nombres fueron borrados de los cánones, sino que sus obras fueron en innumerables ocasiones atribuidas con el paso del tiempo a hombres, a sus padres, hermanos o maridos o, simplemente, a pintores de sus respectivos círculos o escuelas. Tan sólo desde la década de 1970, una cada vez más activa historiografía feminista ha puesto en marcha un ingente proceso de búsqueda de documentación y datos fiables sobre esas creadoras y de revisión de innumerables autorías. El trabajo de los expertos en mujeres artistas —facilitado por las modernas técnicas de análisis— ha obligado a muchas pinacotecas del mundo a cambiar numerosos rótulos de las obras exhibidas y ha puesto de relieve las injusticias cometidas con la memoria de las pintoras. Algunos casos son emblemáticos: Judith Leyster, por ejemplo, fue una famosa pintora nacida en la ciudad holandesa de Haarlem alrededor de 1610; a pesar del éxito que logró alcanzar y de que todos sus cuadros están firmados con su anagrama, muchos de ellos han sido atribuidos durante siglos a artistas de primerísima línea, como Frans Hals o Rembrandt. El extraordinario pintor neoclásico David ha gozado durante mucho tiempo de la supuesta autoría de ciertos retratos debidos a las manos de algunas de sus muchas discípulas. Buena parte de los magníficos cuadros de Artemisia Gentileschi, por ejemplo, han figurado en los museos como obra de su padre Orazio o de otros pintores de la época. La lista de errores empieza a ser interminable, y sin duda seguirá aumentando a lo largo del tiempo.

Evidentemente, hay también muchos artistas del sexo masculino a los que les ha sido «robada» parte de su obra por los historiadores, considerándola creación de otros pintores. A decir verdad, la guerra de autorías es una constante en la historiografía del arte y en el ámbito de la conservación. Salvo en los casos más obvios —cuando el cuadro está debidamente firmado y documentado su origen—, los errores, cambios de atribución y disputas entre los expertos sobre la adscripción a diversos artistas son muy frecuentes. Pero la forma como ha sido borrada de la memoria del mundo del arte la presencia innegable y el peso comprobado por los testimonios de sus contemporáneos de muchas mujeres responde no sólo a ese tipo de debates, sino también a un deseo real, consciente o inconsciente, de minusvalorarlas en la historia de la creación artística.

Algunos críticos se empeñan en sostener la idea de que si las pintoras han sido olvidadas, es porque todas ellas fueron artistas menores. Esta justificación es, por supuesto, refutable. Para empezar, el concepto de artistas menores es siempre discutible, y a menudo depende de los gustos del tiempo. Incluso la valoración dada a genios que ahora nos parecen incuestionables, como Miguel Ángel, Velázquez o Goya, ha ido cambiando según las épocas. Muchas veces, pintores menospreciados durante siglos son de pronto redescubiertos, despiertan el interés de los especialistas y los aficionados y sus obras empiezan a alcanzar elevadas cotizaciones. También sucede a menudo, por supuesto, el fenómeno contrario. Pero incluso aceptando la indiscutibilidad de ciertos criterios, hay que recordar que la mayor parte de los pintores considerados menores han conservado a pesar de todo su lugar en los museos, en las colecciones privadas y en los libros de historia del arte, mientras que las mujeres, incluso las grandes artistas, han desaparecido. Por otro lado, el hecho de que casi ninguna de esas mujeres fueran verdaderos genios es lo normal: tampoco la mayor parte de los hombres artistas lo fueron; sólo unos pocos de los muchísimos que a lo largo de los siglos se dedicaron a las artes gozaron de un talento inmenso y de verdadera capacidad innovadora. Pero esa situación que en el campo de la creación hecha por hombres se considera natural, sirve sin embargo para desprestigiar a las mujeres artistas como colectivo.

Al observar el espacio de la pintura o la escultura femeninas, es justo tener además en cuenta las condiciones de trabajo y de vida de esas mujeres: sometidas a las estrictas reglas de la sociedad patriarcal, creando casi siempre bajo la sombra de un hombre, era difícil que lograsen tener la suficiente confianza en sí mismas como para desarrollar plenamente sus capacidades. Cuando llegaban a independizarse, pocas veces conseguían encargos importantes e, incluso si lo lograban, solían cobrar menos por su trabajo que sus colegas. En el caso de la pintura, eso llegaba a afectar a la calidad de sus materiales, que muchas veces eran peores que los de los pintores, contribuyendo a la desaparición de sus obras. Además, su escaso reconocimiento en el gran mercado del arte hacía que a menudo se viesen obligadas a especializarse en géneros considerados menores, como los bodegones, las flores o las escenas domésticas, y en obras de pequeño formato. Por supuesto, el canon de lo mayor y lo menor ha sido siempre establecido por hombres. Sería justo, pues, revisar ese concepto y aceptar que acaso esas formas minusvaloradas pudieran acomodarse en muchas ocasiones a sus verdaderos gustos e intereses, a su manera de estar en el mundo, a sus miradas femeninas, igual de dignas e importantes que las de sus grandiosos colegas.

En ese difícil contexto, el triunfo indiscutible de una mujer en el mundo del arte resultaba ser casi siempre un fenómeno excepcional, una rareza que, como ya he dicho, solía verse acompañada del silencio de la posteridad. La historia de Sofonisba Anguissola es un perfecto ejemplo de esa situación: a pesar del éxito que conoció en vida, su recuerdo desapareció rápidamente. Durante siglos, buena parte de sus retratos fueron atribuidos a grandes pintores, y ella sólo fue mencionada como una anomalía de la historia, una mujer noble que se dedicó al arte sin llegar a ser una artista «profesional». Solamente en las dos últimas décadas ha renacido el interés por su obra, aunque aún hoy la autoría de muchos de sus posibles cuadros sigue siendo un asunto discutido.

Realmente, los orígenes sociales de Anguissola y su modo de vida constituyen un hecho extraño dentro del mundo ya de por sí excepcional de las pintoras: no formaba parte de ninguna saga de artistas, sino que provenía de una familia de la pequeña aristocracia de Cremona (ciudad perteneciente al ducado de Milán), donde había nacido probablemente en 1532. El matrimonio formado por sus padres, Bianca Ponzone y Amilcare Anguissola, tuvo una amplia descendencia de seis hijas y un hijo. Sofonisba fue la mayor y, siguiendo una tradición familiar, fue bautizada con un nombre procedente de la antigua historia de Cartago, igual que su padre llevaba el nombre del general Hamílcar Barca y su hermano el de Asdrúbal.

Amilcare debía de ser uno de esos padres del Renacimiento que decidieron educar a sus hijas de la mejor manera posible, convirtiéndolas en jóvenes prodigios del humanismo. Por lo que sabemos, todas ellas practicaron la música y la pintura, y al menos una, Minerva, fue conocida también por sus escritos.* Sin embargo, hay que decir que el hecho de que una dama pintase no era en aquellos tiempos muy habitual. Como ya he explicado, las artes plásticas eran consideradas un trabajo manual, alejado de la dignidad que debía acompañar la existencia nobiliaria. Habrá que esperar hasta el siglo XVIII para que verdaderos regimientos de duquesas, princesas y señoras de la más alta burguesía se lancen a dibujar, pintar o esculpir como un refinado pasatiempo; las escuelas de pintura, a veces dirigidas por grandes maestros, empiezan a aceptar en aquellos años a numerosas mujeres entre su alumnado (aunque hasta el siglo XX se les prohibirá el acceso a las sesiones con modelos desnudos, tanto hombres como mujeres); y las Academias de Bellas Artes, que florecen por todas partes en Europa, admiten entonces a muchas aristócratas como miembros honorarios. Pero en los tiempos de Sofonisba, ni siquiera estaba prevista la enseñanza de la pintura para mujeres que no perteneciesen al ámbito familiar de un maestro.

No sabemos qué movió por lo tanto a Amilcare Anguissola a instruir a sus hijas en ese arte. ¿Fue suya la decisión o de ellas mismas? Observando acaso sus dotes infantiles, ¿pensó tal vez que aquel raro aprendizaje les daría prestigio, facilitándoles las relaciones sociales y los futuros matrimonios, o se planteó desde el principio la posibilidad de que se convirtieran en pintoras «profesionales»? Ignoramos todo de sus razones o sus intenciones,

* El Museo del Prado posee un retrato de *Pedro María, médico de Cremona*, realizado por Lucía Anguissola, que fue discípula de su hermana Sofonisba.

pero no deja de ser sorprendente que, en 1546, Sofonisba y su hermana Elena se instalasen como alumnas en la casa del pintor Bernardino Campi. Sofonisba debía de tener por aquel entonces trece o catorce años, y Elena, diez u once. Campi era un pintor manierista, conocido por sus cuadros religiosos y sus retratos, y muy importante en Cremona. Obviamente, las niñas nobles no entraron en su taller en calidad de aprendizas comunes, sino como una especie de estudiantes de pago que, además, vivían con el propio Campi y su esposa. Allí permanecieron unos tres años, desarrollando su talento inicial y aprendiendo las labores básicas del oficio, como la compleja tarea de preparar un lienzo o una tabla antes de pintar o el delicado trabajo de obtención de los pigmentos. Como era habitual en los aprendices, debieron de copiar las obras de su maestro y las de algunos otros pintores importantes presentes en las iglesias de la ciudad. Y empezaron a retratar del natural, cuestión que, probablemente, debió de plantear ciertos problemas: sin duda no parecería muy adecuado que las jóvenes utilizasen como modelos a los otros miembros del taller o a vecinos y amigos del pintor, como era habitual. De manera que las Anguissola se acostumbraron a retratar a los propios miembros de su familia.

Esa práctica, obligada por las circunstancias, terminó sin embargo por dotar a la pintura de Sofonisba de ciertas características muy personales: mientras que la inmensa mayoría de los retratistas de la época tratan a sus modelos con la distancia y el respeto que su elevada dignidad de nobles, ricos o altos dignatarios de la Iglesia debe conferirles a los ojos de los demás, la pintora Anguissola observa a los miembros de su familia con cercanía y ternura, y los capta en momentos de la vida cotidiana, llenos de la energía que fluye permanente en las pequeñas cosas, en los gestos nimios, comunes y, por eso mismo, hermosamente humanos. Sofonisba dibuja a su hermano Asdrúbal, con dos o tres años, llorando a causa de la mordedura de un cangrejo, a la vez que una de las crías de la casa trata pacientemente de consolarlo. Retrata con afecto a las viejas sirvientas de la familia, arrugadas y bondadosas. O hace reír alegres a sus hermanas, a pesar de sus envarados trajes de niñas aristócratas, mientras juegan una partida de ajedrez. Aprende así a observar atenta y respetuosamente a sus modelos, que siempre serán tratados por ella con la humildad y el talento de una mujer que sabe que detrás de una mirada, de un gesto diminuto de las manos, de un leve quiebro del cuello o de una profunda arruga surcando la piel pálida de un rostro puede esconderse toda una vida, una manera de ser y estar y sentir.

Anguissola adquirió también la costumbre, compartida con muchos artistas, de retratarse una y otra vez a sí misma, explorando minuciosamente su rostro y sus actitudes, dejando ver el paso del tiempo sobre su cuerpo. La conocemos desde sus catorce o quince años —con la cara redonda, el pelo rubio recogido en trenzas alrededor de la cabeza, la ropa elegante pero sencilla y los ojos claros, a menudo inflamados— hasta casi los noventa años, una anciana vestida de negro, con los cabellos cubiertos por un fino velo transparente, y una rara decisión y energía en la mirada con la que se observa atentamente a sí misma y, a través de sí misma, al espectador que la contempla.

Durante ese lapso de casi ochenta años transcurrió la vida de una mujer que conoció el éxito y los halagos de un mundo poco dado a halagar el talento femenino, y que demostró tener siempre una intensa pasión por la pintura, una voluntad sin duda férrea, una rara confianza en sí misma y en su capacidad para desarrollarse como artista. De hecho, cuando en 1549, después de tres años de estudio, su maestro Campi abandonó Cremona, Sofonisba, apoyada siempre por su padre, decidió seguir adelante con su aprendizaje. Mientras su hermana Elena —de quien no conocemos ninguna obra— ingresó en esa época en un convento, ella continuó sus clases con otro de los pintores más destacados de la ciudad, Bernardino Gatti, junto al que permaneció tres o cuatro años más. Para entonces, su reputación había ido creciendo y, lentamente, iba recibiendo encargos para retratar a algunos personajes de la nobleza relacionados con su propia familia. Pero Anguissola aspiraba a más: profundamente enamorada del arte de la pintura, no quería convertirse en una rareza dentro de la aristocracia cremonense, sino que estaba empeñada en llegar a ser una pintora bien preparada, capaz de competir en condiciones de igualdad en un mundo dominado absolutamente por los hombres. Así, en 1554, a los veintiún años, decidió viajar a Roma, completar allí su formación y establecer contacto con algunos de los artistas más importantes de la época. En particular con Miguel Ángel que, pese a sus setenta y cinco años, seguía desplegando su extraordinaria energía como pintor y escultor al servicio del papado y dominando desde la inmensidad de su talento y su personalidad el ambiente artístico de toda la península de Italia.

No sabemos cómo ni por cuánto tiempo pero, de alguna manera, Miguel Ángel ayudó y aconsejó a Sofonisba durante los dos años que la pintora pasó en Roma. Amilcare, cada vez más convencido de que su hija podía establecerse como artista, utilizó sin duda todos sus contactos hasta conseguir llegar al más grande, al *Divino*. Y éste debió de sentir curiosidad y simpatía, quizá también cierta admiración, por aquella joven llena de talento y de pasión. En los archivos del propio Miguel Ángel se conservan dos cartas de Amilcare en las que le agradece las enseñanzas y el apoyo que le prestó, con un tono exageradamente halagador, propio de la correspondencia de la época: «Vuestra alma bondadosa, excelentísima y virtuosa (dones todos ellos de Dios) —le escribe en la primera, fechada en 1557— me ha dejado de vos el recuerdo que merece un caballero tan extraordinario. Y lo que me convierte, a mí y a toda mi familia, en vuestro más humilde servidor, es haber comprendido el afecto honesto y sincero que sentís hacia Sofonisba, mi hija, a la que habéis iniciado en el tan honrado arte de la pintura. Os aseguro que me siento más agradecido por el favor que recibo de vuestro honestísimo afecto que por todas las riquezas que un príncipe podría conceder, pues me siento obligado por las gracias generosas y virtuosas que nos habéis concedido [...], y que coloco por encima de cualquier honor y beneficio que se pueda dar en este mundo. Os pido pues, ya que en el pasado habéis sido tan generoso, con vuestra encantadora cortesía, de dirigiros a mi hija y animarla, que os dignéis compartir con ella vuestro divino pensamiento.» En la segunda carta, fechada un año más tarde, el tono es más directo, y el padre de nuevo agradece el apoyo y las alabanzas concedidas por el gran maestro a su hija: «Os aseguro que, entre los numerosos favores que le debo a Dios, figura el de saber que un caballero tan eminente y tan repleto de talento —más que ningún otro ser en el mundo— ha sido tan bueno como para examinar, juzgar y alabar las pinturas realizadas por mi hija, Sofonisba.»[3] En las dos epístolas, Amilcare se refiere a Miguel Ángel como un «caballero», título que en su caso no era un honor metafórico sino real: Buonarroti fue uno de los primeros artistas profesionales que no procedía de un medio humilde o ligado tradicionalmente a la pintura o la escultura, sino que había nacido en una familia florentina de ricos comerciantes y hombres próximos al poder; de hecho, su deseo de dedicarse al arte provocó la ira y el total rechazo de su padre, Ludovico, que en la cumbre de su carrera política había llegado a ser gobernador de diversas ciudades del Estado florentino y que consideraba que un hijo suyo no podía rebajarse socialmente de tal manera; su negativa a apoyar a Miguel Ángel no impidió sin embargo que, durante años, a medida que su situación financiera empeoraba, le pidiera dinero una y otra vez a su famosísimo descendiente. Cabe pensar que el ejemplo de aquel hombre único pudiese influir en el hecho de que Amilcare Anguissola, y la sociedad de su tiempo, no encontrasen del todo descabellado que una dama de la pequeña nobleza se dedicara al mismo oficio que con tanto éxito y dignidad ejercía Buonarroti.

Quienes durante siglos se han negado a reconocer el talento artístico de Sofonisba han pasado por alto, por supuesto, el hecho de que Miguel Ángel se ocupase de ella y que, como dice su propio padre, alabara sus obras. Sin embargo, ser de alguna manera protegida por él suponía sin duda la mejor carta de presentación para cualquier artista de su época. Así supo comprenderlo Amilcare y, desde luego, algunos de los entendidos y comitentes habituales de cuadros de la época. De hecho, fue durante su estancia en Roma

ldegarda de Bingen, manuscrito medieval del *Libro de las Obras Divinas* del siglo XIII (Biblioteca
›vernativa di Lucca, Toscana).

Cristina de Pisan (British Library, Londres).

ronica Franco, obra de Jacopo Tintoretto (Worcester Art Museum, Worcester).

Retrato de Beatriz Galindo (Museo Lázaro Galdiano, Madrid).

ɔnisba Anguissola, autorretrato (Museo di Capodimonte, Nápoles).

Retrato de sor Marcela de San Félix (Casa Lope de Vega, Madrid).

rato de Aphra Behn, de sir Meter Lely (Yale Center for British Art, New Haven).

Artemisia Gentileschi, autorretrato (St. James Palace, Londres).

cuando su carrera comenzó a despegar: su nombre se puso en circulación en los ambientes artísticos y uno de sus autorretratos pasó a engrosar las impresionantes colecciones del papa Julio III.

Fue probablemente en esa época, mientras ella estaba en Roma, cuando visitó su casa Giorgio Vasari. Arquitecto y pintor, Vasari ha pasado a la historia por ser el autor de la primera enciclopedia sobre artistas, el libro llamado *Vidas de los más sobresalientes arquitectos, escultores y pintores.* Poco influenciado por la misoginia y el desprecio al talento femenino, en su obra cita a algunas famosas mujeres de su siglo: la escultora boloñesa Properzia de' Rossi, que vivió entre 1490 y 1530, y que proporciona una triste historia de fracaso que el propio Vasari atribuye a la persecución masculina; según él, ciertos escultores se sintieron indignados porque la artista había sido contratada como «uno más» para participar en la obra pública más importante de la ciudad, la decoración de la fachada de la basílica de San Petronio; en efecto, algo extraño sucedió que hizo que Rossi fuese finalmente apartada del proyecto; murió poco tiempo después, sola y pobre, en un hospital de caridad. En la lista de Vasari aparece también la monja florentina sor Plautilla, hija del pintor Luca Nella, que, tras aprender el oficio con su padre, profesó como dominica a los catorce años y, aun recluida en su convento, realizó diversas obras religiosas para su propia casa y para diversos monasterios e iglesias. Hija y hermana de pintor era asimismo Barbara Longhi, otra de las mujeres que aparecen en las *Vidas,* una artista de Ravenna especializada en pintura religiosa, cuya obra ha empezado a ser recuperada y observada con interés en los últimos años. Vasari menciona igualmente a la florentina Lucrezia Quistelli della Mirandola, discípula de Alessandro Allori, un famoso pintor manierista al servicio de los Médicis. También a la veneciana Irene di Spilimbergo, que aprendió de la mano del propio Tiziano; el crítico la describe como una joven prodigio, capaz de escribir versos, interpretar música y pintar; pero murió a los dieciocho años, antes de que su talento pudiera desarrollarse. Tras citar a todas esas artistas, Vasari guarda un lugar especial para Anguissola, a la que sitúa por encima de ellas: «Pero Sofonisba la cremonesa, hija del señor Amilcaro Angusciola [sic], se ha esforzado más que ninguna otra mujer de nuestros tiempos, con más estudio y con mayor gracia, en las cosas del dibujo, pues ha logrado no sólo dibujar, colorear y retratar del natural y copiar excelentemente cosas de otros, sino que por sí sola ha hecho obras de pintura únicas y bellísimas; por lo que ha merecido que Felipe, rey de España, habiendo escuchado de boca del señor duque de Alba sus virtudes y méritos, haya mandado a buscarla para conducirla muy honorablemente a España, donde la mantiene al lado de la reina, con gran liberalidad y para asombro de toda aquella corte, que admira como algo maravilloso la excelencia de Sofonisba.»[4]

En la fecha en que Vasari publica esta referencia en la segunda edición de sus *Vidas*, Anguissola vivía en efecto desde hacía nueve años en la corte de España, la más poderosa del mundo en aquel momento. Lo cierto es que, además del talento, también la suerte parecía acompañarla desde el comienzo de su carrera. Tras abandonar Roma, probablemente en 1556, su fama había ido creciendo poco a poco. En principio regresó a Cremona, donde siguió haciendo los deliciosos retratos de su familia y sus famosos autorretratos, a la vez que enseñaba pintura a sus hermanas menores. Pero comenzó a desplazarse a menudo a otras ciudades próximas, como Mantua, Plasencia o Milán, para realizar diversos cuadros de personajes de la nobleza, miembros del clero, monjas y frailes. Eran modelos bien elegidos por sus circunstancias, personas de confianza y de probada moralidad, cuyo contacto no perjudicaba en nada la virtud de la pintora y la dignidad de su condición social. Sin embargo, la relación de Sofonisba con ellos como artista era peculiar, pues la necesidad de salvaguardar su fama de doncella noble le impedía cobrar por su trabajo: como ya he dicho, que una mujer se desenvolviera en el mundo con una actividad pública y, además, recibiera dinero a cambio de ella significaba una mancha a veces irremediable para el honor.* Las

* Véase el capítulo III.

estrictas conveniencias imponían pues que sólo pudiese recibir a cambio de su trabajo regalos que, sin duda, serían de cierto valor.

Fueron sus frecuentes viajes en aquella época los que terminaron por ponerla en contacto con Felipe II, señor —entre tantos territorios repartidos por el mundo— de Milán: en 1535, tras la muerte de su gobernante Francisco María Sforza sin heredero, el ducado había pasado a manos de Carlos V; pero cuando su hijo Felipe se casó con la reina de Inglaterra María Tudor en 1554, Carlos se lo cedió como parte de sus regalos de boda. Los Austrias vivían en conflicto permanente en sus posesiones de Italia contra otros príncipes y, especialmente, contra el papado; para mantenerse a cubierto de las incesantes hostilidades, Felipe II concedió los cargos de comandante en jefe de las fuerzas en Italia, virrey de Nápoles y capitán general de Milán a su mejor general, el tercer y temible duque de Alba, Fernando Álvarez de Toledo. Alba coincidió con Anguissola en la ciudad en 1558 y, habiendo oído alabar el talento de la pintora, le encargó su retrato, hoy en día perdido. Como señala Vasari, así nació su contacto con la corte de España.

Unos meses después de ese primer encuentro entre el duque y Anguissola, Felipe II se preparaba para su tercer matrimonio. Las negociaciones de la Paz de Cateau-Cambresis, que ponía fin en abril de 1559 a los largos enfrentamientos bélicos entre Francia y España, habían incluido el compromiso de la boda del monarca, viudo ya por dos veces, con la jovencísima Isabel de Valois, hija de Enrique II de Francia y de Catalina de Médicis. La ceremonia se celebró por poderes en París en junio de 1559, pero los festejos consiguientes se convirtieron de inmediato en luto: durante uno de los torneos entre caballeros, la astilla de una lanza partida hirió en un ojo a Enrique II y penetró hasta su cerebro, ocasionándole la muerte. Comenzaba así el trágico final de los Valois: treinta años después, tras los reinados desastrosos y sangrientos de tres de sus hijos, la casa de Valois se extinguía, cediendo el trono de Francia a la de Borbón.

A pesar de esos tristes augurios, el matrimonio de Isabel de Valois y Felipe II fue dichoso, al menos para él, aquel rey sombrío, atormentado por su intransigente fe, que encontró en la joven francesa un aliciente para vivir. No sabemos si su esposa se sintió igual de feliz, aunque hay razones para sospechar que quizá no tanto: al fin y al cabo, en el momento de contraer matrimonio sólo tenía catorce años; era una niña en el sentido literal de la palabra, pues ni siquiera había tenido aún su primera menstruación, que llegaría bastante tiempo después de la boda; sin embargo, se veía casada con un hombre de treinta y dos, y obligada a abandonar la alegre y lujosa corte de Francia para vivir en medio de la austeridad y las obras permanentes del Alcázar madrileño, en una corte que se caracterizaba por estar sometida no sólo a la más intensa devoción, sino también al más envarado protocolo de cuantos regían la existencia en los palacios europeos. Isabel tenía pues razones de sobra para no creerse demasiado afortunada, aunque lo más probable es que ni se cuestionase su situación: como la mayor parte de las mujeres de sangre real, había sido educada férreamente por su madre para entregar su vida al servicio de los intereses dinásticos y políticos. Ignoramos sus sentimientos más profundos, pero sí sabemos que durante su breve existencia cumplió su papel de reina y de esposa a la perfección, a pesar de su juventud. Fue además la madre de las dos hijas queridísimas de Felipe II, las infantas Isabel Clara Eugenia y Catalina Micaela, tal vez las dos únicas debilidades de aquel monarca estricto como una roca.

Felipe deseaba sin duda que su joven esposa se sintiese a gusto en su nuevo país. Conociendo su interés por la música y las artes, él y Alba decidieron que sería adecuado llamar a Sofonisba Anguissola a la corte como compañera de la reina. La artista italiana, que debía de tener por aquel entonces unos veintisiete años, se perfilaba por sus orígenes, su educación y su talento como una excelente candidata para acompañar a Isabel de Valois en sus aficiones. Pero hubo que buscar una fórmula que permitiera justificar su presencia sin dañar la honorabilidad de su familia: aunque humildes, los Anguissola pertenecían al fin y al cabo a la nobleza; no hubiera sido pues adecuado otorgarle un cargo «utilitario» (como pintora de cámara, por ejemplo, o preceptora de la reina), ya que los servicios de esa categoría estaban reservados a personas de extracción social más baja. Y así, a pesar de sus escasos cuarteles de nobleza, Sofonisba viajó finalmente a España en calidad de dama de honor de Isabel de Valois, y como tal permaneció en la corte los siguientes catorce años. Acompañada de un pequeño séquito y bien provista de dinero enviado por el rey para que su viaje estuviese a la altura de su nueva dignidad, la pintora llegó a Guadalajara a finales de 1559, un poco antes de que lo hiciese la nueva reina, que se encontraría allí con Felipe II.

Ella fue la única italiana —si bien súbdita del rey de España como cremonesa— de un grupo formado por dieciséis damas de honor, siete españolas y ocho francesas, además de la propia Anguissola. Por supuesto, las damas llevaban una vida llena de lujos y diversiones, las favoritas de la reina: comedias y representaciones de títeres, bailes, largos paseos a caballo por los alrededores de las residencias reales de Madrid, el Pardo o Valsaín (Segovia), juegos de azar y de cartas... Pero también tenían que someterse a la imprescindible devoción, cada vez más ostensible en el entorno de aquel rey patológicamente obsesionado con la defensa de la fe católica frente al triunfante protestantismo. Una de las damas francesas, Madame de Clermont, daba cuenta en sus cartas a Catalina de Médicis de las largas sesiones de rezos, misas o penitencias: «Nuestros servicios de cuaresma —le escribe una vez— nos duran todas las mañanas seis horas, y no están acabados hasta la una o las dos [de la tarde], lo que nos hace sentirnos muy reconfortados de poder comer. La reina vuestra hija está liberada esta cuaresma a causa de su mal [unas viruelas], y come carne.»[5] También vivían sujetas a una serie de normas estrictas sobre sus costumbres y horarios. El reglamento de la Casa del Príncipe, que debía de ser parecido al de la Casa de la Reina, estipulaba por ejemplo que las damas «deben comer todas juntas y consumir las porciones [los platos] destinadas a ellas en el lugar y la hora para ello previsto; no deben pedir ninguna ración para sí ni comidas aparte [...]. Ninguna de ellas debe tener dentro del palacio más de una criada, aunque digan que quieren tenerlas a sus expensas».[6]

A pesar de la diferencia de más de diez años que las separaba, Isabel de Valois y Sofonisba establecieron enseguida una complicidad artística y personal que las mantendría siempre unidas. Las dos tenían un carácter alegre, eran mujeres cultas y compartían gustos y aficiones. Anguissola se convirtió así en una de las favoritas de la reina, una de las personas con las que la joven soberana pasaba más tiempo. Sin duda, una verdadera amiga. Juntas tocaban la espineta o escuchaban música y juntas pintaban, pues Isabel decidió no limitarse a admirar la pintura ajena, sino que, animada por el ejemplo de su dama, comenzó ella misma a dibujar. El embajador del duque de Mantua en la corte de Madrid se lo explicaba así a su señor: «La Reina ha empezado a pintar, y dice Sofonisba la cremonesa, que es quien le enseña y es muy favorita suya, que retrata del natural con un carboncillo de tal manera que enseguida se conoce a la persona que ha retratado.»[7]

Anguissola e Isabel de Valois no eran las únicas mujeres que en la corte de España se dedicaban a las artes. Tres años antes de la llegada de ambas, en 1556, había viajado aquí la pintora flamenca Catharina Van Hemessen, quien acompañó a la reina María de Hungría cuando ésta decidió retirarse a Valladolid tras abandonar el gobierno de Flandes que ejercía en nombre de su hermano Carlos V*. Como tantas otras artistas, Catharina era hija de un prestigioso pintor, Jan Sanders Van Hemessen, con el cual había aprendido el oficio. Sin embargo, no llegó a coincidir con Anguissola, pues tras la muerte de su señora en 1558, decidió regresar a Flandes. La italiana sí que debió de conocer en cambio a Catalina de Mendoza, dama de honor de Juana de Austria, la hermana de Felipe II. Catalina pertenecía a una de las familias de la más alta nobleza castellana. Debía de ser una mujer

* Véase el capítulo IV.

de gran inteligencia y preparación, pues cuando su padre fue nombrado virrey de Nápoles, ella permaneció en Castilla como administradora en su nombre del inmenso patrimonio familiar. Sabemos que era muy culta y religiosa, y, lo mismo que Juana de Austria, tomó los votos como jesuita, un caso excepcional en la historia de la orden fundada por san Ignacio de Loyola. Catalina no fue una pintora profesional, pero sí muy bien dotada: realizó numerosos bodegones y cuadros de flores —temática «menor» desde el punto de vista del canon masculino—, que están diseminados por diversos museos europeos. Anguissola también debió de coincidir en la corte con Isabel Sánchez, la hija del pintor de cámara de Felipe II, Alonso Sánchez Coello, a la que ya me he referido. Sin embargo, Isabel nació en 1564; cuando Sofonisba abandonó la corte, ella tenía tan sólo nueve años y sin duda estaba iniciando su aprendizaje con su padre. No sabemos si llegaron a tratarse, aunque es probable que así fuera, pues la pintora de la reina y el pintor del rey debieron de compartir espacios comunes y quizá también ayudantes. Podemos imaginar a la niña observando tal vez admirada el trabajo de aquella mujer noble, toda una dama de la reina a la que no le importaba ensuciarse las manos y los trajes con los enfarragosos pigmentos.

Porque, además de su actividad como compañera y maestra de Isabel de Valois, Anguissola se mantuvo muy activa como retratista durante sus años en la corte de España. Están documentados sus retratos de la mayor parte de los miembros de la familia real: varios de la reina, por supuesto, pero también del rey, del príncipe don Carlos, de las infantas Isabel Clara Eugenia y Catalina Micaela, de Juana de Austria y de otros diversos personajes de la corte. Sin embargo, la pista de casi todos esos retratos se ha perdido durante siglos. La mayor parte de ellos han estado expuestos en diversos museos y colecciones del mundo como obras de otros artistas, sobre todo de los pintores activos en la corte de Felipe II, como Tiziano, Antonio Moro, Alonso Sánchez Coello o Juan Pantoja de la Cruz. Solamente en las últimas dos décadas ha empezado a revisarse la autoría de algunas de esas obras, siempre con reticencias.* Hay diversas razones que parecen haber contribuido a este olvido o ignorancia, razones históricas, documentales y, por supuesto, sociológicas. El papel en la corte de Anguissola era un tanto confuso para nuestra mentalidad. De hecho, no firmó ninguno de sus retratos de la familia real y, durante sus años en Madrid, no fue retribuida como pintora, sino como dama de honor; por los documentos conservados en el Archivo de Simancas, sabemos que disponía de una paga anual de 100 ducados, además de las «raciones» [la comida], ropa, gastos de lavandería, cebada y paja para sus caballos y mulas y algunos otros pagos en especie, costumbre habitual en la corte; Felipe II, que siempre fue generoso con ella, llegó incluso a concederle el importe de un impuesto sobre el vino de Cremona, cantidad que le permitió ayudar a su familia. Pero también sabemos que, aunque no cobrase dinero por sus retratos de corte, recibió a menudo regalos importantes a cambio de su obra, telas riquísimas o joyas, como el diamante de cuatro caras que, según parece, el príncipe don Carlos le entregó cuando hizo su retrato. Sin embargo, la falta de documentación oficial en los archivos respecto a pagos realizados por sus cuadros ha sido una de las razones que han servido para poner en duda su trabajo. Otro de los factores que influyeron en el hecho de que las obras de Anguissola hayan sido atribuidas a diversos autores es que, a menudo, los retratos de los miembros de la familia real eran reproducidos una y otra vez por los talleres

* Cuando escribo este texto, en la primavera de 2005, en la sala del Museo del Prado dedicada a los retratos de la corte de Felipe II, dos han sido recientemente «atribuidos» —así figura en las cartelas— a Sofonisba Anguissola: uno del propio rey (número del catálogo 1036) y otro de su cuarta esposa, Ana de Austria (n.º 1284). Una *Isabel de Valois* (n.º 1030) figura como copia de Pantoja de la Cruz de una obra anterior de Anguissola. En la misma sala cuelga otro retrato de Isabel (n.º 1031) y uno de la infanta Catalina Micaela (n.º 1139) que muchos especialistas consideran de mano de la pintora o, cuando menos, copias de facturas suyas, pero que la pinacoteca expone como obras de Alonso Sánchez Coello. Otros posibles retratos de Anguissola que posee el museo, como uno del príncipe don Carlos y otro de doña Juana de Austria, no están actualmente expuestos.

de la corte; esto sucedía sobre todo cuando al retratado le gustaba el cuadro y, por lo tanto, exigía copias para colgarlas en las diversas residencias o enviarlas a las cortes extranjeras y a las instituciones que representaban a la monarquía en todos los territorios de la Corona, igual que ahora sucedería con las fotografías. Según parece, los retratos de Anguissola eran muy estimados en el entorno de Felipe II; aunque la pintora sabía mantener el aspecto de dignidad real de sus figuras, siguiendo el modelo que habían establecido algunos años atrás Tiziano o Antonio Moro, tampoco se olvidaba de dotarlos de vida, añadiendo siempre algún detalle anecdótico: Isabel de Valois sujetando ligeramente uno de los cierres de su falda, Ana de Austria dejando caer su largo collar entre sus dedos, levísimos gestos de espontaneidad que hacía que fuesen muy apreciados no como retratos oficiales, sino como obras privadas, que circulaban en copias dentro del amplio y cosmopolita ámbito familiar. Sabemos que tanto los retratistas de cámara (Sánchez Coello o Pantoja de la Cruz) como otros grandes pintores visitantes de la corte, por ejemplo Rubens, realizaron copias de algunas de las obras de Anguissola, haciendo que durante siglos se les haya adjudicado a ellos el modelo original. La costumbre de las copias se complica más de lo habitual en el caso de los retratos de la familia de Felipe II: en 1604, un incendio asoló el palacio de El Pardo y destruyó o estropeó gravemente muchas de las obras que colgaban en su galería de retratos, entre ellas varias de Anguissola; algunos de esos cuadros fueron retocados después por Juan Pantoja de la Cruz, dificultando aun más la labor de identificación. A todo esto se une, como ya he dicho, el silencio y la confusión interesada que tantas veces han pesado sobre las pintoras. De hecho, en 1724, cuando el pintor Antonio Palomino publica la tercera parte de su obra *El museo pictórico y escala óptica*, en la cual habla de diversos artistas de distintas épocas, el recuerdo de Anguissola es muy confuso; tanto, que en su breve mención, entre otros errores, confunde su apellido con el de Artemisia Gentileschi: «Sofonisba Gentilesca. Pintora. Sofonisba Gentilesca fue aquella ilustre dama, y famosa en esta arte, que la Serenísima Reina de España Doña Isabel de la Paz, nuestra señora (que está en el cielo), trajo de Francia a esta Corte, y fue insigne en hacer retratos, especialmente pequeños. Y así hizo muchos de Sus Majestades, y del Serenísimo Príncipe Don Carlos, hijo del Señor Felipe Segundo, nuestro señor, y de otras damas, y señoras de palacio, donde murió año de 1587.»[8]

El año de 1568 fue terrible para la corte española: en enero, el rey hizo apresar a su propio hijo y heredero don Carlos. El desgraciado príncipe había nacido en 1545 del primer matrimonio de Felipe con su doble prima María Manuela de Portugal. Era un ser deforme físicamente, enfermizo y víctima de un carácter cuando menos extravagante, que se intensificó después de haber sufrido un fuerte golpe en la cabeza durante una aventura galante, en la que estuvo a punto de perder la vida. Don Carlos se volvió cada vez más raro y agresivo, llegando a atacar a su propio tío don Juan de Austria y a amenazar de muerte al todopoderoso duque de Alba. Obsesionado por la desconfianza y la frialdad de su padre hacia él, decidió conspirar con los rebeldes flamencos contra el rey y preparó su huida de palacio. Fue entonces cuando Felipe II lo hizo detener y encerrar en un torreón del propio Alcázar. Para Isabel de Valois, que sentía una gran simpatía por su hijastro —al que había estado prometida antes de casarse con el padre—, aquello significó un gran disgusto que agravó su estado de salud, delicado desde el nacimiento unos meses antes de su segunda hija. En julio murió el príncipe en su celda en circunstancias extrañas, que contribuyeron a crear la leyenda negra en torno a Felipe II, pues se le acusó de haber dado orden de asesinarlo; lo más probable es sin embargo que falleciese de inanición, ya que se negaba a comer como protesta por su encierro.[9] Fuera como fuese, aquel duro golpe empeoró aun más la complicada situación de la reina: embarazada de nuevo, durante semanas la acompañaron migrañas constantes, vahídos y vómitos; en septiembre padeció un fuerte cólico renal; y en octubre, después de un aborto, murió. Tenía veintidós años.

La desolación de la corte fue absoluta: al fallecimiento de dos de las personas de la familia real en tan pocos meses se unía el preocupante hecho de que el rey, cerca de los cuarenta años, se había quedado viudo por tercera vez y no tenía heredero masculino, solamente aquellas dos pequeñas infantas huérfanas de madre a las que nadie quería imaginar gobernando el país. La tristeza de Anguissola fue, según parece, muy profunda: «La señora Sofonisba —escribe el embajador de Urbino— dice que ya no quiere vivir.» Tal vez, además de sentir la pérdida de su joven amiga y señora, la pintora temiese por su porvenir. La reina le había dejado en su testamento una importante cantidad de dinero, aunque no la suficiente desde luego para garantizar económicamente su futuro, comprometido además por los problemas financieros de su familia. La muerte de la reina significaba la disolución de su Casa y la consiguiente pérdida de su empleo. De hecho, todas las damas francesas regresaron pronto a su país. Sin embargo, la italiana se quedó: su desprotección familiar, su destacado papel en la corte, el afecto de Isabel y su estrecha relación con las pequeñas infantas debieron de contribuir al hecho de que Felipe II decidiera mantenerla en el Alcázar. Anguissola permaneció allí cuatro años más, pintando algunos retratos y ocupándose de las niñas junto con su gobernanta.

Dos años después del fallecimiento de Isabel de Valois, en noviembre de 1570, el rey volvió a casarse, esta vez con su sobrina, la archiduquesa Ana de Austria. Las cosas cambiaban en la corte: se reorganizaban las Casas de las infantas y de la nueva soberana, y, con esos cambios, la vida de Anguissola iba a dar un giro. No se sabe si lo decidió ella misma o el rey, pero, de pronto, Sofonisba se encontró casada con un hombre al que ni siquiera conocía. A pesar de su edad, que debía de rondar los cuarenta años —ampliamente excesivos para una primera boda en aquellos tiempos—, parece ser que hubo diversos candidatos dispuestos a contraer matrimonio con una mujer tan cercana a Felipe II y que gozaba de tanto prestigio. La elección —suya, del propio monarca o, más probablemente, por acuerdo entre ambos— recayó en un caballero de la más alta nobleza siciliana, don Fabrizio de

Moncada, segundo hijo del príncipe de Paternò y descendiente de una de las dinastías más poderosas del antiguo reino de Aragón.* El propio Felipe II le concedió a Sofonisba la imprescindible dote. Su montante —al que se unió una pensión vitalicia sobre los derechos de aduana de Palermo y Mesina— lo conocemos por un documento del rey, en el cual se mencionan diversos méritos de la novia, pero no su labor como retratista, quizá porque tal condición no parecía la más adecuada para una dama de la reina que ahora iba a ser la esposa de un encumbrado aristócrata: «Dada la estima que sentimos por la manera exquisita como vos, Sofonisba Anguissola, habéis servido a la muy serena reina doña Isabel, mi muy amada esposa (que descansa en la gloria) y habéis sido su dama de honor, y como prueba de satisfacción y de reconocimiento por vuestra presencia, los cuidados de vuestro cargo, y otras tareas que habéis cumplido entre el personal de su casa, y por las cuales ella os concedió un legado en su testamento, y por toda responsabilidad y obligación que la citada reina y nos mismos podemos tener hacia vos, tenemos la intención de concederos por este documento 3.000 ducados [...] de capital para vuestra dote y matrimonio, que se añadirá a la suma de 250.000 maravedís que hemos pedido en vuestro nombre a Melchor de Herrera, nuestro tesorero general, en la fecha de este documento, lo que constituirá un total de 375.000 maravedís. [...] Deseo de vos otro favor: que residáis en una de nuestras propiedades reales de Castilla o algún lugar equivalente.»[10] Respecto a esta última frase, doy por supuesto que si Felipe II quería que Anguissola viviera en sus territorios, no era tanto por tenerla cerca como por mantener bajo un cierto control a una persona que había estado durante mucho tiempo en la corte y sabía mucho de la intimidad de la familia real y quizás incluso de ciertas decisiones políticas. Que siguiera siendo súbdita suya significaba una garantía de su silencio.

* Sicilia y Nápoles pertenecieron a la Corona de Aragón, y luego a la de España desde principios del siglo XV hasta 1714.

En las capitulaciones matrimoniales, firmadas como era costumbre antes de la boda, se menciona el ajuar que la novia aporta al hogar como parte de su dote; constituyen un documento curioso, que refleja algunos de los objetos —ricos aunque sin exageración— que una dama de su posición podía poseer: «[...] una argolla de oro de cuatro troncos retorcidos y en las junturas unas manos asidas esmaltadas en blanco; una cintura de oro que tiene treinta y cuatro piezas con las tronchas, las diecisiete con cuatro perlas y las otras de oro; toda una sarta de ágatas de setenta cuentas con siete extremos de oro engastadas en oro; setenta botones de oro con cuatro perlas; setenta botones de piña de cristal guarnecidos de oro; treinta y un botones de diamantes pequeños; cuarenta botones chicos de cristal guarnecidos en oro; [...]; una medalla de un camafeo engastada en oro; otra medalla de oro con unos niños esmaltados de blanco; una caja para retratos de oro; de una parte, una divisa de un águila que mira el sol y de la otra, una gallina y alrededor unas culebras; treinta botones de oro pequeños redondos esmaltados de blanco; una cruz pequeña de seis diamantes y cinco rubíes; [...]; treinta y cinco piedras de oro delgadas esmaltadas de diversas maneras [...]; una sortija de un diamante grande; otra sortija de un diamante pequeño; una fuente de plata y un aguamanil de plata; una copa de plata; una escudilla de plata; una cuchara de plata; un candelero de plata; una saya de plata dorada [...].»[11]

La boda se celebró por poderes en el Alcázar madrileño el 26 de mayo de 1573, en presencia del propio monarca, una ilustre ceremonia, sin duda alguna, para una ilustre mujer. Tras casi catorce años de servicio en la corte más poderosa del momento, Sofonisba partió enseguida hacia Sicilia para reunirse con aquel marido al que nunca había visto. Apenas sabemos nada de su vida en Paternò durante los escasos cinco años que duró su primer matrimonio. ¿Fueron una pareja feliz, se entendieron cuando menos, o acaso se detestaron silenciosamente el uno al otro? No hay ninguna noticia al respecto. Sí sabemos que, en mayo de 1578, Sofonisba se quedó viuda: su marido murió en el mar, durante un asalto de piratas a la galera en la que viajaba camino de Nápoles. Sin embargo, menos de dos años más tarde estaba de nuevo casada, y esta vez en circunstancias un tanto especiales.

Tras poner en orden los asuntos de la herencia, no muy cuantiosa según parece, Anguissola había decidido regresar a su ciudad natal, donde aún vivían su madre, su hermano y, probablemente, alguna de sus hermanas. Pero algo sorprendente sucedió durante el viaje, y Sofonisba no llegó nunca a Cremona: los siguientes treinta y cinco años los pasó en Génova con su nuevo marido, Orazio Lomellini, un hombre más joven que ella y del que apenas se sabe nada. Los datos parecen apuntar a que era el capitán del barco en el que ella viajaba desde Sicilia a la península. ¿Fue una verdadera historia de amor, como algunos comentaristas han señalado, o simplemente buscó en él compañía, acaso la protección masculina que en ese momento quizá le faltara a una mujer cercana a los cincuenta años y desprovista de una gran fortuna? Su familia seguía viviendo con muchas estrecheces, hasta el punto de que se vio obligada a rogarle a Felipe II que le traspasase a su hermano Asdrúbal una de las pensiones que le había otorgado. Asdrúbal no podía, por lo tanto, facilitarle una vida digna de la posición prestigiosa de que gozaba. ¿Podía haber intentado lograrla por sí misma a través de sus cuadros? Difícilmente, pues, como ya he explicado, las reglas del tiempo no hubieran admitido que una mujer de su condición recibiese dinero en efectivo a cambio de un trabajo que debía ser —o, mejor dicho, parecer— un mero entretenimiento, por muy excelsa que fuese su calidad. Tal vez hubiera podido resignarse a las condiciones de estrechez propias de tantas viudas, o haberse retirado a un convento, como otras muchas hacían. Pero la vida colocó inesperadamente a su lado a un hombre con el que compartir intereses o quizás incluso amor. Fuera como fuese, el matrimonio no sentó bien en su entorno: ni la familia de su difunto marido ni la suya propia querían que se casase con Orazio Lomellini, tal vez por la diferencia de edad que había entre ellos o por su condición social, inferior a la de la novia.

El problema adquirió incluso tintes de asunto de Estado; antes de la boda, la pareja se instaló en Pisa, que pertenecía al ducado de Florencia; en diciembre de 1579, el gran duque Francisco de Médicis escribió a Anguissola, presionándola para que no contrajera matrimonio: «Habiendo sabido que Vuestra Señoría se encuentra en Pisa con intención de casarse en contra del parecer de vuestros parientes y de la condición de vuestra casa, movido por el conocimiento que tuve de vos cuando estuve en la Corte del rey de España y del afecto que siempre os he tenido, no he querido dejar de poner en vuestra consideración que, sierva de Su Majestad, no sólo deberíais darle noticia de todas vuestras intenciones sino también escoger un sujeto digno de vos, de vuestra casa, y de la servidumbre que habéis prestado a aquellos príncipes, pues muchas veces el sentimiento propone aquello que parece útil y honorable, pero, sometido después a la razón, se descubre que es lo opuesto, y frecuentemente con vano arrepentimiento. Mirad muy bien lo que hacéis, pues, por la consideración de mujer sabia en que siempre os he tenido, estoy convencido de que no querréis perder el buen nombre que con tanto esfuerzo habéis adquirido, y yo me ofrezco con toda presteza a hacer todo lo que juzguéis adecuado y beneficioso; que Dios os conceda felicidad.»[12] Pero Sofonisba debía de saber muy bien lo que quería: aunque siempre destacó por su afabilidad, la vida que había llevado hasta entonces, permaneciendo desde niña fuera de su casa, en condiciones excepcionales para una dama de su época, es prueba por sí misma de que, más allá de sus dotes sociales y su talante alegre, era una mujer firme y segura de sí misma. De modo que, a pesar de todas las opiniones contrarias, se casó con Orazio: «[...] habría bastado la voluntad de Vuestra Alteza Serenísima —le contestó a Francesco de Médicis—, de quien soy tan afecta servidora desde hace muchos años, para haber supeditado cualquier parecer mío a cuanto Vuestra Alteza Serenísima me hubiese mandado; pero como los matrimonios primero se hacen en el cielo y después en la tierra, la carta de Vuestra Alteza Serenísima me llegó tarde, por lo que no puedo demostrarle mi muy afecta obligación a Vuestra Alteza Serenísima, a quien suplico ardientemente que me perdone.»[13]

Aquel matrimonio «hecho en el cielo» parece haber sido más o menos feliz, al menos a juzgar por los escasos datos de que disponemos. Desde luego, fue muy duradero, pues Anguissola llegó a superar los noventa años, una edad extraordinaria para la época, y Orazio aún la sobrevivió. La pareja se instaló en Génova. Sabemos muy pocas cosas de su vida durante esa larga etapa, aunque es seguro que la pintora siguió realizando retratos y ahora también cuadros religiosos, cada vez más solicitados en aquel ambiente de la Contrarreforma, donde la obra artística de carácter sacro se consideraba un elemento imprescindible en la decoración de los templos. A través de los cuadros debía azuzarse la devoción de las gentes, especialmente de las grandes masas de iletrados que, si bien no eran capaces de leer, sí que en cambio podían emocionarse o extasiarse ante las grandes pinturas que representaban toda clase de asuntos relacionados con la historia sagrada, las vidas de los santos o las cuestiones teológicas. Era el momento de la explosión inicial del gran arte barroco, que cubriría con su potencia y su energía todo el siglo XVII. El estilo de Anguissola, forjado en el clasicismo y el manierismo de la primera mitad del siglo, con su gusto por el equilibrio y una cierta sobriedad, debía de empezar a resultar ligeramente anticuado. A pesar de todo, siguió recibiendo encargos y, según parece, probablemente enseñó el arte de la pintura a algún que otro discípulo.

En 1599, la artista recibió en Génova la visita de la infanta Isabel Clara Eugenia, que viajaba a los Países Bajos para contraer matrimonio con su primo, el archiduque Alberto de Austria. La princesa se había mantenido soltera hasta edad muy avanzada —los treinta y tres años—, acompañando siempre a su padre, para quien era no sólo una hija queridísima, sino una estrecha colaboradora en los asuntos de Estado. Al casarse, Felipe II le concedió como dote el siempre conflictivo territorio español en el norte de Europa, donde Isabel permaneció como gobernadora hasta su muerte en 1633. Durante su estancia en Génova, Anguissola realizó el retrato de bodas de aquella hermosa mujer a la que había visto nacer y a la que había cuidado de niña.

Además de ese encuentro físico, la pintora mantuvo siempre el contacto epistolar con la corte de España, en particular con el rey y con la infanta. Una de las pocas cartas suyas que se conservan es una petición al monarca a favor de su marido. El tono de la epístola, humilde, aunque alejado de los desorbitados halagos al uso de la época, puede darnos una idea de la naturalidad con la que Sofonisba se trataba con los grandes del mundo: «Con mi esposo Orazio Lomellino, le he escrito a Vuestra Majestad suplicándole que me conceda la gracia de recomendarle a mi marido, que desea un favor de vos. Reitero mi demanda para recordar a Vuestra Majestad que le conceda lo más pronto posible lo que solicita. Confío en la benevolencia y la generosidad hacia sus súbditos de las que Vuestra Majestad da pruebas tan a menudo, siendo yo misma la más afectísima de vuestras servidoras. Espero recibir este favor de vuestras reales manos, de las que depende mi dicha. Conservaré el recuerdo de esta bondad entre las muchas que Vuestra Majestad me ha otorgado. Con reverencia y humildad, beso vuestro mano, rogando a Dios que os conceda una vida larga y dichosa.»[14]

Aunque trabajando más lentamente que en su juventud, Anguissola se mantuvo activa como pintora hasta 1620, cuando debía de estar cerca de los noventa años. De esa época procede el último autorretrato suyo que conocemos, quizá su última obra. Pero su vista se debilitaba poco a poco, y tuvo que dejar de pintar. No obstante, según parece, seguía gustándole mucho hablar de pintura y aconsejar a los jóvenes artistas que la visitaban, ahora en Sicilia, adonde se había trasladado con su segundo marido alrededor de 1615. Allí, en Palermo, unos meses antes de su muerte, recibió la visita de Anton Van Dyck, joven y brillantísimo discípulo de Rubens, que estaba convirtiéndose en uno de los retratistas más solicitados de su tiempo. El artista realizó dos espléndidos retratos de la anciana, y anotó esto en su diario: «Sigue teniendo una buena memoria y el talante muy vivo, y me recibió muy amablemente. A pesar de su vista *debilitada* por la edad, le gustó mucho que le enseñase algunos cuadros. Tenía que acercar mucho su cara a la pintura, y con esfuerzo conseguía distinguir un poco. Se sentía muy dichosa. Mientras dibujaba su retrato, me dio indicaciones: que no me colocase demasiado cerca, ni demasiado alto, ni demasiado bajo, para que las sombras no marcasen demasiado sus arrugas. También me habló de su vida y me dijo que había sabido pintar muy bien del natural. Su mayor pena era no poder pintar a causa de su mala vista. Pero su mano no temblaba nada.»[15] Qué vívida y emocionante esa imagen de una mujer casi centenaria, que aún mantenía intacta su coquetería y, sobre todo, que conservaba plenamente activa su apasionada vocación de pintora.

El 16 de noviembre de 1625, Sofonisba Anguissola falleció en su casa de Palermo. Debía de tener noventa y tres años. Dejaba tras de sí una obra artística de gran calidad, que respondía en buena medida a los cánones de la época, pero que también destacaba por su personal visión del hálito de la vida detrás de cada personaje, humilde o encumbradísimo. Sin embargo, su nombre sería pronto borrado de la historiografía del arte, mientras la mayor parte de sus cuadros eran adjudicados durante siglos a algunos de los mejores artistas de su tiempo.

CAPÍTULO VI

Visionarias, místicas y herejes. El diálogo femenino con la divinidad

La virginidad de la que hablo es la integridad de la mente que se extiende al cuerpo: es una existencia totalmente incorrupta. No hay vida que se parezca más a la vida celestial que la de una virgen.

JUAN LUIS VIVES

Así, Jesucristo es nuestra Madre. De Él recibimos nuestra existencia, allí donde tiene su origen la Maternidad; con todas las dulces emanaciones de amor que de allí sin cesar derivan. Así como es cierto que Dios es nuestro padre, es igualmente cierto que Dios es nuestra madre.

MARGERY KEMPE

O santas o pecadoras. Durante siglos, la estructura moral sobre la que se basaba la civilización cristiana mantuvo a las mujeres ligadas a esas dos polaridades. La sociedad presionaba sobre cada una de ellas para que fuese un ejemplo de «virtudes»: castidad, sumisión, modestia, discreción, templanza, silencio... Quienes no alcanzaban la excelencia eran consideradas pecadoras, a veces sin remisión. Quienes sobresalían en ella, santas. Pero a menudo el límite que separaba las dos condiciones era confuso, farragoso y arriesgado como arenas movedizas, y el ansiado «camino de perfección» podía conducir a muchas mujeres —y también no pocos hombres— a convertirse en cuerpos torturados en las cárceles de la Inquisición o incluso en cuerpos carbonizados en sus hogueras. Entre la santidad y la herejía, la diferencia era a menudo cuestión de levísimos matices. Sin embargo, a pesar del peligro, centenares de miles de mujeres vivieron durante buena parte de la historia de Europa consagradas a una intensa vida de fervor religioso, de búsqueda de lo divino y entrega a la oración o a la caridad, que convirtió a muchas de ellas en objeto de veneración y a otras muchas en seres sospechosos cuando no abiertamente condenados.

Las razones para esa profunda espiritualidad son sin duda diversas y a veces incluso contradictorias: infinidad de mujeres aceptaban así llevar la existencia ejemplar que les exigía un mundo que, desde una remota antigüedad, consideraba la virginidad como el estado perfecto para el sexo femenino, la rara pureza que lo ligaba de una forma misteriosa a la divinidad. Otras muchas buscaban un consuelo para sus vidas llenas de desdichas, miserias y sometimiento. Pero un número nada desdeñable de ellas, como ya he indicado, se concedían a sí mismas de esa manera la posibilidad de desarrollar una existencia individual y acceder a través de la vida en religión al conocimiento, la intervención en la sociedad o el poder, evitando de paso tener que entregrarse a la autoridad de un esposo desconocido y arruinar su salud y acaso su vida en incesantes embarazos y partos. Que el matrimonio podía llegar a convertirse en un auténtico infierno del que no resultaba posible escapar era algo sabido y aceptado. Teresa de Ávila se dirigía en su *Libro de las fundaciones* a las jóvenes monjas, haciéndoles ver que «no conocen la gran merced que Dios les ha hecho en escogerlas para sí y librarlas de estar sujetas a un hombre que muchas veces les acaba la vida, y pluga a Dios que no sea también el alma».[1] Y Fray Luis de León, en *La perfecta casada*, se esforzaba en convencer a las esposas maltratadas de que debían aceptar su destino no sólo con resignación, sino con orgullo: «¡Oh, que es un verdugo! Pero es tu marido. ¡Es un beodo! Pero el nudo matrimonial le hizo contigo uno. ¡Un áspero, un desapacible! Pero miembro tuyo ya y miembro el más principal.»[2] La entrada en religión significaba librarse cuando menos de esos peligros, aunque la vida en los monasterios y conventos femeninos fuese a veces muy dura, dependiendo de la orden de la que se tratase, y estuviera a menudo sometida a condiciones de pobreza mucho más extremas que las que solían darse en las casas de monjes.

De cualquier manera, ni disciplina ni pobreza parecían amedrentar a aquellas cohortes de mujeres dispuestas a entregarlo todo en nombre de la salvación de sus almas y quizá también de la libertad de sus cuerpos. De hecho, infinidad de damas de todas las edades procedentes de familias ricas y nobles eran capaces de renunciar a sus privilegiadas formas de vida y someterse a una existencia de privaciones. Un gran número de ellas llegaba incluso a huir de sus familias poderosas para consagrarse a la religión, como santa Clara, la compañera de san Francisco de Asís, o su hermana Agnes. Otras muchas vivían como una verdadera liberación la muerte de un marido impuesto por los progenitores y el consiguiente estado de viudedad, que les permitía acceder al claustro. Quizás uno de los casos más extremos sea el de Angela da Foligno, mística franciscana del siglo XIII, capaz de admitir que había rezado para que muriesen todos los suyos, incluidos sus propios hijos, y poder así entregarse a la voluntad divina: «Y para este tiempo Dios quiso que muriera mi madre, que era un gran impedimento para mí. Al poco tiempo, mi marido y todos mis hijos murieron. Y como había seguido el camino que ya he mencionado y le pedía a Dios que todos muriesen, sentí un gran consuelo cuando murieron. Desde entonces pienso que Dios hizo esto por mí, para que mi corazón siempre estuviese en el corazón de Dios y el corazón de Dios en el mío.»[3] Que semejante confesión no sólo no resultara vergonzosa, sino que fuera narrada con total naturalidad por la venerada y más tarde beatificada mística, pone de relieve la diferencia de criterios morales y sentimentales respecto al mundo actual: la fe estaba por encima de cualquier otro asunto terrenal, incluso por encima de los lazos familiares y del respeto a la vida y, a juzgar por ese texto, no sólo en lo tocante a las incesantes guerras de religión.

Pero no todas las mujeres que se entregaron a la vida espiritual lo hicieron a través de los cauces oficiales de las órdenes religiosas. Muchas de ellas, las más valientes, las más exaltadas o las más independientes, buscaron formas distintas de existencia. Durante la Edad Media fueron habituales las reclusas o emparedadas, mujeres que se encerraban voluntariamente de por vida entre cuatro paredes (en iglesias, cementerios o junto a las murallas de las ciudades) para dedicarse a la oración por la salvación de todos los pecadores. Su único contacto con el mundo era un estrecho ventanuco, a través del cual recibían los escasos alimentos que la caridad pública les otorgaba. A menudo se trataba de mujeres marginadas, viudas miserables, prostitutas arrepentidas, huérfanas sin recursos. Era frecuente que antes de recluirse se celebrase por ellas una misa de difuntos y se les diera la extremaunción. Realmente, eran auténticas muertas en vida, seres entregados a la pasividad más absoluta, a la total inacción.

Otras muchas mujeres, en cambio, trataban de mezclarse activamente y sin trabas en el mundo, y llevar así a cabo sus tareas de caridad o enseñanza, al margen de las órdenes religiosas. Ése era el caso de las beguinas, cuyos primeros grupos surgieron en los Países Bajos y Alemania en el siglo XIII para extenderse rápidamente por casi toda Europa, adoptando nombres y formas diferentes. En general, se trataba de mujeres que, sin necesidad de entregar la dote exigida en la mayor parte de las órdenes, hacían votos de castidad y pobreza y organizaban auténticas comunidades, teóricamente carentes de jerarquía, en las que todo se compartía. A menudo llegaron a gozar de un gran prestigio por sus virtudes y su santidad, y eran llamadas «maestras». Se dedicaban a trabajos como la enseñanza de niñas o la asistencia a los pobres y enfermos, una actividad especialmente valiosa en los frecuentes momentos de pestes. Una parte muy importante de sus actividades tenía que ver con todo lo relacionado con la muerte: acompañaban a los moribundos en sus últimas horas, amortajaban y velaban los cadáveres y muchos devotos consideraban que sus rezos por los difuntos eran especialmente valiosos para conducir sus almas desde el purgatorio hasta el cielo.

En los reinos de España, el beguinaje adquirió una forma particular, la de las comunidades de beatas, una palabra que ha permanecido en nuestra lengua con un carácter peyorativo. Su historia, sin embargo, es semejante en lo malo y en lo bueno a la de tantas mujeres que en toda Europa trataron de llevar una vida diferente a la que marcaban las normas, lo mismo las de las órdenes religiosas que las del matrimonio: pobreza, castidad, oración e intensa caridad era siempre su camino. Antonia de Jesús, fundadora de un beaterio en el barrio granadino del Albaicín en el siglo XVII, cuenta en su autobiografía las condiciones casi miserables en las que voluntariamente vivían ella y sus compañeras: «Nuestra comida era lo más ordinario pan y agua, y el día de mucho regalo hierbas cocidas, y aunque mi padre nos enviaba otras cosas como pescado y huevos, gastábamos poco en casa, porque se daba a los pobres.»[4] Ése era el espíritu de renuncia que reinaba en aquellas comunidades de mujeres diferentes. Pero fue precisamente su alejamiento de las pautas oficiales lo que supuso su final: sospechosas a menudo de herejes o, cuando menos, de poco fiables por su excesiva independencia, la Iglesia fue sometiendo poco a poco a las rebeldes beguinas y beatas, obligándolas primero a ponerse bajo la vigilancia de las órdenes religiosas y, finalmente, a profesar como monjas. La propia Antonia de Jesús terminó por transformar su beaterio en un convento de recoletas. Algunas de sus compañeras, más insumisas o dotadas de menos apoyos, cayeron en manos de la Inquisición: Marguerite Porete, beguina y mística francesa del siglo XIII, fue quemada en la hoguera por hereje, a pesar de lo cual su importante y hermoso libro *Espejo de las almas sencillas aniquiladas* conoció una gran difusión.

En los reinos de la península Ibérica, no fueron pocas las beatas perseguidas por el Santo Oficio. Uno de los casos más destacados fue el de Isabel de la Cruz, beata de Guadalajara, que vivió en la primera mitad del siglo XVI. Era el momento en el que en el seno de la Iglesia surgían diversas corrientes de renovación, que trataban de ordenar y limpiar una institución manchada por la corrupción, la incultura y la codicia de muchos de sus más altos dignatarios. De entre ellas, la Reforma llevada a cabo por Lutero y sus seguidores fue, sin duda, la más importante, la que pronto rompió la milenaria unidad de la Iglesia cristiana. Pero hubo otros movimientos que también se enfrentaron con valentía al poder de Roma y a los principios de ortodoxia establecidos desde allí. Isabel de la Cruz, mujer culta y dotada de un gran carisma, encabezó uno de esos fenómenos espirituales, la herejía de los alumbrados, que mostraban una profunda rebeldía frente a la estructura jerárquica eclesiástica y al peso del culto y de los sacramentos; acercándose en algunos puntos a los postulados de Lutero, la beata predicaba la relación directa y no mediatizada con Dios y el abandono total a su voluntad. Su creciente influencia, especialmente entre los profesores y estudiantes de la universidad de Alcalá, llegó a irritar de tal manera a la Inquisición —obsesionada por aquellos años en perseguir cualquier rastro de heterodoxia en los reinos de España—, que en 1523 fue arrestada y acusada de hereje junto con su discípulo predilecto, Pedro de Alcaraz. Las actas de su proceso se han perdido y se desconoce cuál fue la sentencia; sí se sabe, en cambio, que Alcaraz fue condenado a prisión perpetua, aunque se le liberó diez años después.

Todavía en fecha tan tardía como 1781, la temible Inquisición sevillana, muy activa siempre contra las mujeres, acusó a la beata invidente María Dolores López de santidad fraudulenta; condenada a muerte, se la ahorcó primero y después se quemó su cadáver en una pira ejemplar.[5] Ella fue una de las últimas víctimas de la tenebrosa institución de la Iglesia romana, que en España perduró hasta 1834.

Pero el Santo Oficio no persiguió solamente a aquellas mujeres que vivían al margen de las órdenes. Muchas monjas profesas fueron también sometidas a interrogatorios y torturas por un exceso de celo en las manifestaciones de su fe. Es de sobra conocido el caso de santa Teresa, que logró sin embargo salir bien parada de la encuesta sobre sus visiones y arrobos. Peor suerte corrió sor Magdalena de la Cruz, priora del convento de Santa Isabel de

Córdoba, visionaria y mística, que fue encarcelada bajo sospechas de falsedad en 1544. Amenazada de torturas y gravemente enferma, terminó por confesar, como tantas veces ocurría, lo que los inquisidores querían escuchar: no sólo reconoció haber fingido sus éxtasis, sino que llegó a autoinculparse de haber hecho un pacto con el diablo a cambio de obtener honra y fama. Fue condenada a una afrenta pública, consistente en abandonar la cárcel de la Inquisición con una mordaza en la boca y una soga al cuello, y a permanecer encerrada el resto de su vida en un monasterio, degradada de cualquier cargo y aislada.

Algunas décadas después, algo parecido le sucedió a sor Luisa de la Ascensión, religiosa del convento de Santa Clara en Carrión de los Condes (Palencia), una monja que vivió rodeada de una creciente fama de santidad; su prestigio la llevó a ser consejera de muchos personajes importantes del reino, entre otros el propio monarca Felipe III, y se le adjudicaron decenas de milagros. Pero ni su popularidad ni sus relaciones con la corte impidieron que, en 1635, a la avanzada edad de setenta y cinco años, fuera arrestada por la Inquisición y sometida a intensos interrogatorios, en un proceso que fue seguido con gran interés en toda Castilla. Sor Luisa murió antes de que se dictase la sentencia, que resultó finalmente ser absolutoria, aunque se prohibió la reproducción de su imagen y la veneración de reliquias que tuvieran que ver con ella. Un caso parecido, aunque con peores resultados, fue el de sor María de la Visitación, monja lisboeta del siglo XVI, consejera también de hombres poderosos y condenada, por haber fingido fraudulentamente los estigmas, a prisión perpetua en un monasterio, silencio inquebrantable, mínima alimentación y a recibir azotes dos veces por semana, así como a ser maltratada por sus compañeras.

Monjas, beguinas, beatas, «espirituales» laicas entregadas con fervor a la vivencia de su religiosidad... Muchas de esas mujeres contribuyeron a desarrollar una forma de comunicación con la divinidad que, sin ser exclusivamente femenina, sí encontró en ellas maneras peculiarmente intensas: el misticismo. La experiencia de la unión con Dios a través de visiones, éxtasis, viajes del alma o conversaciones divinas arrebató durante siglos a miles de mujeres de toda Europa en un asombroso fenómeno de profunda raigambre tanto psicológica como cultural, difícil de definir y acotar. Que entre ellas existieran falsarias y fingidoras no se puede negar. Pero es igualmente cierto que la gran mayoría vivió convencida de la realidad de sus encuentros cara a cara con Dios, y lograron convencer además al mundo que las rodeaba y que las veía como elegidas del Señor, mediadoras entre el luminoso cielo y la tierra lúgubre y miserable.

¿Delirios de mentes sugestionadas? ¿Expresiones de la histeria propia de tantos seres de alas cortadas? ¿Alucinaciones de cerebros afectados por los largos ayunos, las feroces disciplinas que se autoimponían o la ingesta de brebajes alcohólicos y drogas tomadas como medicinas? ¿Verdades absolutas de una vida espiritual difícilmente comprensible desde la mirada del mundo actual? Las preguntas y las respuestas a esas manifestaciones pueden ser infinitas y, probablemente, nunca del todo definitivas.

Sin embargo, es posible extraer algunas conclusiones a través de los textos que muchas de ellas escribieron narrando sus experiencias. Las obras de Hildegarda de Bingen y Teresa de Ávila son sin duda las más conocidas, pero ellas son tan sólo dos de entre las muchas místicas que, al menos desde el siglo XII, buscaron comunicar sus vivencias a través de la escritura, creando una verdadera tradición de literatura religiosa por un lado y de autobiografías femeninas por el otro. Un género literario, por cierto —el de la introspección en el yo y la memoria de lo vivido—, del que se sirvieron también infinidad de mujeres laicas a lo largo de la historia, aunque la mayor parte de las veces no lo hicieran con la intención de ser publicadas, sino tan sólo con el ánimo de revelarse ante sí mismas o de dejar constancia de su existencia a sus descendientes, en ese ejercicio típicamente femenino, maternal, de transmisión del recuerdo y la experiencia.

El hecho de que tantas místicas dieran testimonio por escrito de sus vidas —aunque a menudo lo hiceran animadas en principio, como santa Teresa, por un confesor— pone ya de relieve una primera cuestión: la consciencia de su propia valía, del carácter excepcional y ejemplificador de sus vivencias, dignas de ser compartidas con otros. A menudo se sienten mujeres especiales, favoritas del Señor que las distingue con su amor, en una extraña mezcla de humildad frente a Dios y de orgullo de su propia condición ante los seres humanos. Christina Ebner, mística alemana del siglo XIV, narra en sus escritos sus conversaciones con la divinidad con palabras que llegan a rozar la soberbia: «Eres uno de los seres humanos a los que he otorgado más cosas extraordinarias desde el principio del mundo», le decía el Señor. Y también: «Te he dado más suavidad que a otros mil. Te he sacado de ti misma para llevarte a la vida divina. Te he considerado como una imagen mía. [...] Mi nobleza te ha elevado. Mi altura te ha hecho alta. Mi favor está contigo. Eres uno de los seres humanos a través de los cuales puedo ahora hacer lo mejor en la tierra. [...] Yo, noble fruto, he florecido de ti.»[6]

El amor está siempre presente en la relación de las místicas con la divinidad. Un amor absoluto y obsesivo, como el que proclama en el siglo XV Catalina de Génova: «El puro y claro amor no puede querer nada de Dios, por muy bueno que sea, que signifique compartirlo, pues lo que quiere es a Dios mismo, que es todo pureza, claridad y grandeza; y si le faltase el más pequeño átomo, no podría darse por satisfecho e incluso creería estar en el infierno [...]. He pues decidido, mientras viva, decirle al mundo: "En lo externo, haz de mí lo que quieras, pero en mi interior, déjame; pues ni puedo, ni quiero, ni querría poder querer ocuparme de nada salvo de Dios, que ha tomado para sí mi interior y lo ha encerrado en Él de tal manera que no quiere abrírselo a nadie. Debes saber que lo que Él hace es devorar interior y exteriormente a su criatura humana; y cuando ésta se halle consumida por entero en Él, ambos saldrán de este cuerpo y ascenderán, unidos, hacia la patria. Así pues, no puedo ver en mi interior ninguna otra cosa que no sea Él, pues Él no deja entrar a nadie más, y a mí misma menos que a los demás, pues soy su enemiga".»[7]

El amor de las místicas a menudo supera la índole de lo estrictamente espiritual para expresarse en términos de pura sensualidad, de amor físico y, por lo tanto, humano: muchas de ellas consideran a Jesucristo como su esposo y sueñan, imaginan, anhelan establecer con él una unión que podemos calificar de plenamente erótica, tal vez como efecto de la sublimación de sus deseos reprimidos. Los testimonios a este respecto son numerosos e inequívocos. Santa Brígida de Suecia confesaba en el siglo XIV que tras la muerte de su marido, Jesús se le presentó para tomarla como mujer: «Te he escogido y te he traído a mi lado para poder revelarte mis secretos según mi voluntad. [...] A ti, por lo tanto, mi esposa, pues no hay nada que desees excepto a mí, pues desprecias todas las cosas por mí, no sólo hijos y padres sino honores y riquezas, yo te daré una recompensa dulce y preciosa: no te doy oro ni plata, sino a mí mismo como marido, Yo, que soy el rey de la gloria.»[8] Margery Kempe, mística inglesa del siglo XV, fue igualmente visitada por Jesús, que se le apareció «en forma de hombre, el más guapo y hermoso y digno de ser amado que jamás se haya visto». Él le propuso ser su esposo y, a la vez, su hijo: «Tómame como tu esposo, como tu bien amado y como tu hijo querido y seré amado como un hijo es amado por su madre y así me amarás tú, hija, como una buena esposa debe amar a su marido.»[9] Es preciso añadir, para tratar de comprender las extrañas analogías de Kempe, que era una mujer casada, madre de catorce hijos —el nacimiento de cada uno de los cuales supuso para ella una verdadera tortura física y anímica—, y que había renunciado a la vida de familia para entregarse a su fervor espiritual, a través del cual pareció encontrar una rara sustitución de su anterior papel en la vida. Mechthilde de Magdeburgo, maravillosa escritora alemana del siglo XIII, describe con detalle e intensidad poética el anhelado encuentro entre el alma, a la que llama «la amante», y el Señor, «el Príncipe». Tras un largo camino recorrido por la amante, ambos se reúnen al fin en «el lecho del amor», donde el Señor le ordena desnudarse. «“Señor —dice el alma—, soy ahora un alma desnuda y tú en ti mismo un Dios espléndido. Nuestra unión es una alegría eterna sin muerte". Y entonces una calma bienaventurada se extendió sobre ellos. Él se entrega a ella y ella se entrega a Él. Lo que ocurre entonces, ella lo sabe, y no es preciso contarlo. Pero no puede durar mucho. Cuando dos amantes están juntos en secreto, a menudo se ven obligados a separarse rápidamente.»[10] Santa Catalina de Siena, en el siglo XIV, celebra su boda con Cristo teniendo como testigos a la Virgen María, Juan el Evangelista, san Pablo, santo Domingo y el rey David. Según su confesor y biógrafo, Jesús, «que llevaba un anillo de oro adornado con cuatro preciosísimas perlas y un riquísimo diamante, lo puso en el anular de Catalina, diciendo estas palabras: "Y ahora te desposo conmigo con una fe que durará desde esta hora por siempre inmutable, hasta que en el glorioso tálamo nupcial del cielo, en perfecta unión conmigo, en bodas sempiternas, cara a cara te sea lícito verme todo y gozarme".»[11]

El camino hasta llegar a esa perfecta unión místico-erótica con la divinidad estaba lleno de duras pruebas que las propias místicas solían autoimponerse: bajo la pretensión de revivir los martirios de Cristo durante la Pasión, aquellas mujeres se torturaban incesantemente con ayunos larguísimos, privaciones de todo tipo, noches sin dormir, rezos durante horas y horas y, por supuesto, extremas disciplinas, mortificaciones y hasta mutilaciones de sus propios cuerpos de mujer, los cuerpos malditos de los doctores de la Iglesia, cuerpos tentadores para los hombres e inclinados por naturaleza al pecado, de los que ellas parecían renegar y a los que castigaban con rigor extremo, negándoles su condición de materia y, específicamente, de materia femenina, sexuada. Algunos casos conocidos son realmente estremecedores: Colomba da Rieti llevaba bajo su camisa de esparto unas cadenas cubiertas de púas que pinchaban incesantemente sus pechos y sus caderas. Francesca Bussi —que estaba casada— se flagelaba con una soga llena de clavos, y llegó a quemarse los genitales con cera ardiente en una extrema negación del placer sexual. Margherita da Cortona desarrolló tal odio contra su propia belleza que se mutiló la nariz y el labio superior con una cuchilla. Angela da Foligno bebía el agua con la que había lavado previamente a los leprosos a los que cuidaba. Y santa Catalina de Siena vivió desde adolescente encerrada en su habitación, con el pelo rapado, con una cadena atada fuertemente alrededor de sus caderas cubiertas de llagas y llena de pústulas y heridas; sólo se alimentaba de agua, un poco de pan y hierbas crudas; murió de inanición a los treinta años.

Uno de los casos más sorprendentes es el de la noble extremeña Luisa de Carvajal y Mendoza, evangelizadora católica en la Inglaterra protestante del siglo XVI, que fue sometida durante su adolescencia a terribles sesiones de sadismo por parte de su tutor, el marqués de Almazán. En su autobiografía, ella no sólo lo cuenta con naturalidad, sino que llama a su torturador «mi buen tío», dando a entender que los latigazos sobre su cuerpo desnudo y las demás barbaridades cometidas por aquel pervertido habían sido buenas para su desarrollo espiritual, a pesar de reconocer el sufrimiento que habían significado en su momento para ella: «Y muchas veces me pareció que no pudiera sentir más la misma muerte, y más cuando se resolvía en que la disciplina fuese de los pies a la cabeza, con una toalla puesta por la cintura, de la manera que se pinta un crucifijo, y atada a una columna que para eso había hecha a propósito, y los pies en la tierra fría, y una soga de cáñamo a la garganta, con cuyos cabos se ataban las muñecas y manos a la columna.»[12] Todos estos ataques contra sí mismas, que hoy en día serían sin duda considerados síntomas de serios problemas psicológicos, eran en cambio vistos por sus contemporáneos como tantas pruebas de la santidad de esas mujeres capaces de superar el estadio terrestre corporal, de igualar al Hijo de Dios en su dolor y llevar sufridamente su alma hasta los cielos, en un proceso de salvación que beneficiaba a todos y cada uno de los cristianos, y especialmente a sus devotos.

La negación del cuerpo y la multiplicidad de manifestaciones patológicas relacionadas con él están incesantemente presentes en la vida de las místicas. Enfermas la mayor parte de ellas a causa de sus propios malos tratos, sus cuerpos padecen además de manera especial en los momentos de éxtasis: fuego en las entrañas, dolores de corazón, jaquecas terribles, llantos irrefrenables, parálisis de los miembros, incapacidad para hablar, ceguera temporal o estados catatónicos son fenómenos que las acompañan siempre en sus momentos de rapto, y que se repiten una y otra vez en sus textos. «Otras veces [el éxtasis] da tan recio —cuenta expresivamente Teresa de Ávila—, que eso [rezar] ni nada no se puede hacer, que corta todo el cuerpo, ni pies ni brazos no puede menear; antes si [el cuerpo] está en pie se siente como una cosa transportada, que no puede ni aun resolgar [resollar]; sólo da unos gemidos, no grandes, porque no puede más.»[13] En ocasiones, por el contrario, el éxtasis les procura una energía más allá de todo lo previsible. Así le ocurría a la mística italiana del siglo XVI Maria Maddalena de' Pazzi, según su confesor y biógrafo: «A veces la invadía un ardor tan grande que no podía mantenerlo oculto en su pecho, y se le estallaba en el rostro, en las acciones y las palabras. Ella, a la que de ordinario veíamos débil a causa de sus penitencias, abatida, pálida y demacrada, recuperaba la fuerza cuando era sorprendida por las llamas del amor, y su rostro se volvía redondo y sonrosado, sus ojos eran como dos estrellas brillantes y su mirada serena y alegre como la de un santo ángel. [...] Entonces, durante sus accesos, la veíamos correr rápidamente de un lugar a otro; como loca de amor atravesaba el claustro exclamando a voces: "Amor, amor, amor". Y como no podía soportar tan gran abrasamiento de amor, decía: "¡Oh, Señor mío, no más amor, no más amor!"»[14]

Pero, más allá de los síntomas de enfermedades de todo tipo y de los fenómenos psicosomáticos, los cuerpos de las místicas parecen ser capaces de trascender las limitaciones de la materia y generan a veces sucesos suprarreales, milagrosos: Magdalena Beutler, monja de Friburgo del siglo XV, permaneció como muerta ante el altar de su convento durante veinticuatro horas, observada por una multitud de feligreses a la espera de algún acontecimiento extraordinario, que se produjo en efecto cuando, al iniciarse en el templo la recitación de la Pasión, la muerta en vida lanzó un grito terrible y en sus pies y en sus manos se abrieron las heridas de los clavos de Cristo, de las que manó sangre. La estigmatización, es decir, la reproducción en sus propias carnes de los estigmas de Jesús, fue un fenómeno relativamente frecuente entre las místicas. Igual que la levitación, que Catalina de Siena describió de esta manera: «Con frecuencia mi cuerpo se levanta de la tierra por la perfecta unión del alma con Dios, cual si el cuerpo pesado se volviese ligero. Mas no es porque haya perdido su gravedad, sino porque la unión que el alma ha hecho con Dios es más perfecta que la unión entre el alma y el cuerpo; y por ende, la fortaleza del espíritu, unida en mí, alza del suelo la gravedad del cuerpo.»[15] Algunas místicas vivieron incluso el fenómeno de la bilocación, siendo visto su cuerpo en lugares muy lejanos de aquellos donde se encontraban. Así le ocurrió a sor María de Jesús de Ágreda, abadesa del convento de concepcionistas franciscanas de esa villa soriana, consejera del rey Felipe IV, quien, a pesar de no haber salido jamás de los muros de su claustro, evangelizó en Nuevo México y Texas a multitudes de indios que, después, acudían a solicitar el bautismo a los misioneros franciscanos presentes en la región. El asunto fue investigado por la Inquisición, que terminó por aceptarlo. Ella misma contó que era llevada hasta aquellas lejanas tierras sobre las alas de san Miguel, acompañada por una cohorte de ángeles custodios.

Transgresión de la materia, aspiración de amor absoluto de la divinidad, el misticismo es por ello mismo una forma de pensamiento sobre y hacia la muerte, deseada con ansia por esas mujeres que aspiran a la definitiva unión con el Esposo divino en la eternidad, a la liberación definitiva del insoportable peso en sus vidas de lo corporal. Estas palabras de Ana de San Bartolomé, seguidora de santa Teresa, lo dicen todo en su sencillez: «Pues morir es la verdadera vida del alma.» La mayor parte de la literatura mística femenina hace hincapié en ese empeño de total fusión con el amado, y las conversaciones con el Señor a menudo tienen como conclusión final la promesa de la gloria pronto compartida. Los versos tan conocidos de Teresa expresan sin duda con perfección poética ese anhelo: «Vivo sin vivir en mí / Y tan alta vida espero / Que muero porque no muero.»

Teresa de Ávila es la única religiosa española cuyos escritos han trascendido los siglos, conservando íntegra su fama literaria y su prestigio espiritual. Sin embargo, ella sólo fue una de las muchas monjas que en los conventos y los monasterios de la Península se dedicaron a las letras, en una larga genealogía que, por lo que conocemos, arranca en el siglo XV con Teresa de Cartagena e Isabel de Villena* y llega hasta el siglo XVIII. La mayor parte de esos escritos se han perdido o yacen ocultos en lugares recónditos de los claustros femeninos. Aun así, han podido recuperarse numerosos textos que constituyen un conjunto de obras de calidad diversa, pero que testimonian el alto nivel cultural de muchas monjas españolas y su interés por buscar una voz propia a través de la cual transmitir no sólo sus sentimientos y su fe, sino también sus conocimientos. Además de las numerosas autobiografías y de los escritos propiamente místicos, el afán literario de esas mujeres se expresa fundamentalmente mediante poemas, dramas sacros, vidas de santos o de monjas fundadoras y cartas.

Tras Teresa de Cartagena e Isabel de Villena, una de las primeras monjas escritoras que conocemos es Juana de la Cruz. En contra de lo habitual, Juana no pertenecía a ninguna familia noble o poderosa, sino que era hija de labradores modestos. Había nacido en 1481 en el pueblo de Azaña, en Toledo. A los quince años huyó del matrimonio concertado por su padre y, carente de dote para ingresar en una orden religiosa, entró en la comunidad de beatas de Cubas, que ya habían sido puestas por entonces bajo la vigilancia franciscana. A partir de ese momento se intensificaron las visiones y los arrobos místicos que aseguraba haber vivido desde pequeña. Pero Juana no se limitó, como la inmensa mayoría de las místicas, a dejar por escrito sus experiencias. Ella fue más allá, atreviéndose a transgredir la norma que impedía a las mujeres predicar, y estableció la costumbre de pronunciar ante

* Véase el capítulo IV.

un público cada vez más numeroso una serie de discursos, setenta y dos de los cuales serían tiempo más tarde recogidos en el llamado *Libro del conorte*. Utilizando el recurso que siglos atrás ya usara Hildegarda de Bingen, Juana afirmaba que era el Espíritu Santo quien hablaba a través de ella, elegida por él como mediadora para comunicarse con los seres humanos. Durante algunos años pudo proseguir su actividad sin conflictos con la jerarquía eclesiástica, gracias fundamentalmente al apoyo del cardenal Cisneros y al hecho de que se mantuvo siempre dentro de los límites estrictos de la ortodoxia. Sin embargo, con el pretexto de que a través de sus discursos la beata podía estar aspirando a lograr una notoriedad inapropiada para una mujer, la Iglesia terminó por prohibir la presencia de público en sus «sermones» y, finalmente, ella y todas sus compañeras de Cubas fueron obligadas a profesar como monjas de clausura.

Corrían en efecto por aquel entonces tiempos cada vez más duros para la independencia, siempre relativa, de las religiosas. Primero fue Cisneros quien, animado por Isabel la Católica, llevó a cabo a finales del siglo XV una profunda reforma tanto de las órdenes monásticas como del clero secular. Esta reforma encontró una fuerte resistencia en diversos conventos femeninos: bajo la excusa de terminar con las costumbres demasiado mundanas existentes en gran número de ellos, Cisneros y la reina sometieron a las religiosas a normas mucho más rígidas y las presionaron para encerrarse en los claustros, intensificando además la vigilancia masculina sobre ellas y limitando estrechamente sus lecturas con la prohibición de que ningún libro que no fuera de contenido religioso pudiese ser introducido en los conventos. La resistencia fue especialmente importante entre las clarisas, dedicadas activamente a la asistencia a los pobres y a los enfermos y con una larga tradición de vida intelectual. Sin embargo, la renovación encabezada por Cisneros terminó por imponerse y triunfó definitivamente a partir del Concilio de Trento, con la obligación ineludible de la clausura total y el sometimiento absoluto al confesor. El Concilio se reunió en tres etapas, entre 1545 y 1563, con la idea de poner orden en una Iglesia que había sido rota por la Reforma luterana. Aquella Contrarreforma, como fue llamada más tarde, estructuró formal e ideológicamente el catolicismo, dejando aún menos espacio a la heterodoxia.

A pesar de todo, los preceptos cada vez más represores no lograron acabar con la actividad literaria de las religiosas españolas, y los siglos XVI y XVII vieron nacer entre los muros de los conventos una gran cantidad de obras de alto nivel, entre las que se cuentan, por supuesto, las de santa Teresa de Jesús, estrecha colaboradora del espíritu reformista de los tiempos, que sirvió de ejemplo a muchas de aquellas mujeres empeñadas, a pesar de todo, en comunicarse con el mundo que las rodeaba.

Una de las más prolíficas fue sor Hipólita de Jesús Rocaberti, de familia noble barcelonesa, que vivió entre 1549 y 1624; fue monja dominica en el convento de Nuestra Señora de los Ángeles y autora de veinticuatro tomos de poemas, obras devocionales y textos místicos, imbuidos del espíritu de la Contrarreforma trentina; gracias al apoyo de su tío, arzobispo de Valencia, sus obras fueron publicadas y lograron una gran difusión. Dominica y barcelonesa fue también Juliana Morell, nacida a finales del siglo XVI, y mujer de preparación y talento singulares; siendo aún una niña, su padre fue acusado de homicidio, y la familia se refugió en Francia, donde ella pasaría el resto de su vida; su formación intelectual, a cargo de su padre, fue tan intensa que a los diecisiete años dominaba catorce idiomas y tenía profundos conocimientos de filosofía, teología, jurisprudencia y música; lo extraordinario de su saber la llevó a confrontarse en diversas disputas filosóficas públicas con otros humanistas e hizo que, a pesar de su sexo y su juventud, se le concediera el grado de doctora en el palacio Pontificio de Aviñón; sin embargo, Juliana fue una de aquellas mujeres letradas que prefirieron la vida en el claustro a un matrimonio que probablemente la habría alejado de toda actividad intelectual; profesó pues en el convento de dominicas de Santa Práxedes de Aviñón, del que llegó a ser priora, y allí desarrolló su obra literaria, traduciendo textos del latín al francés y creando en este idioma diversos tratados devocionales y estudios históricos sobre su orden.

A caballo entre el siglo XVI y el XVII vivió sor Valentina Pinelo, agustina del rico convento de San Leandro de Sevilla, donde se educó desde los cuatro años. En 1601 se publicó su *Libro de las alabanzas y excelencias de la gloriosa Santa Anna*. Siguiendo la tradición iniciada cien años atrás por Isabel de Villena en su *Vita Christi*, sor Valentina reivindica en su escrito la genealogía femenina de Cristo a través de la figura de su abuela y su madre, a las que considera copartícipes en la obra de la Redención. Mujer culta y acaso más atrevida que su antecesora, critica el discurso patriarcal judeo-cristiano, presente cómo no en las Sagradas Escrituras, y la tradición de las genealogías basadas exclusivamente en la filiación paterna. En el prólogo de su obra defiende además con ardor la capacidad y el derecho de las mujeres a la creación literaria.

Sor María de Jesús de Ágreda, que vivió entre 1602 y 1645, fue sin duda una de las monjas más influyentes de la historia de España. Hija de una familia muy piadosa de origen judío converso del pueblo de Ágreda, en Soria, profesó a los diecisiete años en el convento de clarisas de la Concepción, fundado por su propia madre, de la que sor María de Jesús heredó un carácter decidido. Enseguida se iniciaron sus experiencias místicas, visiones y éxtasis, que rápidamente fueron conocidos en toda la Corona, dándole fama de santa. Ya he contado cómo la Inquisición investigó, con resultado favorable para ella, sus supuestas apariciones a los indios de México, más que probable invención utilizada en la disputa por la evangelización de aquellas tierras entre los frailes de su orden franciscana y los jesuitas. A pesar de este aspecto cuando menos extravagante de su vida, sor María de Jesús fue una mujer culta y de intensa actividad intelectual. Además de una autobiografía incompleta, escribió diversas obras místicas y piadosas: *Escala para subir a la perfección*, *Leyes de la esposa*, *Opúsculos* y *La mística ciudad de Dios*, su libro más importante. En él narra la «historia divina de la Virgen, Madre de Dios, dictada y manifestada por la misma Señora a su esclava sor María de Jesús». Nos encontramos pues de nuevo ante la defensa de la genealogía femenina de Cristo y del papel activo de su madre en la Redención. Quizá por temor a la Inquisición, ella misma destruyó la obra, aunque años más tarde volvió a redactarla. Sus temores resultaron ser acertados: publicada después de su muerte, la obra fue puesta en el Índice de libros prohibidos de 1681 y condenada por la universidad parisina de la Sorbona en 1696; esas suspensiones hicieron que se paralizase el proceso de beatificación que se había iniciado tras su fallecimiento en 1665.

Pero si el nombre de sor María de Jesús de Ágreda se ha conservado en los libros de historia no ha sido por su obra literaria, sino por su relación epistolar con el rey Felipe IV. Atraído por su aura de santidad, el monarca la visitó en su convento en 1643. En ella encontró una inteligente consejera y, sobre todo, una mediadora entre Dios y él. Aquel hombre sin duda culto y afable vivió inmerso siempre en sus patológicas debilidades e indecisiones, y se debatió entre paralizantes sentimientos de culpa, terminando por ser el torpe soberano de un imperio que se desmoronaba rápidamente, sin que el timorato rey supiera hacer nada para remediarlo. Sor María de Jesús fue para él una voz consoladora en las derrotas militares, las crisis económicas o políticas, las enfermedades y las muertes de su esposa Isabel de Borbón y de nueve de sus trece hijos legítimos,* y fue especialmente una vía segura hacia la ansiada salvación. «Salí de Madrid desvalido —le escribe en una de sus primeras cartas—, sin medios humanos, fiando sólo en los divinos. Fío muy poco de mí, porque es mucho lo que he ofendido a Dios y le ofendo, y así acudo a vos para que me cumpláis la palabra que me disteis de clamar a Dios por mí.»[16]

La correspondencia entre el rey y la monja duró veintidós años, hasta la muerte de Felipe, ocurrida en 1665, unos meses an-

* Además de los hijos habidos en sus dos matrimonios, Felipe IV tuvo al menos siete hijos bastardos, entre otros el famoso don Juan José de Austria, nacido de su relación con la actriz María Calderón, la Calderona.

tes que la de sor María de Jesús. Se conservan en total seiscientas cartas, un intenso epistolario en el que ella, igual que siglos atrás había hecho Hildegarda de Bingen al dirigirse a los reyes y emperadores, se justifica siempre por su ignorancia femenina, pero a la vez, como intermediaria de Dios, hace llegar al rey sus consejos sobre asuntos de todo tipo, desde política internacional hasta economía. Como buena parte de sus contemporáneos, ambos comparten la idea de que las desdichas del reino se deben al mal comportamiento de sus pobladores y, especialmente, de sus dirigentes. Sin embargo, a pesar de su exaltada creencia en la Providencia, la religiosa parece mantenerse al tanto de la realidad terrenal; sus llamadas de atención tienen siempre un profundo contenido moral y no duda en reprender a aquellos a los que considera errados, por muy elevada que sea su posición, recordando una y otra vez en sus consejos la obligada protección de los más débiles: «Mande V. M. expresamente a sus ministros —le escribe en 1661— que castiguen lo que los ricos y poderosos supeditan a los pobres, tomándoles y usurpándoles sus haciendas; que los ministros inferiores hagan justicia con igualdad y equidad; que castiguen vicios inmundos y todo género de pecado; que el Gobierno de esta Corte tome buena forma; y, por amor de Dios, que se moderen algunos tributos de los pobres, que me consta que han desamparado algunos lugares y que con pan de cebada y hierbas del campo se sustentan y se despechan mucho. [...] Tantas mudanzas de moneda son dañosísimas, porque como es el tesoro de los hombres, que le granjean con el sudor de su rostro, le tienen muy asido y se aíran en tocándoles en él, con que se inmutan o hay grandes peligros de inmutarse. Muchos sujetos tiene V. M. de grandes cabezas, desinteresados, que informarán de estas verdades; yo no lo estoy de nadie, sino que la fuerza de mi interior y lo que amo a V. M. me compele a decir esto.»[17]

Aunque su fama no fue tan grande como la de sor María de Jesús, quizá la escritora religiosa más importante del siglo XVII español sea sor Marcela de San Félix, que sin duda heredó parte del talento de su genial padre, Lope de Vega. Sor Marcela había nacido en Toledo en 1605, fruto de los amores adúlteros del mujeriego dramaturgo con la actriz Micaela Luján. Tanto ella como su hermano Lope Félix fueron criados durante su niñez por una sirvienta; sólo en 1613, al morir su segunda esposa, Lope de Vega se los llevó a ambos a su casa. La niña aprendió entonces, de manos de su propio padre, a amar la literatura y a practicarla ella misma. El cariño y la admiración que debía de sentir por él los demuestra al adoptar su nombre en religión, pues se pone bajo la advocación del santo correspondiente al primer patronímico del escritor, Félix. Fue a los dieciséis años cuando profesó, parece que por voluntad propia, en el convento de las trinitarias descalzas de Madrid. La dote imprescindible se la proporcionó el duque de Sessa, protector de Lope de Vega.

En el convento, sor Marcela desempeñó diversos cargos, y allí falleció a una edad muy avanzada para la época, los ochenta y dos años, en 1687. Entretanto, creó una obra literaria de gran calidad, en la que se mezclan poemas y piezas dramáticas en forma de coloquios entre personajes alegóricos —el alma, la oración, la paz, el amor divino—, a las que algunos críticos consideran los modelos originales de un género literario característico, el del teatro conventual, que representaban las propias monjas en sus fiestas y en momentos especiales del año. Si en los coloquios sor Marcela trata asuntos estrictamente religiosos y doctrinales, en su obra poética se muestra en cambio a menudo como una mujer de espíritu vivaz y llena de sentido del humor. Suele inspirarse en los pequeños acontecimientos del convento, dedicando versos a las nuevas monjas, a la muerte de alguna de ellas o incluso al jardín. En sus loas —obras dramáticas en un solo acto—, llega incluso a burlarse con gracia bienintencionada de la situación de pobreza del convento y de las mezquindades de las religiosas, especialmente de las provisoras, las encargadas de la despensa, cargo que ella misma desempeñó durante algún tiempo. Estos versos, por ejemplo, pertenecen a su *Loa en la profesión de la hermana Isabel del Santísimo Sacramento*: «El otro día apostaron / la madre ministra y ella, / a cuál haría más actos / de escasez y de miseria. / Y sucedió un caso raro / que pide atención entera, / que entrambas a dos ganaron / y quedaron muy contentas.»[18] Pero la poeta es igualmente capaz de expresar su profunda devoción en excelentes versos de la mejor estirpe castellana: «Con cuatro nudos, amor / divinamente la enlaza; / prisiones son, pero dulces, / que más que afligen, dilatan. / ¡Oh, mil veces venturosa / quien güella con tanta gala!»[19] Sin embargo, la ingeniosa y animada sor Marcela tampoco se libró del miedo a la Inquisición y, según parece, quemó parte de sus obras por indicación de su confesor, que tal vez las consideraba demasiado atrevidas para una modesta monja madrileña, por muy inspirada hija de genio que fuera.

Un caso especial dentro de la literatura religiosa española, pues nunca llegó a ser monja, lo constituye Luisa de Carvajal y Mendoza, a la que ya he mencionado por los castigos corporales que recibía de su sádico tío, Francisco Hurtado de Mendoza, marqués de Almazán. Como la mayor parte de las mujeres doctas de esos siglos, pertenecía a la más alta nobleza, y se crió de niña en el Alcázar madrileño, donde su tía, doña María Chacón, era camarera de las hijas de Felipe II. Aunque nunca tomó los hábitos, fue sin duda una de las damas espiritualmente más exaltadas de la España de la Contrarreforma. Tras pasar muchos años sometida a las torturas de su tutor, que sólo terminaron con la muerte de éste en 1592, Luisa de Carvajal decidió entregarse al espíritu religioso, inevitablemente tortuoso, que había sentido crecer dentro de ella en medio de sus sufrimientos y humillaciones. Sin embargo, no quiso ingresar en ningún convento. ¿Acaso su tío había llegado más lejos en su relación de lo que ella misma confiesa en su autobiografía? Es una probabilidad no descartable: quizás aquella mujer de veintiséis años ya no fuera virgen, o sintiera al menos su cuerpo tan ensuciado por manos masculinas que no se atreviera a profesar. Sí se sabe, cuando menos, que nunca soportó ser tocada, acariciada o abrazada por nadie y que, antes de morir, expresó claramente el deseo de que su cadáver no fuera exhumado bajo ningún concepto. Lógicas consecuencias de las perversas prácticas del marqués de Almazán. Fuera como fuese, Luisa de Carvajal permaneció fuera del claustro, residiendo en su propia casa. Allí reunió a su alrededor una pequeña comunidad de mujeres célibes, mantuvo una estrecha relación con los miembros de la joven orden de los jesuitas y, sostenida espiritualmente por ellos, hizo votos de pobreza, obediencia y martirio. Según confiesa en su autobiografía, la idea de convertirse en una mártir —sin duda provocada por las anormales experiencias de su juventud— la perseguía desde los dieciséis años. Y hacia el martirio voluntario se lanzó, exaltada, cuando en 1605 decidió partir a Londres.

Desde la década de 1530, Enrique VIII, decidido a resolver sus problemas matrimoniales y aprovechando el cisma creado por la Reforma de Lutero, había impuesto en Inglaterra la Iglesia anglicana. Luisa de Carvajal llega al país el mismo año en que se descubre un complot católico que había intentado acabar con el rey Jacobo I y con el Parlamento en pleno colocando barriles de pólvora bajo la sala donde se hallaban reunidos. Así pues, corrían malos tiempos para los católicos británicos, que habían provocado con su intento terrorista el odio y la represión de las instituciones. Sin dejarse amilanar, ella recorre las prisiones visitando a los sacerdotes y fieles encarcelados, evangeliza, funda comunidades de mujeres católicas y una y otra vez exhibe en público su fanática fe. Finalmente, en 1613, es detenida. Su encarcelación provoca por cierto una de las primeras manifestaciones femeninas que se recuerdan, cuando las esposas de varios embajadores europeos, acompañadas por muchas simpatizantes, acuden a las puertas de la prisión para exigir su liberación. El asunto llegó a causar una verdadera crisis diplomática entre España e Inglaterra. Al cabo de unos meses, el embajador español logró sacarla de la cárcel, aunque no se le permitió trasladarse a España. Enferma y deprimida, murió poco tiempo después, en 1614, a los cuarenta y ocho años. Pero ni siquiera entonces se resolvió el problema de su regreso, de manera que el cuerpo hubo de permanecer durante mucho tiempo insepulto en la propia casa del embajador, dentro de un ataúd de plomo, hasta que pudo ser llevado a escondidas al convento de la Encarnación de Madrid. Allí se conservan, además de sus restos, parte de los manuscritos de su obra literaria, que incluyen su *Vida espiritual* o autobiografía, en la que narra con total inocencia las prácticas sádicas de su «buen tío», y el extenso epistolario enviado desde Londres a sus amigas de Madrid, en el que da cuenta de sus muchos esfuerzos a favor del catolicismo sin olvidarse de describir las menudencias de la vida cotidiana en aquella ciudad que sentía tan extraña como enemiga, incluso en lo gastronómico. Se conocen además varios poemas suyos que fueron publicados después de su muerte, versos intensos dedicados a Dios y a Jesucristo, en los que la autora se llama a sí misma Silva. Éste es uno de sus *Sonetos espirituales*, titulado «De sentimientos de amor y ausencia profundísimos»: «¿Cómo vives, sin quien vivir no puedes? / Ausente, Silva, el alma, ¿tienes vida, / y el corazón aquesa misma herida / gravemente atraviesa, y no te mueres? / Dime, si eres mortal o inmortal eres. / ¿Hate cortado Amor a su medida, / o forjado, en sus llamas derretida, / que tanto el natural límite excedes? / Vuelto ha tu corazón cifra divina / de extremos mil Amor, en que su mano / mostrar quiso destreza peregrina, / y la fragilidad del pecho humano / en finísima piedra diamantina, / con que quedó hecho alcázar soberano.»[20]

En la Inglaterra anglicana que conoció Luisa de Carvajal, y en el resto de los países donde había triunfado la Iglesia reformada, las mujeres llevaban una vida que, en algunos aspectos, se diferenciaba bastante de la de sus congéneres católicas. Las órdenes religiosas habían sido prohibidas, los conventos cerrados, y los líderes reformistas, especialmente los dos más importantes, Lutero y Calvino, ofrecían al sexo femenino la única posibilidad del matrimonio y la procreación, desterrando definitivamente la ancestral fascinación de muchas culturas por la virginidad. El propio Lutero se casó con una antigua monja «reformada» por él, Katarina von Bora. Sin embargo, al preconizar la relación directa con Dios y con la palabra sagrada, sin necesidad de intermediarios, los protestantes adjudicaban un nuevo papel a la mujer: en contra de la tendencia tan extendida entre los tratadistas de la Iglesia romana de mantener al sexo femenino en la ignorancia, las nuevas confesiones aconsejaban que las niñas de todas las clases sociales recibiesen una buena instrucción, que les permitiera en el futuro leer y comentar la Biblia en compañía de sus maridos e hijos. A finales del siglo XVI ya existían escuelas femeninas en la inmensa mayoría de las ciudades protestantes, a las que acudían niñas de toda condición. En fecha tan temprana como 1637, los suecos podían presumir de que todos los niños del reino, de ambos sexos, sabían leer y escribir, incluidos los de las familias más humildes.

La educación obligatoria para las mujeres y la realidad de la soltería de muchas de ellas —que se impuso inevitablemente a pesar de las ideas de los reformadores— terminó por hacer surgir en numerosos países de fe protestante verdaderas sagas de mujeres intelectuales y creadoras, mujeres célibes que se integraron por necesidad o por vocación en la vida activa y profesional y terminaron por dar origen a los primeros movimientos feministas y sufragistas, reivindicando la plena igualdad de derechos civiles y políticos con los hombres. Una de sus pioneras fue la británica Mary Astell, que vivió a caballo entre el siglo XVI y XVII; habiendo recibido una exquisita educación humanística y científica, fue capaz de labrarse una carrera literaria en Londres; profunda y convencida practicante de la fe anglicana, Astell se rebeló sin embargo una y otra vez en sus escritos contra la autoridad masculina y la imposición del matrimonio, defendió la idea de que las mujeres podían subsistir por sí mismas con su trabajo y llegó a proponer la creación de comunidades de solteras que vivieran y estudiaran juntas, en un ideal semejante al de los conventos del catolicismo.

A fin de cuentas, la lucha por la dignidad y la libertad del sexo femenino terminaba por unir a los espíritus más cultos y rebeldes, fueran cuales fuesen sus creencias. Cabe preguntarse si para muchas de aquellas mujeres doctas y devotas, la relación con

Dios no era una justificación, una excusa, acaso el único camino posible de autorizarse ante sí mismas y ante la sociedad la plena utilización de su razón y su intelecto. Bajo esa clave se pueden interpretar las palabras de la mejicana del siglo XVII sor Juana Inés de la Cruz, una de las más extraordinarias e inteligentes escritoras surgidas de entre los muros de los conventos, y por ello mismo, una de las más atacadas por la misógina sociedad de su tiempo, hasta confinarla en el silencio absoluto. Sirva su confesión para expresar el secreto anhelo de tantas de sus hermanas en la devoción a Dios e, igualmente, en el amor a la sabiduría que les negaban los hombres: «Con esto proseguí dirigiendo siempre, como he dicho, los pasos de mi estudio a la cumbre de la Sagrada Teología; pareciéndome preciso para llegar a ella, subir por los escalones de las ciencias y artes humanas; porque, ¿cómo entenderá el estilo de la Reina de las Ciencias quien aún no sabe el de las ancilas? ¿Cómo sin Lógica sabría yo los métodos generales y particulares con que está escrita la Sagrada Escritura? ¿Cómo sin Retórica entendería sus figuras, tropos y locuciones? ¿Cómo sin Física, tantas cuestiones naturales de las naturalezas de los animales de los sacrificios, donde se simbolizan tantas cosas ya declaradas, y otras muchas que hay? [...] ¿Cómo sin Aritmética se podrán entender tantos cómputos de años, de días, de meses, de horas, de hebdómadas tan misteriosas como las de Daniel, y otras para cuya inteligencia es necesario saber las naturalezas, concordancias y proporciones de los números? ¿Cómo sin Geometría se podrán medir el Arca Santa del Testamento y la Ciudad Santa de Jerusalén, cuyas misteriosas mensuras hacen un cubo en todas sus dimensiones, y aquel repartimiento proporcional de todas sus partes tan maravilloso? ¿Cómo sin Arquitectura, el gran Templo de Salomón, donde fue el mismo Dios el artífice que dio la disposición y la traza, y el Sabio Rey sólo fue sobrestante que la ejecutó; donde no había basa sin misterio, columnas sin símbolo, cornisas sin alusión, arquitrabe sin significado? [...] ¿Cómo sin grande conocimiento de reglas y partes de que consta la Historia se entenderán los libros historiales? [...] ¿Cómo sin grande noticia de ambos Derechos podrán entenderse los libros legales? ¿Cómo sin grande erudición tantas cosas de historias profanas, de que hace mención la Sagrada Escritura, tantas costumbres de gentiles, tantos ritos, tantas maneras de hablar? ¿Cómo sin muchas reglas y lección de Santos Padres se podrá entender la oscura locución de los Profetas? Pues sin ser muy perito en la Música, ¿cómo se entenderán aquellas proporciones musicales y sus primores que hay en tantos lugares? [...] Allá en el Libro de Job le dice a Dios: «*¿Podrás acaso juntar las brillantes estrellas de las Pléyades, o detener el giro de Arturo? ¿Eres tú acaso el que hace comparecer a su tiempo el Lucero, o que se levante el Véspero sobre los hijos de la Tierra?*», cuyos términos, sin noticia de Astrología será imposible entender. Y no sólo estas nobles ciencias; pero no hay arte mecánica que no se mencione. Y en fin, cómo el Libro que comprende todos los libros, y la Ciencia en que se incluyen todas las ciencias, para cuya inteligencia todas sirven; y después de saberlas todas (que ya se ve que no es fácil, ni aun posible), pide otra circunstancia más que todo lo dicho, que es una continua oración y pureza de vida, para impetrar de Dios aquella purgación de ánimo e iluminación de mente que es menester para la inteligencia de cosas tan altas; y si esto falta, nada sirve de lo demás.»[21] ¿La sabiduría al servicio de la religión, o tal vez la religión como excusa para la sabiduría?

CAPÍTULO VII

Las grandes voces del gran siglo

Las mujeres son hechas para estar en casa, no para andar vagando. Sus gustos han de ser los de sus maridos, participados, no propios. El llevarlas a las fiestas mueve tal vez al que las ve, si son feas, a desprecios; si hermosas, a concupiscencia.

FRANCISCO DE QUEVEDO

Y así, por tenernos sujetas desde que nacemos, vais enflaqueciendo nuestras fuerzas con los temores de la honra, y el entendimiento con el recato de la vergüenza, dándonos por espadas ruecas, y por libros almohadillas.

MARÍA DE ZAYAS

La mayor parte de los viajeros europeos que, a lo largo del siglo XVII, recorrieron las tierras de España y dejaron luego testimonio de sus vivencias expresaron su asombro ante la casi total reclusión en que vivían las mujeres. En su *Viaje de España* de 1655, el caballero francés Antoine de Brunel escribe: «Los maridos que quieren que sus mujeres vivan correctamente se muestran tan despóticos, que las tratan casi como a esclavas, temiendo que una honesta libertad las emancipe de las leyes del pudor, poco conocidas y mal observadas por el bello sexo.»[1] También su compatriota François Bertaut, en su *Diario del viaje de España* de 1659, dice: «Los hombres las encierran, y no alcanzan a comprender que nuestras damas francesas puedan estar en su compañía gozando de esa libertad de la que tanto han oído hablar, sin que ello suponga ningún mal.»[2] Un tiempo después, en 1679, la escritora Marie-Catherine D'Aulnoy relata su estancia de casi dos años en Madrid en una interesante y lúcida *Relación del viaje de España*, donde una y otra vez constata esta circunstancia femenina: «Encuentro que esta ciudad parece una gran jaula en la que ceban a los pollos. Porque, en fin, desde el nivel de la calle hasta el cuarto piso, no se ven por todas partes más que celosías, cuyos agujeros son muy pequeños, y hasta en los mismos balcones las hay. Se descubre siempre detrás de ellas a pobres mujeres que miran a los que pasan, y cuando se atreven, abren las celosías y se dejan ver con sumo gusto.»[3]

La presión que el sexo masculino ejercía contra la mujer se había hecho probablemente más intensa que nunca en aquella España del Siglo de Oro, que vivía a caballo entre el breve esplendor del Imperio y la cada vez más visible decadencia, y que se había entregado en cuerpo y alma a una intensa devoción católica, tal como ésta había sido definida en el Concilio de Trento. Bien dirigido por los exitosos moralistas y por muchos autores de prestigio, un cerco de hierro había ido rodeando con creciente rigor la vida de las mujeres españolas, sometidas más que nunca al control de sus padres, esposos y confesores, cuyo papel en las vidas femeninas se había vuelto ahora indispensable. Todos sus comportamientos debían doblegarse a un inquebrantable código del honor familiar, que reposaba exclusivamente en ellas; todas sus acciones y gestos eran observados de cerca e implacablemente sujetos a normas estrictas. Las mujeres, sobre todo las de posición elevada, apenas salían de sus casas; cuando lo hacían —siempre acompañadas de dueñas, escuderos y pajes—, era para acudir a la iglesia, visitar a alguna amiga o, si el cabeza de familia se lo permitía, asistir al teatro o a las grandes celebraciones públicas, frecuentes en aquella sociedad plenamente barroca. Pero las que se exhibían en exceso, las que aparecían demasiado a menudo en los paseos, enseguida se volvían sospechosas. Incluso el acto de asomarse a las ventanas —esas ventanas que tanto llamaban la atención de Madame D'Aulnoy por sus celosías moriscas— era considerado prueba de escasa virtud. Así lo señalaba a principios del siglo el moralista Francisco de Luque Fajardo, que clamaba contra la decadencia de las costumbres femeninas: «¿Dónde la llaneza, encerramiento y virtudes de las mujeres, cuando no era gallardía como ahora hacer ventana con desenvoltura? ¿Adónde está el encogimiento honestísimo que tenían las doncellas, arrinconadas hasta el día de su desposorio, cuando apenas tenían noticias dellas los más cercanos deudos? Ahora, empero, todo es burlería, el manto al hombro, frecuencia de visitas.»[4]

La obsesión por la decencia y el honor llevó a los hombres a vigilar muy de cerca todos los comportamientos femeninos, incluido el arreglo, objeto de infinidad de suspicacias, críticas y hasta normas legislativas. Aunque parezca mentira, las menudencias de la vestimenta femenina afectaban hasta tal punto al orden patriarcal, que a menudo eran consideradas asuntos de gobierno. En 1639, por ejemplo, Felipe IV prohibió el guardainfante, uno de los elementos del traje de las mujeres que más indignación despertaba en los moralistas. Esa armazón metálica que se colocaba bajo las faldas —a la manera de las niñas de *Las Meninas*—, era acusada de unos males y de los opuestos: Carranza, en un tratado de significativo título publicado en 1639, *Discurso contra malos trajes y adornos lascivos*, culpaba al artefacto de «dar licencia a toda mujer soltera, doncella o viuda de faltar a las obligaciones de honestidad y pudicia sin temor [...] de perder ni átomo de su reputación, [...] porque lo ancho y pomposo del traje [...] la presta comodidad para andar embarazada nueve y diez meses [sic].» Algunas páginas después, volvía a atacar al pobre guardainfante, esta vez porque, según él, impedía la concepción y producía abortos: «La pompa y anchura deste nuevo traje [...] admite mucho aire y frialdad, que envía al útero donde se fragua el cuerpo humano, [haciéndole] totalmente inepto para la generación.»[5] Pese a su estricta prohibición —según su decreto sólo se permitía su uso a las prostitutas—, Felipe IV no logró terminar con la utilización de la prenda en su propio entorno, la corte, donde siguió siendo habitual e incluso obligado en ciertas ceremonias por decisión de la reina: es triste reconocerlo, pero a lo largo de la historia, la capacidad femenina para la rebeldía se ha aplicado muchas veces a tales nimiedades.

La cuestión moral hizo que también se intentaran prohibir por ley —igualmente con escaso éxito— los escotes pronunciados, aquellos que hacían exclamar con gran exageración a los moralistas que las mujeres llevaban desnuda «casi la mitad del cuerpo». Objeto de persecución fue igualmente la costumbre de muchas mujeres de cubrirse medio rostro con un manto, dejando uno de sus ojos libres, hábito que, según parece, resultaba demasiado excitante para ciertos hombres. El propio Consejo de Castilla —importante órgano de gobierno destinado en principio a resolver graves cuestiones políticas— protestaba de esta manera ante el rey por la existencia de esas «tapadas»: «Ha venido a tal extremo el uso de andar tapadas las mujeres, que de esto han resultado grandes ofensas a Dios y notable daño de la república, a causa de que, en esta forma, no conoce el padre a la hija, ni el marido a la mujer, ni el hermano a la hermana, y tienen la libertad, tiempo y lugar a su voluntad y dan ocasión a que los hombres se atrevan con la hija o mujer del más principal como del más vil y bajo.»[6] También los incómodos chapines —zapatos con altas suelas que usaban las damas para evitar ensuciarse con el barro y el polvo de las calles— eran objeto de protestas, pues, como decía un moralista, eran «un artificio que permite [a las mujeres] igualarse a los hombres en su estatura». Y, por supuesto, los maquillajes, los llamados afeites, muy utilizados en España, a base de polvos blancos de albayalde para el rostro y espesas capas de colorete, que solía esparcirse no sólo en la cara sino también sobre las partes del cuerpo que quedaban al descubierto, como cuello y manos. Francisco de Osuna clamaba así contra aquellas hijas de Eva maquilladas, dañinas portadoras de tantas tentaciones: «¡Oh, mujer afeitada y endiablada, acicalada, serás más culpable aún por haber encendido fuego a los cuerpos de muchos cristianos [...], pues matas a Dios haciéndoles pecar deseándote!»[7] Arreglarse, maquillarse, peinarse, cubrirse o descubrirse, todos eran al fin y al cabo gestos no sólo frívolos, sino pecaminosos, llamadas del demonio sobre los cuerpos de las mujeres, contra los cuales acabaría cayendo, como recuerda este texto lleno de rencor del moralista T. Ramón, la voz vengadora de Dios, que despotrica así contra las pecadoras: «Enrícense [Rícense] bien, críen bellas guedejas, anden collierguidas y encopetadas como las abubillas, para con eso hacer dar de ojos [engañar] a las tontillas aves, los flacos pecadores, y cazarlos con esas redes, que yo aseguro que me la paguen, porque las desmocharé y trasquilaré de manera que quedarán hechas unas calaveras espantosas. Úntense bien, aféitense, aromatícense con varios olores, adórnense esos cuellos con gargantillas, los brazos con brazaletes, los dedos con sortijas, los pies con costosos chapines, y el vientre con esos guardainfantes tan costosos cuanto penosos, para disimular sus mal guisados [desaguisados], no viendo que afean el brío y gallardía que Dios las dio, y que parecen más tortugas que criaturas racionales, pues solo casi descubren el cuello, manos y pies, como ellas, hechas unas redondas pipas tan anchas como largas. Y en conclusión, compónganse de pies a cabeza como imágenes de templo, que yo las descompondré y desharé de alto abajo.»[8]

En esas condiciones sociales, la ligera tendencia a favorecer la educación de las mujeres que se había desarrollado durante el siglo anterior se vio ahogada por el dominio de los prejuicios a favor de la ignorancia femenina. Si a lo largo de los reinados de Isabel la Católica, Carlos I y Felipe II diversas mujeres de la nobleza y la burguesía habían destacado, tanto fuera como dentro de los conventos, por su saber y su talento, bajo Felipe III, Felipe IV y Carlos II —cuyos gobiernos cubren todo el siglo XVII—, la sabiduría y la capacidad de creación se encierran en los claustros de las órdenes religiosas.* Más allá de los muros sagrados, una mujer cultivada e inteligente despierta no sólo las sospechas, sino también las burlas de una sociedad en absoluto dispuesta a recono-

* Véase el capítulo VI.

cerle al sexo femenino ningún mérito intelectual. Frente a los consejos matizadamente generosos dados por los humanistas respecto a la educación de las mujeres, los nuevos pedagogos del Siglo de Oro se muestran ferozmente contrarios a la instrucción femenina. Fray Alonso de Herrera lo expresa claramente: «No es bien que tenga la mujer una letra más que su marido [...]; si es letrada, y tiene entendimiento y discreción [ingenio], ¿quién se averiguará con ella [quién logrará persuadirla]?»[9] Algo más afable con las mujeres fue Juan de la Cerda, que aconsejaba a los padres que enseñaran a sus hijas a leer para que pudieran tener acceso a los libros de devoción, pero no a escribir, pues tal conocimiento podría abrirles caminos pecaminosos: «Mas el escribir no es necesario ni lo querría ver en las mujeres; no porque ello de suyo sea malo, sino porque tienen la ocasión en la mano de escribir billetes y responder a los que hombres livianos les envían.»[10]

El deseo de mantener al sexo femenino en la ignorancia se convierte en un total desprecio hacia las mujeres cultas, expresado una y otra vez a lo largo del siglo por los escritores en sus versos y comedias, donde las «bachilleras» y las «pedantes» son constantemente ridiculizadas. Uno de los personajes de *La mayor victoria*, de Lope de Vega, describe a la perfección la extendida idea de que la mujer instruida no es mujer: «Siempre fui de parecer / que naturaleza agravia / a la mujer que hace sabia, / pues deja de ser mujer.»[11] En *No hay burlas con el amor*, Calderón de la Barca pone en escena a una joven, Beatriz, que a través de sus muchas lecturas desarrolla un lenguaje ridículamente impostado; su padre, indignado con su manía, termina por imponer su autoridad y prohibirle la lectura: «Mas remediarelo yo: / aquí el estudio acabó, / aquí dio fin la poesía, / libro en casa no ha de haber / de latín que yo no alcance. / Unas *Horas* en romance / le bastan a una mujer, / bordar, labrar y coser / sepa sólo; deja al hombre / el estudio... Y no te asombre / esto: que te he de matar / si algo te escucho nombrar / que no sea por su nombre.»[12]

Quizá quien llevó más lejos la burla contra las mujeres cultas fue el gran poeta y gran misógino Quevedo, que llegó a escribir un libelo contra ellas titulado *La culta latiniparla. Catecismo de vocablos para instruir a las mujeres cultas y hembrilatinas.* Dedicada a una imaginaria «Doña Escolástica Poliantea de Calepino, graduado en tinieblas, docto a escuras, natural de las Soledades de Abajo, Señora de Trilingüe y Babilonia», la obra es una sátira contra las amantes de los clásicos, a quienes acusa de convertir a los grandes escritores grecorromanos en «autores de falda y críticos de faltriquera». Por supuesto, las mujeres cultas son para el autor necesariamente feas. Quevedo se hace así eco de una vieja y duradera idea que ha tendido a establecer una estrecha relación entre la falta de atractivos físicos y el desarrollo intelectual femenino; semejante prejuicio parte del supuesto profundamente patriarcal de que a la mujer guapa le basta su belleza para garantizarse no sólo la estabilidad económica del futuro, sino incluso la felicidad. Escribe pues Quevedo: «Muy discretas y muy feas, / mala cara y buen lenguaje, / pidan cátedra y no coche, / tengan oyente y no amante. / No las den sino atención, / por más que pidan y garlen, / y las joyas y el dinero / para las tontas se guarde. / Al que sabia y fea busca, / el Señor se la depare: / a malos conceptos muera, / malos equívocos pase.»[13]

Lógicamente, los nombres de mujeres con talento y conocimientos literarios que han llegado hasta nosotros desde el mundo laico del Siglo de Oro son escasos: se trata de un pequeño puñado de damas de la nobleza, que hicieron de la costumbre de escribir —sobre todo versos y obras dramáticas— una de sus pasiones. A caballo entre la época del humanismo y el pleno barroco —tanto cronológicamente como por su temática y estilo— se sitúa en primer lugar Luisa María de Padilla, condesa de Aranda, una mujer perteneciente a la más alta aristocracia castellana. Nacida en Burgos hacia 1590 y educada en un convento, contrajo matrimonio a los quince años con el conde de Aranda, un hombre que compartía con ella sus intereses intelectuales y artísticos. Padilla se trasladó a vivir a Épila, en Aragón, donde llevó junto a su esposo una existencia muy rica desde el punto de vista cultural: interesada por la historia, la literatura y la arqueología, mantuvo correspondencia con diversos eruditos de su época, gozó de las dedicatorias de algunos libros por parte de sus autores —a los que debió de proteger y ayudar— y ella misma publicó varias obras, tratados morales destinados a la educación y regeneración de una nobleza a la que percibía cada vez más alejada tanto de los ideales cristianos como de los humanistas. Si sus tres primeros textos aparecieron de forma anónima o bajo falsos nombres masculinos, el éxito del que gozaron la animó finalmente a desvelar su verdadera personalidad en la tercera parte de su *Nobleza virtuosa*.

También castellana, aunque en este caso perteneciente a la pequeña nobleza, fue Leonor de la Cueva y Silva, que nació en Medina del Campo a principios del siglo XVII; escribió una comedia, *La fuerza de la ausencia*, y al menos cincuenta poemas, la mayor parte de temática amorosa, pero no dio ninguna obra a la imprenta. Mariana de Carvajal y Saavedra, nacida en Jaén alrededor de 1610, igualmente noble, fue autora de diversas colecciones de novelas cortas —un género muy en boga en ese momento—, entre las que destaca *Navidades de Madrid y noches entretenidas, en ocho novelas*, que vio la luz en 1663, poco antes de su muerte; pero la obra, que ahora resulta interesante por sus descripciones de la vida cotidiana, no debió de alcanzar un gran éxito, pues no se conocen más ediciones después de la primera. Tampoco lo alcanzó más allá de su círculo inmediato Catalina Ramírez de Guzmán, nacida en 1618 en una familia de la pequeña aunque acomodada nobleza de Llerena (Badajoz), una interesante poeta que supo describir a través de sus versos —escritos a menudo a petición de otras personas— la vida cotidiana de su círculo familiar y de amistades, los pequeños avatares y anécdotas de una ciudad de provincias; Catalina tuvo talento para narrar poéticamente los acontecimientos vulgares, pero también el dolor que a veces cae sobre las almas; y a menudo dotó a sus poesías de un sentido del humor que las hace cercanas y vivas, demostrando una personalidad sin duda muy observadora y alegre; ni las cosas más nimias escaparon a su espíritu jocoso, y así fue capaz de dedicar por ejemplo esta décima «A un banquete mal cumplido»: «Convidados a comer / nos sentamos a ayunar, / y hacernos mortificar / es pensar sin merecer. / El desagravio he de hacer / merendando a dos carrillos, / que a mis dientes y colmillos / temo que les dé calambre, / pues para matar la hambre / sólo sirvieron cuchillos.»[14] Estupenda poeta fue también Cristobalina Fernández de Alarcón, que en la primera mitad del siglo tuvo un papel destacado en el importante círculo literario que se formó en Antequera, alrededor de su amigo Pedro Espinosa; los documentos de la época la muestran como una verdadera mujer de negocios que administra su patrimonio, comercia con mercadurías diversas y compra y vende esclavos; sin embargo, esa actividad no le impidió el conocimiento profundo de los autores clásicos y su propio trabajo como poeta, en gran medida perdido. Otra destacada autora del momento fue la noble sevillana Feliciana Enríquez de Guzmán, que tuvo una vida peculiar: de ser ella, como se sospecha, la Feliciana a la que Lope de Vega menciona como poeta en su *Laurel de Apolo,* debió de estudiar en la universidad de Salamanca disfrazada de hombre; tras quedarse viuda muy joven, se casó por segunda vez por amor, a pesar de la oposición de su padre; de nuevo viuda, terminó su vida en la mayor pobreza, alimentándose gracias a la caridad de los frailes de San Agustín; entretanto, dio a la imprenta en 1624 una tragicomedia titulada *Los jardines y campos sabeos*, una sátira contra los dramaturgos famosos de la época, como Lope de Vega, Tirso de Molina o Calderón de la Barca, todo un atrevimiento sin duda por parte de una mujer que, por lo poco que sabemos de ella, debió de tener realmente una personalidad muy fuerte.

Todas esas mujeres fueron escritoras interesantes, pero ninguna triunfó más allá de los límites de su entorno cercano. Probablemente ni siquiera se lo plantearon, pues salvar las barreras que su pertenencia al género femenino les imponía en aquel tiempo significaba poseer una presencia de ánimo y una seguridad en sí mismas que tan sólo dos autoras del Siglo de Oro supieron demostrar, María de Zayas y Ana Caro, dos magníficas excepciones que lograron que sus voces fuesen escuchadas y valoradas entre las de los muchos hombres de genio del momento.

A pesar de la importancia de sus obras y del papel que desempeñaron en el mundo literario de su época, apenas sabemos nada de sus vidas. Los especialistas han tratado de recomponerlas fragmentariamente, basándose en los escasos documentos que se conservan sobre ellas y en las menciones de otros autores. De María de Zayas se ha logrado establecer que nació en Madrid, probablemente en 1590, siendo tal vez hija de María de Barasa y de Fernando de Zayas y Sotomayor, capitán de Infantería y caballero del Hábito de Santiago. Pertenecía por lo tanto a la pequeña nobleza de corte, compuesta por aquellos que desarrollaban sus carreras militares o burocráticas al amparo del gobierno de los Austrias. Su adscripción al estamento nobiliario la confirman las características de sus propios personajes, miembros siempre de la aristocracia a la que ella parece sentirse inevitablemente unida, compartiendo su manera de vivir, su gusto —tan del tiempo— por las riquezas y las fiestas, su exhibición de refinamiento y sensibilidad estética, y su desprecio por otros grupos sociales, especialmente el de los criados, a los que trata con un desdén natural en quien parece creer que merece ser siempre servida.

Si María de Barasa y Fernando de Zayas fueron realmente sus progenitores, es probable que la futura escritora viviera con ellos en Valladolid entre 1601 y 1606, años en los que Felipe III decidió trasladar la corte a esa ciudad castellana. También podría ser que hubieran acompañado al duque de Lemos como virrey a Nápoles de 1610 a 1616, pues la escritora habla de esa ciudad en una de sus novelas con cierto conocimiento y menciona en diversas ocasiones con admiración y agradecimiento al duque y a su familia. En cualquier caso, son meras suposiciones. Aparte de una posible estancia en Barcelona en sus años de madurez, no tenemos más datos de su vida: ignoramos qué educación recibió, si llegó a casarse o permaneció soltera e incluso cuál fue la fecha de su muerte. Conocemos, eso sí, su pasión por la lectura, confesada por ella misma en el prólogo de sus *Novelas amorosas y ejemplares*, aunque no podemos saber si se debió a la instrucción dada por sus progenitores o a un gusto desarrollado a solas: «[...] que en viendo cualquiera [libro], nuevo o antiguo, dejo la almohadilla y no sosiego hasta que le paso [lo termino]. De esta inclinación nació la noticia, de la noticia el buen gusto, y de todo hacer versos, hasta escribir estas Novelas.»[15]

Hacer versos, sí: a partir de 1621, cuando tenía quizá veintidós años, María de Zayas empieza a firmar algunos poemas preliminares. Era costumbre de la época que los poetas escribiesen versos de alabanza en las obras impresas de otros escritores. Evidentemente, esos poemas solían pedirse a autores que ya gozaban de cierto prestigio, pues eran un aval ante los lectores del texto al que precedían. Por lo tanto, cabe suponer que cuando Zayas escribe en 1622 sus décimas para *Prosas y versos del pastor de Clenarda*, de Miguel de Botello —el primer poema suyo del que tenemos constancia—, ya era conocida en los ambientes literarios de Madrid. Parece que, en efecto, doña María era una de las participantes habituales en las justas poéticas que solían celebrarse durante las festividades importantes, y que intervenía de igual a igual con muchos hombres en algunas de las «academias» o reuniones literarias que por aquel entonces tenían lugar en la capital del reino. En los siguientes años aparecen poemas suyos preliminares en las obras de algunos de los autores celebrados del momento, como Francisco de las Cuevas, Antonio del Castillo de Lazával o Juan Pérez de Montalbán. En 1632, su prestigio debía de estar lo suficientemente asentado como para que Lope de Vega le dedicara una silva en su *Laurel de Apolo*: «¡Oh dulces hipocrénides hermosas! / Los espinos pangeos / aprisa desnudad, y de las rosas / tejed ricas guirnaldas y trofeos / a la inmortal doña María de Zayas, / que sin pasar a Lesbos ni a las playas / del vasto mar Egeo, / que hoy llora el negro velo de Teseo, / a Safo gozará Mitilinea / quien ver milagros de mujer desea. / Porque su ingenio, vivamente claro, / es tan único y raro / que ella sola pudiera / no sólo pretender la verde rama, / pero sola ser sol de tu ribera, / y tú por ella conseguir más fama / que Nápoles por Claudia, por Cornelia / la sacra Roma, y Tebas por Targelia.»[16]

Qué talento, carácter y temple debía de tener doña María

para ganarse de ese modo el respeto de aquellos hombres tan poco dispuestos a mostrar ninguna consideración por las mujeres intelectualmente dotadas. Hubo alguno, claro, que quiso burlarse de ella, como el poeta catalán Francesc Fontanella, quien aprovechó el mal resultado obtenido por Zayas en un certamen para escribir contra su «masculinidad» estos versos satíricos: «Doña María de Zayas / tiene rostro varonil, / y por más que lleve sayas / bigotes altivos luce. / Se parece a un caballero, / mas se vendrá a descubrir / que una espada mal se esconde / bajo saya femenil. / En la décimo tercera / fue glosadora infeliz, / que mala tercera tiene / si el premio quiere adquirir. / ¡Oh señora Doña Saya, / para premiar sus deseos, / del cerco de un guardainfante / tendrá corona gentil!»[17]

En 1637, María de Zayas publicó su gran éxito literario, las *Novelas amorosas y ejemplares*, que fueron seguidas nueve años después por la segunda parte, titulada *Desengaños amorosos*. El género de la novela —que en los tiempos actuales llamaríamos más bien relato por su brevedad— era muy importante en España desde la edición de las *Novelas ejemplares* de Cervantes en 1613. Eran obras de entretenimiento, literatura destinada en general a la diversión y no a la moralización del público, que era por cierto mayoritariamente femenino. Por esta razón estaban mal consideradas por los sectores más intransigentes de la sociedad y, por supuesto, por el clero, al que le preocupaba que las mujeres, siempre tan frágiles en lo referente al vicio, se expusieran a aquellas lecturas poco edificantes. La persecución llegó a convertirse en absoluta censura cuando, en 1625, el Consejo de Castilla suspendió la concesión de licencias para imprimir tanto novelas como comedias, otro género considerado pernicioso; la prohibición no se levantó hasta 1634.

Las novelas de Zayas tuvieron un enorme éxito, hasta tal punto que el mismo año de la publicación de la primera parte se realizaron tres ediciones. Siguieron reeditándose durante décadas, hasta finales del siglo XVIII, y fueron traducidas a diversos idiomas. En esos relatos, la autora subvierte en buena medida el orden patriarcal, haciendo revivir la vieja «querella de las damas», de nuevo muy activa en aquel siglo XVII a través de diversas voces femeninas. Las suyas son verdaderas «novelas ejemplares», pues lo que narra doña María son veinte historias de mujeres víctimas del egoísmo y los engaños masculinos, y, a través de ellas, trata de convencer al público femenino de que debe cambiar su comportamiento para conseguir independencia respecto a los hombres. «Vean ahora las damas de estos tiempos —escribe en el "Desengaño tercero"— si con el ejemplo de las de los pasados se hallan con ánimo para fiarse de los hombres, aunque sean maridos, y no desengañarse de que el que más dice amarlas las aborrece, y el que más las alaba, más las vende; y el que más muestra estimarlas, más las desprecia; y que el que más perdido se muestra por ellas, al fin las da muerte; y que para las mujeres todos son unos. Y esto se ve en que si es honrada, es aborrecida porque lo es; y si es libre, cansa; si es honesta, es melindrosa; si atrevida, deshonesta; ni les agradan sus trajes ni sus costumbres, como se ve en Rosaleta y Camila, que ninguna acertó, ni la una callando, ni la otra hablando. Pues, señoras, desengañémonos; volvamos por nuestra opinión, mueran los hombres en nuestras memorias, pues más obligadas que a ellas estamos a nosotras mismas.»[18]

Quizá por experiencia propia, Zayas no tenía un elevado concepto del sexo masculino, al menos en lo tocante a sus relaciones con el femenino: la mayor parte de los hombres de sus novelas son cobardes, mentirosos, desleales, iracundos, maltratadores y hasta asesinos de sus esposas o amantes. Pero si las mujeres son sus víctimas, es sólo porque no han sido educadas para tomar las riendas de su propia vida. Ya en el prólogo de las *Novelas amorosas y ejemplares*, doña María pone de relieve su firme convicción de que las mujeres son iguales a los hombres y que, para demostrarlo, sólo necesitan que se les ofrezca la educación que el mundo les niega: «Quién duda, digo otra vez, que habrá muchos que atribuyan a locura esta virtuosa osadía de sacar a luz mis borrones, siendo mujer, que en opinión de algunos necios es lo mismo que una cosa incapaz. Pero cualquiera, como sea no más de buen cortesano, ni lo tendrá por novedad ni lo murmurará por desatino. Porque si esta materia de que nos componemos los hombres y las mujeres, ya sea una trabazón de fuego y barro, o ya una masa de espíritus y terrones, no tiene más nobleza en ellos que en nosotras; si es una misma la sangre; los sentidos, las potencias y los órganos por donde se obran sus efectos son unos mismos; la misma alma que ellos, porque las almas ni son hombres ni mujeres: ¿qué razón hay para que ellos sean sabios y presuman que nosotras no podemos serlo? Esto no tiene, a mi parecer, más respuesta que su impiedad o tiranía en encerrarnos y no darnos maestros. Y así, la verdadera causa de no ser las mujeres doctas no es defecto del caudal, sino falta de la aplicación. Porque si en nuestra crianza, como nos ponen el cambray [encaje] en las almohadillas y los dibujos en el bastidor, nos dieran libros y preceptores, fuéramos tan aptas para los puestos y para las cátedras como los hombres, y quizá más agudas, por ser de natural más frío.»[19]

Doña María se atreve incluso a señalar sin ningún disimulo que esa «tiranía» que los hombres ejercen sobre las mujeres, manteniéndolas en la ignorancia, se debe al miedo que tienen a que los superen y puedan por lo tanto quitarles el poder, una idea sin duda muy atrevida para la época y que a más de uno debió de poner furioso: «Luego el culparlas de fáciles y de poco valor y menos provecho es porque no se les alcen con la potestad. Y así, en empezando a tener discurso las niñas, pónenlas a labrar y hacer vainillas [vainicas], y si las enseñan a leer, es por milagro, que hay padre que tiene por caso de menos valer que sepan leer y escribir sus hijas, dando por causa que de saberlo son malas, como si no hubiera muchas más que no lo saben y lo son, y ésta es natural envidia y temor que tienen de que los han de pasar en todo. Bueno fuera que si una mujer ciñera espada, sufriera que la agraviara un hombre en ninguna ocasión; hasta gracia fuera que si una mujer profesara las letras, no se opusiera con los hombres tanto a las dudas como a los puestos; según esto, temor es el abatirlas y obligarlas a que ejerzan las cosas caseras.»[20] Es curioso el deseo de Zayas de que las mujeres aprendan a «ceñir espada»; por supuesto, en el mundo actual esa pretensión nos resulta rara y hasta caprichosa; hay que entenderla desde el punto de vista de una mujer que vive en una época en la que el uso de la espada era común entre los hombres de calidad, y las reyertas y asesinatos abundaban en las calles. En la radicalidad de su discurso sobre la igualdad femenina, doña María llega por lo tanto a sostener que las mujeres tienen igual derecho que los hombres a defenderse —de ellos— mediante las armas. Algunas de las protagonistas de sus novelas así lo hacen, vengándose de los agravios cometidos contra su honor —ese principio fundamental de la época— o contra su integridad física. En cambio, otras son víctimas desdichadas de las mentiras y engaños masculinos, y hasta de su violencia. Y algunas se refugian de su desdicha en los conventos, lugares que Zayas ve —igual que tantas mujeres de otros tiempos— como verdaderas comunidades femeninas en las que poder vivir en paz. Dada su simpatía por el claustro, se ha llegado incluso a sospechar que tal vez ella misma pudiera haber acabado su vida en alguno de los muchos conventos que se levantaban en su tiempo en las ciudades de España.

A pesar de esas avanzadas ideas que doña María expresa sin tapujos en sus novelas, lo que más sorprendió y hasta escandalizó durante mucho tiempo a los críticos que se acercaron a ella fue el carácter sexualmente activo de sus personajes femeninos. Las mujeres de Zayas no sólo se enamoran con pasión —tópico sobre la femineidad omnipresente en la literatura—, sino que se entregan con total libertad a sus deseos y disfrutan sin disimulos del placer erótico, dejándose seducir o seduciendo ellas mismas a los hombres. El atrevimiento de la autora, su libertad en la expresión de la sexualidad femenina, llega hasta ser capaz de imaginar a una viuda, doña Beatriz, que termina con la vida de un esclavo negro a fuerza de utilizarlo como objeto de su deseo, una escena que, por supuesto, debía de resultar de elevadísimo tono para quienes durante siglos preconizaron la pasividad sexual de la mujer. Las frases de algunos historiadores de la literatura al juzgar la obra de Zayas ponen de relieve su rechazo a estas osadías. Así, en 1854, Ticknor escribe en su *Historia de la literatura española* que sus novelas son «lo más verde e inmodesto que recuerdo haber leído nunca en semejantes libros». Y, en 1933, Ludwig Pfandl, en la *Historia de la literatura nacional española de la Edad de Oro*, las considera «historias libertinas» que «degeneran unas veces en lo terrible y perverso y otras, en obscena liviandad». «¿Se puede dar algo más ordinario y grosero —se pregunta el crítico alemán—, más inestético y repulsivo que una mujer que cuenta historias lascivas, sucias, de inspiración sádica y moralmente corrompidas?»[21] Ignoramos qué pensaron al respecto sus contemporáneos, pues el hecho de que las novelas de María de Zayas gozaran de éxito no quiere decir que no escandalizaran a la gente; tal vez incluso, como tantas veces sucede, fuera ésa por el contrario una de las razones por las que tuvieron tan buena acogida de público. Tal vez sea ése también uno de los motivos que influyen en que la excelente escritora que fue Zayas no siempre aparezca ocupando el lugar que merece por su calidad en los cánones tradicionales de la historia de nuestra literatura. Demasiado atrevida, doña María, demasiado revolucionaria en su visión de la mujer para ser aceptada, recordada y aplaudida sin reticencias, a pesar de su más que indudable talento.

Mucho menos radical que María de Zayas en su planteamiento de las relaciones hombre-mujer, mucho más adaptada a la visión establecida en la época sobre las mujeres fue su amiga Ana Caro. Sin embargo, debió de ser una mujer tan firme y segura de sí misma como la propia Zayas, y sin duda provista de excelentes contactos que le permitieron ganarse la vida como escritora gracias sobre todo a los encargos oficiales. De ella se ha dicho que es, por lo tanto, la primera autora «profesional» conocida en la historia de la literatura española. De su biografía tenemos aún menos datos que de la novelista madrileña. Es probable que fuera algo más joven que ella. Debió de nacer a finales del XVI o principios del XVII, tal vez en Sevilla, ciudad donde transcurrió buena parte de su existencia y se desarrolló su carrera profesional. Puede que fuera pariente de un importante humanista de Utrera, Rodrigo Caro, o del caballero granadino Juan Caro de Mallén, pero esto son sólo suposiciones. Lo único cierto es que, fuera noble o plebeya, estaba muy bien relacionada con los círculos de la nobleza sevillana, sobre todo de la más cercana al conde-duque de Olivares: el nefasto valido de Felipe IV que tanto daño hizo a España, tuvo sin embargo el acierto de apoyar a algunos de sus conciudadanos de talento, como Velázquez, quien llegó hasta la corte de su mano.

No sabemos cómo ni cuándo Ana Caro empezó a escribir, pero, en cualquier caso, su capacidad y sus amistades hicieron que, desde 1628, se le encargara la redacción de diversas relaciones. Las relaciones eran un género poético muy característico de la época, descripciones en verso de las grandes celebraciones cívicas o religiosas, a caballo entre lo que ahora consideraríamos crónica periodística y publirreportaje. Su finalidad era narrar el esplendor de las tan características fiestas del tiempo, desmesuradamente barrocas, llenas de representaciones teatrales, máscaras, decorados, músicas y fuegos de artificio, que causaban furor entre gentes de todas las clases sociales. Las relaciones eran, pues, literatura destinada a las masas, textos que circulaban impresos en pliegos sueltos, algo tal vez comparable a las actuales revistas populares. Pero generaban contratos bien pagados, lo cual hacía que hubiese mucha competencia entre los autores para conseguirlos. ¿Cómo se las arregló Ana Caro para lograrlos por encima de tantos hombres que aspiraban a ese trabajo? Lo ignoramos, pero lo cierto es que escribió diversas relaciones en Sevilla e incluso una en Madrid, en 1637, por petición del mismísimo rey, probablemente a través del conde-duque. Se trataba de la descripción de una de las fiestas más magníficas celebradas en la corte de Felipe IV, la que tuvo lugar en el recién estrenado palacio del Buen Retiro con motivo de la coronación de Fernando III de Hungría como Rey de Romanos, y de la llegada a Madrid de la princesa de Carignano. Caro fue remunerada con 1 300 reales; si comparamos este pago con los 16 reales que solía cobrar una criada al mes en la misma época, se puede concluir que, tanto por la importancia del encargo como por la cantidad cobrada por él, Ana Caro debía de ser una autora muy bien considerada en el entorno oficial. Y no sólo en el cortesano, también en el eclesiástico, pues en varias ocasiones el cabildo de la catedral de Sevilla le encargó autos y loas sacramentales que se representaban en las calles de la ciudad durante las fiestas del Corpus Christi, obras por las que cobró, en cada ocasión, la cantidad de 300 reales.

En su búsqueda de un espacio propio dentro del ámbito de la literatura profesional, Caro fue asimismo autora de diversas piezas teatrales. El teatro era el gran entretenimiento de la época; a pesar de las incesantes reticencias de los moralistas y de la censura que de vez en cuando caía como un hacha sobre los escenarios, prohibiendo las representaciones, la gente acudía en masa cada noche a las funciones que tenían lugar en los corrales de comedias, muy numerosos en Sevilla y Madrid, las dos ciudades más importantes del momento. Hacerse un hueco entre los autores dramáticos era una garantía de fama y también de buenos ingresos. No sabemos si Ana Caro lo logró, pues no se han encontrado por el momento referencias a los estrenos de sus obras. Sólo dos de ellas han llegado hasta nosotros, *El conde Partinuplés* y *Valor, agravio y mujer*, dos comedias en verso que responden en buena medida a las convenciones de las comedias de la época: historias de amores y enredos, de apariciones y desapariciones, de personajes travestidos y reconocimientos sorprendentes, en medio de un gran despliegue plenamente barroco de medios escenográficos, tramoyas y máquinas. Las mujeres de las obras de Caro son inteligentes, activas y valientes; sin embargo, frente al total rechazo al matrimonio que expresa María de Zayas en sus novelas, la dramaturga resuelve sus historias de enamoramientos mediante el tópico final feliz de la boda, utilizado también por todos sus colegas masculinos de la época. ¿Era una concesión al gusto del público del teatro o respondía a su aceptación sincera de las normas de la sociedad patriarcal? Es imposible llegar a ninguna conclusión al respecto, pues no conocemos ninguna confesión personal de la autora sobre ese tema y, al igual que ocurre con Zayas, ignoramos incluso si ella misma llegó a casarse o permaneció soltera. Ana Caro debió de morir hacia 1650, quizá durante una epidemia de peste que asoló Sevilla en aquella época. Como el de tantas otras mujeres, su nombre fue rápidamente olvidado y borrado de la historia, a pesar del éxito profesional y económico obtenido en vida y de su buen hacer como escritora de oficio.

Escritoras de oficio —y grandes escritoras de oficio— fueron otras mujeres de la misma época en otros países europeos. El siglo XVII fue, en efecto, pródigo en voces femeninas de éxito que, recuperadas en tiempos recientes, han demostrado haber sido capaces de sobrevivir al paso de los siglos y al olvido o los prejuicios vertidos sobre ellas. Uno de los ejemplos más destacados es el de Aphra Behn, que triunfó como dramaturga, poeta y novelista en la Inglaterra de la Restauración, en las décadas de 1670 y 1680. Arrostrando las críticas a su condición femenina y compitiendo de igual a igual con los hombres, Aphra Behn probó con creces que era una mujer radicalmente independiente y libre como pocas y, a la vez, ferozmente comprometida con algunas de las causas políticas de su tiempo. Virginia Woolf, que la redescubrió a principios del siglo XX, le dedicó estas agradecidas palabras: «Todas las mujeres juntas deberían ir a lanzar flores sobre la tumba de Aphra Behn, pues fue ella quien les enseñó que tenían derecho a permitir que sus mentes hablasen.»[22]

Su vida es misteriosa, y en su caso no sólo por el silencio que suele rodear la existencia de tantas mujeres, sino también porque a su actividad profesional como escritora se unió igualmente la de espía y activista política, lo que la convierte en un personaje tan extraño como novelesco.

Aunque su entorno solía afirmar que era de origen noble, parece más probable que Behn proviniera de las clases populares. Debió de nacer hacia 1640 en un pueblo cercano a Canterbury; su padre era posadero o barbero, y su madre sin duda trabajaba como criada o nodriza para una familia aristocrática de la región, los Colepeper, en cuya residencia Aphra pudo haberse criado de niña. Probablemente fuera el señor Colepeper quien la indujo a trabajar como espía al servicio de la monarquía. Eran tiempos de gran agitación política y social en Inglaterra: en 1642 estallaba la guerra civil, al levantarse el Parlamento contra Carlos I, quien se había mantenido en permanente conflicto con la asamblea representativa. Tras la victoria del ejército parlamentario en 1649, el rey fue juzgado por alta traición y ejecutado, mientras se proclamaba la república de la Commonwealth. Comenzaba así la breve etapa de gobierno del puritano Thomas Cromwell. Pero a su muerte en 1658, el hijo del anterior monarca, refugiado hasta entonces en Francia, fue coronado como Carlos II. Con él se iniciaba la época de la Restauración. Gran Bretaña volvía a ser una monarquía, aunque, tras aquella primera revolución del mundo moderno, el poder del Parlamento se mostraría en adelante inviolable.

Desde su juventud, Aphra Behn estuvo intensamente implicada en toda aquella actividad política como firme partidaria de Carlos II, para cuyos servicios secretos efectuó diversas misiones. Entre los primeros misterios de su vida, se encuentra el de su viaje a la colonia inglesa de Surinam, situada al norte de Brasil. Behn debió de viajar allí hacia 1662, cuando tenía probablemente veintidós años, no se sabe si en calidad de espía o, simplemente, como acompañante de alguna dama. En cualquier caso, el lugar no sólo la deslumbró por su belleza y la impresionó por la crueldad que los colonos mostraban hacia los esclavos negros, sino que le inspiró años más tarde, en 1688, su mejor y más conocida novela, *Oroonoko*, en la que narra la historia de la fracasada rebelión de un príncipe africano esclavizado en ese territorio. Tras su regreso a Inglaterra, hacia 1665, Aphra se casó con el hombre cuyo apellido llevó desde entonces, probablemente un comerciante llamado Johann Behn. El matrimonio fue muy breve —en 1666 estaba ya viuda— y sin duda poco afortunado, a juzgar por sus constantes críticas contra esa institución y su negativa a volver a casarse.

En 1666, Aphra Behn ejercía de espía profesional: ese año fue enviada a Holanda, desde donde mandaba sus informaciones en cartas cifradas bajo los supuestos nombres de Astrea y Celadon. Su trabajo consistía en obtener datos sobre los exiliados que trataban de conspirar contra Carlos II. Pero su estancia se vio dificultada por los problemas económicos, y parece probable que terminara por ser encarcelada debido a las muchas deudas contraídas y a la indiferencia de sus responsables en Londres, que esperaron hasta el último momento para hacerse cargo de los pagos. De regreso a Inglaterra, Behn vivió los dos años siguientes, según parece, a costa de un amante que la mantenía. Pero de pronto, en 1670, se presentó como autora en la escena londinense con su primera tragicomedia, titulada *The Forc'd Marriage* [El matrimonio forzoso].

No sabemos qué camino había seguido hasta llegar allí, cuál había sido su preparación ni los motivos por los cuales decidió dedicarse al teatro. Era una viuda sin recursos económicos, necesitada de sobrevivir como fuera; una mujer de vida libertina en el libertino Londres de la Restauración, que tal vez había establecido buenos contactos con el medio teatral en las largas noches de las tabernas, y que acaso se hubiera dado cuenta de que en ese ámbito podía desarrollar su talento y, además, mantenerse a sí misma sin necesidad de depender de un hombre. El teatro ofrecía en aquel momento buenas posibilidades en Londres. Tras los años de cierre de los escenarios vividos bajo el gobierno del puritano Cromwell, los espectáculos dramáticos se habían convertido con la Restauración en los lugares de reunión favoritos del pueblo inglés. Satíricos y amorales, eran por supuesto muy criticados por las personas más estrictas. Pero el gusto de Carlos II por el teatro, y por las artes y la diversión en general, hizo que en el entorno de la corte empezara a considerarse de buen tono asistir a los estrenos, en los que se entremezclaban gentes de todas las clases sociales. Escribir para la escena, igual que ocurría en España, era pues una actividad codiciada, ya que podía reportar buenos beneficios a quien lo lograse. Para una mujer con una fama que guardar era por supuesto un riesgo. Pero la fama de Behn se había perdido mucho tiempo atrás. Y además, ¿acaso no había corrido riesgos mayores, incluso el de su vida, durante sus misiones como espía?

Fuera como fuese, la escritora se las arregló desde el principio para llegar muy lejos. De hecho, su primera obra fue representada por una de las compañías más importantes de la ciudad, la del Duque, dirigida por sir William Davenant, probable hijo ilegítimo del propio Shakespeare. *The Forc'd Marriage* no obtuvo un gran éxito. Fueron muchos además los que criticaron que una mujer se atreviese a exponerse de esa manera ante el público y, para colmo de males, cobrara por ello. Como tantas veces sucedía, para algunos aquélla era una actitud propia de una meretriz y no de una dama, condena moral a la que contribuía el contenido de sus piezas, de cierto tono erótico, y por supuesto la libertad de costumbres de la autora. Pero Behn, valiente y animosa como pocas, siguió a pesar de todo adelante y llegó a estrenar más de veinte obras de teatro, algunas de ellas con gran éxito. En el prólogo que escribió en 1686 para la edición de su tragicomedia *The Lucky Chance* [La venturosa fortuna], se defendió de las acusaciones vertidas contra ella por su pertenencia al sexo femenino. La autora era perfectamente consciente de que la mayor parte de las críticas que se le hacían se debían a su condición de mujer y que, de haber sido hombre, sus obras habrían sido recibidas de modo muy distinto: «Pero ya sean buenas o malas, [mis comedias] tienen que constituir un crimen por ser de una mujer; condenándolas sin la caridad cristiana de examinar si son culpables o no, mediante la lectura, comparación o reflexión. [...] Y para hacer más fuerte su detracción, me cargan todas las obras que alguna vez han ofendido. [...] Y eso sí me aventuraré a decir, aunque vaya en contra de mi manera de ser, pues hay algo de vanidad en ello: que si las obras que yo he escrito hubiesen aparecido bajo cualquier nombre de hombre, y nunca se hubiese sabido que eran mías, apelo a todos los jueces sensatos si no habrían dicho que esa persona había hecho tantas comedias buenas como cualquier otro escritor varón de nuestra época. Pero, ¡qué diablos!, la mujer condena al poeta. [...] Todo lo que pido es el privilegio para mi parte masculina, para el poeta que hay en mí (si es que me lo permiten), de caminar los exitosos senderos en los que mis predecesores han prosperado, de seguir los preceptos que escritores antiguos y modernos me han impuesto, y con los que han deleitado tanto al mundo. Si, a causa de mi sexo, no puedo tener esa libertad, sino que la usurpáis toda para vosotros, dejaré la pluma y no oiréis nunca más de mí, ni siquiera para hacer comparaciones, porque yo seré más amable con mis hermanos de pluma de lo que ellos han sido con una mujer indefensa, pues no me contento yo con escribir únicamente para llegar a un tercer día de representación. Valoro tanto la fama como si hubiese nacido héroe; y si me la robáis, puedo retirarme de este mundo ingrato y desdeñar sus flacos favores.»[23]

El de Aphra Behn es el grito de tantas intelectuales y creadoras menospreciadas por el hecho de ser mujeres. Pero, si otras muchas se rindieron a la presión, ella en cambio, a pesar de sus amenazas, no abandonó nunca la pluma. Siguió escribiendo sus excelentes obras, en las que criticaba una y otra vez muchas de las costumbres de la sociedad del momento, en especial su hipocresía y su dogmatismo religioso, comprometiéndose además de pleno en la defensa de los derechos de las mujeres, a las que solía presentar como víctimas de la voluntad y el capricho masculino, de la de sus padres, maridos o amantes. Behn practicaba la libertad en su propia vida —estableciendo relaciones con diversos hombres y quizá también con alguna mujer— y la defendía para todas sus congéneres.

Además, a través de su obra literaria participó plenamente en la intensa vida política del momento: a lo largo del reinado de Carlos II, el Parlamento se dividió entre *tories* y *whigs*. Los primeros eran partidarios de que el sucesor del rey fuese su hermano, el católico Jacobo, duque de York; los segundos querían alzar al trono al hijo ilegítimo —y protestante— del monarca, el duque de Monmouth. Se trataba en realidad de la defensa de dos maneras distintas de ver la vida, la primera más respetuosa con las libertades en todos los sentidos, también el moral, y la segunda mucho más estricta y pudibunda. Behn se proclamó desde el comienzo ferviente *tory* y, al igual que hacían la mayor parte de los autores de su tiempo, utilizó sus obras dramáticas, novelas y poemas para criticar a los *whigs*, creando personajes y sucesos de ficción que eran trasunto de personajes y sucesos reales, perfectamente reconocibles para sus contemporáneos. Sus mordaces poemas políticos circulaban en pliegos sueltos por las tabernas y los salones londinenses, a menudo de forma anónima, y servían para animar a los partidarios de la causa *tory*: «Maldito gobernante tan astuto, / que vigila e intriga toda la insomne noche / con sediciosas arengas a los Whigs de la ciudad, / y en traidor se torna por rencor y malicia. / Deja que use y atormente a su magra carroña, / que conciba un complot fraudulento, / hasta que el rey, obispos y barones, / al fin, por el bien público logren extirparlo.»[24]

De los casi cien poemas de Aphra Behn que conocemos, muchos son de temática amorosa. Pero que nadie piense encontrar en ellos la dulce voz de una mujer enternecida. Por el contrario, la escritora utiliza a menudo para hablar del amor su registro erótico o su tono más agudamente sarcástico. A veces une erotismo y sátira, como en «El desengaño», una larga y atrevida composición que narra una escena de fracaso sexual masculino: «Placer que demasiado amor destruye: / las deseadas prendas por él arrebatadas, / y el cielo abierto ante sus ojos, / loco por poseerla, allá se lanza / sobre la hermosa doncella sin defensa. / Pero ¡oh, qué envidioso dios conspira / y su poder le roba, dejándole el deseo! / [...] / Desmayo invade sus laxos nervios: / en vano su airada juventud intenta / que el fugaz vigor regrese, / pues el movimiento nada logra mover. / Demasiado amor su amor traiciona: / en vano se afana, en vano ordena, / mas el insensible yace lloroso en su mano.»[25]

En 1683, en uno de sus misteriosos viajes en misión secreta, Behn se trasladó a París. Es probable que allí conociera a algunos autores de novelas, un género que iniciaba su expansión por Europa y que en Inglaterra aún no se había desarrollado, al menos en su fórmula moderna. En cualquier caso, aquel contacto con la más innovadora literatura francesa supuso un estímulo importante para la escritora. Al regresar a Londres algunos meses después y encontrarse con una escena en decadencia, en la que los encargos habían disminuido a causa de la fusión de las dos compañías más importantes, Behn tuvo que buscar otros recursos para sobrevivir. Comenzó entonces a traducir a diversos novelistas franceses y ella misma se atrevió a abordar, con gran éxito, ese nuevo género. *Love-Letters Between a Nobleman and His Sister* [Cartas de amor entre un caballero y su hermana] fue, en 1684, su primera novela. Aunque su tema aparente fuera la narración de los estragos que el deseo puede causar en los seres humanos —hombres y mujeres—, lo cierto es que Behn no dejó tampoco esta vez de hacer política a través de su obra: la historia se basaba en un suceso real, el escandaloso romance de un noble perteneciente a la facción *whig* con su propia cuñada; tras los nombres supuestos de los personajes, los ingleses podían descubrir a los auténticos protagonistas de los sucesos, criticados por su despotismo y su hipocresía. Política fue también su novela más famosa, *Oroonoko*, publicada en 1688 y basada, como ya he dicho, en las observaciones, tal vez auténticas, hechas durante su estancia en la colonia de Surinam. Firmemente comprometida con la libertad del ser humano y en contra de la tiranía, *Oroonoko* está considerada la primera obra antiesclavista de la literatura inglesa.

Ese mismo año de 1688, Aphra Behn debió de sufrir una gran decepción cuando Jacobo II, que había llegado al trono a la muerte de su hermano Carlos II tres años atrás, huyó a Francia. El monarca católico, apoyado firmemente hasta entonces por los *tories*, no fue capaz de hacer frente al ataque de las tropas del estatúder de Holanda, Guillermo III de Orange, que había sido llamado por la facción *whig* del Parlamento. Podemos imaginar los sentimientos de la escritora: buena parte de la lucha de toda su vida personal y profesional había sido traicionada por la actitud cobarde de Jacobo. Su salud, siempre frágil, se vio seriamente afectada. Murió poco después, el 16 de abril de 1689. Tenía cuarenta y cinco años, y una vida agitada, intensa y productiva tras de sí. Fue enterrada en la abadía de Westminster, donde sólo eran acogidos los restos de personajes de prestigio: su actividad literaria y su esforzado apoyo a la monarquía debieron de unirse para que le fuese concedido semejante privilegio.

Algunos años antes, aquella mujer cuya parte masculina, como ella misma decía, ansiaba la fama, había escrito estas palabras: «Déjame llegar a ser como Safo y Orinda / ¡oh, sagrada ninfa!, por ti alguna vez adornada, / y concédeles a mis versos inmortalidad.»[26] Durante algunas décadas, la ninfa pareció respetar el deseo de Behn: sus poemas, obras dramáticas y novelas fueron reeditados en diversas ocasiones hasta mediados del siglo XVIII; a veces, según los vaivenes de la moralidad, fueron también censurados por gobiernos timoratos. Después, su obra desapareció de las librerías y las bibliotecas y, cómo no, de las historias de la literatura inglesa. Sólo Virginia Woolf, con su amor por las voces femeninas, rescató su nombre del olvido en la primera mitad del siglo XX y lo lanzó de nuevo hacia su ansiada inmortalidad.

Quizá durante su breve estancia en París en 1683, Aphra Behn pudiera haber conocido a algunas de las escritoras que triunfaban en el entorno de la corte de Luis XIV, como Mademoiselle de Scudéry, Madame de La Fayette o Madame D'Aulnoy. Francia vivía por entonces un momento de esplendor cultural, su Gran Siglo, al que en absoluto fueron ajenas las mujeres. Un número importante de damas de la aristocracia contribuyeron intensamente a la creación de un ámbito de civilización y refinamiento que al fin se expandía más allá del pequeño mundo de las cortes medievales o renacentistas para alcanzar las mansiones urbanas y, de alguna manera, democratizarse, incorporando en condiciones de igualdad a nobles, burgueses interesados por la cultura y artistas. Nacían así los salones femeninos, que hasta finales del siglo XIX se convertirían en toda Europa en espacios imprescindibles para el desarrollo intelectual y artístico, pero también de las ideas políticas.

Fue Madame de Rambouillet quien inauguró esa fecunda costumbre cuando, en 1610, abrió a sus inteligentes amigos las puertas de su palacio parisino, previamente diseñado por ella de tal manera que rompía con la tradición nobiliaria de los espacios de mera representación para crear un lugar adecuado al encuentro y la conversación, mediante salas que se prolongaban las unas en las otras y en las que muebles, chimeneas, objetos decorativos e incluso comidas y bebidas se ponían no al servicio de la ostentación y el protocolo, sino al de la comodidad de los invitados. El diseño del Hôtel de Rambouillet contribuyó a cambiar las ideas establecidas hasta entonces sobre la vivienda privada —de la alta clase social, por supuesto— e hizo de aquella residencia el centro de reunión favorito de las personas más cultas de París, al que acudían desde Richelieu hasta Corneille, y donde se estrenaban composiciones musicales, se leían por primera vez las grandes obras del teatro clásico o se debatía sobre asuntos muy diversos bajo un lema significativo, «*Savoir et savoir vivre*» [«Saber y saber vivir»]. Ese lema ponía de relieve la importancia para aquel grupo de personas del conocimiento, pero también de la sociabilidad, un concepto fundamentalmente femenino que Madame de Rambouillet y sus muchas seguidoras al frente de numerosos salones en cualquier rincón de Europa pusieron en práctica con inteligencia y acierto.

Uno de los instrumentos que utilizaron aquellas damas parisinas del XVII en su esfuerzo de culturización de una sociedad demasiado volcada hasta entonces en el mundo bélico fue el del lenguaje. Ellas contribuyeron a refinar la lengua francesa, estableciendo conscientemente normas de uso que trataban de evitar una excesiva vulgarización del idioma y, a la vez, de dotarlo de profundidad y belleza en sus conceptos, vocabulario y construcciones. Pero en ese esfuerzo radicó precisamente su derrota: por supuesto, ninguna de aquellas mujeres fue nunca aceptada en la Académie Française, fundada por el cardenal de Richelieu en 1635 con el objetivo de ennoblecer la lengua. Además, cuando el excesivo cuidado lingüístico de algunas de ellas cayó en la utilización de ciertos tópicos hueros, pusieron en manos de muchos hombres —y también mujeres— el arma que necesitaban para despreciarlas y burlarse de ellas. Pronto se convirtieron en las «*précieuses*», las «amaneradas», damas que provocaban la risa y la sátira mordaz de muchos compatriotas, bien representadas en una de las más famosas comedias de Molière, *Les précieuses ridicules* [Las amaneradas ridículas].

Una de las «*précieuses*» satirizadas en esa obra y en otros textos de autores diversos fue Madeleine de Scudéry. A pesar del enorme éxito que conoció en vida —o tal vez a causa de él—, la imagen que Mademoiselle de Scudéry ha dejado en la historia francesa es realmente caricaturesca: una solterona fea y relamida, incluso apodada con sarcasmo «la virgen del Marais» (por el barrio de París en el que tenía su casa), que vivía rodeada de loros y camaleones y escribía unas novelas tan extensas como cursis. Una auténtica «*précieuse ridicule*». Sin embargo, la verdad es bastante distinta: si bien es cierto que las novelas de Scudéry (*Artamenes o el gran Ciro* y *Clelia*) no tienen gran interés para el público actual, fue una innovadora de la literatura. Renovó el género de la novela francesa, anclado hasta entonces en la temática pastoral, construyendo obras heroicas y galantes, intensas narraciones que, tras el decorado histórico, describían con viveza sucesos y personajes de la vida contemporánea. Mademoiselle de Scudéry fue una mujer inteligente, culta y animada, dotada de un gran sentido del humor y de capacidad para la ironía. Pero ninguna de esas cualidades le sirvió para evitar sentirse profundamente afectada por las burlas y sátiras generadas contra ella: después de la publicación de *Clelia*, en 1660, permaneció callada durante veinte años, hasta que en 1680 dio a la luz unas *Conversaciones sobre temas diversos* en las que apuntaba tendencias estéticas y morales que se adelantaban en varias décadas al espíritu prerromántico de Rousseau. Ni su inteligencia, su discreción, su buen hacer o el gran éxito de lectores obtenido en vida le sirvieron, sin embargo, para ganarse el respeto de los críticos franceses o de sus propios colegas.

Sin duda alguna el ejemplo de su desdichada amiga Madeleine de Scudéry debió de influir en el silencio que siempre mantuvo a su alrededor Madame de La Fayette, autora de una de las más hermosas novelas francesas jamás escritas, *La princesse de Clèves* [La princesa de Clèves]. Marie-Madeleine Pioche de la Vergne había nacido en 1634 en una familia perteneciente a la pequeña nobleza, pero con intereses culturales que le permitieron gozar de una buena educación y de un contacto temprano con escritores y pensadores. El segundo matrimonio de su madre con un caballero de un nivel social más elevado le facilitó además el acceso a la corte de Luis XIV y a los círculos intelectuales cortesanos, en los que fue bien recibida por su excelente preparación. A los veintiún años contrajo matrimonio con el conde de La Fayette, de quien se separó pronto de manera amistosa, estableciéndose desde entonces por su cuenta en París. Allí mantuvo de forma muy estrecha su relación con la corte —llegó a ser la favorita de Enriqueta de Inglaterra, cuñada del rey— y también con el mundo literario. Durante muchos años fue incluso la más estrecha colaboradora y amiga —quizá también amante— de François de La Rochefoucauld, uno de los escritores más famosos de su tiempo, al que muchos atribuyeron durante los dos siglos siguientes la autoría o, cuando menos, la inspiración y corrección de *La princesa de Clèves*: habiendo cerca un hombre de prestigio, ¿cómo aceptar que la creadora de una novela de calidad tan indiscutible pudiera ser simplemente una mujer?

Desde luego, la actitud de la propia Madame de La Fayette no favoreció precisamente el reconocimiento público: ya cuando en 1662, a los veintiocho años, editó su primera novela, *La princesse de Montpensier* [La princesa de Montpensier] lo hizo de manera anónima. Años más tarde colaboró con La Rochefoucauld y con un tercer amigo, Jean Renaud de Segrais, en la redacción de un nuevo relato, *Zaïde*. Pero también esta vez renunció a firmarlo. Y lo mismo hizo cuando apareció en 1678 su obra maestra, esa delicada historia de seducción, pasiones y culpa, que fue igualmente publicada sin nombre de autor. Aunque muchos rumores la señalaban a ella como autora de esas obras, Madame de La Fayette nunca quiso reconocerlo. Su actitud resulta desde luego extraña, pero no es difícil suponer sus razones: cuando ella comenzó a escribir, hacía años que venía desarrollándose la persecución contra las «*précieuses*» y, en general, contra todas las mujeres que tuvieran pretensiones de ser algo más que hijas, esposas y madres. Probablemente la condesa no tuvo la fuerza o la voluntad suficientes para enfrentarse a las burlas con las que solía ser recibida Madeleine de Scudéry. Reconocer su autoría podía significar poner en entredicho su nombre y su papel de gran dama tanto en la corte como en el propio ambiente literario, que la respetaba como mujer inteligente y culta pero que, muy probablemente, la habría despreciado como competidora. Madame de La Fayette no quiso o no pudo enfrentarse de tal manera a la sociedad de su tiempo. Y eso a pesar de haber escrito una obra extraordinaria, que inauguró la fecunda tradición francesa de la novela psicológica, luego continuada por tantos autores. Pero su temor y su inseguridad como mujer pudieron sin duda más que su orgullo de creadora. ¿Quién se atrevería a condenarla por su discreción?

No deja de ser significativo que la única mujer que sobrevivió sin problemas en aquel grupo de grandes escritoras francesas del siglo XVII fuera una aventurera, una persona, igual que Aphra Behn, de moralidad desenfadada, a quien probablemente no le importaba demasiado que su reputación fuera puesta en entredicho. Marie-Catherine le Jumel de Barneville, baronesa de Aulnoy, fue autora, entre otras muchas obras, de la interesante e inteligente *Relación del viaje de España* a la que me he referido al comienzo de este capítulo. Deliciosa narradora y astuta falsaria, la baronesa había nacido hacia 1650 en una familia de la pequeña nobleza de provincias, y a los quince o dieciséis años contrajo matrimonio con el barón de Aulnoy, un hombre mucho mayor que ella y mucho más rico. La madre de Marie-Catherine, ansiosa de obtener para su propia familia la fortuna del yerno, urdió un complot para acusarlo de alta traición; pero el asunto fue descubierto, sus cómplices ejecutados y las dos mujeres, madre e hija, se esfumaron de la escena francesa. La madre reapareció años más tarde en Madrid, donde trabajaba como agente doble para los servicios de espionaje español y francés. En cuanto a Marie-

Catherine, no se sabe si estuvo o no implicada en la trama contra su marido —aunque éste se separó de ella y la desheredó—, pero lo cierto es que no volvió a hacer acto de presencia en París hasta veinte años después, alrededor de 1690, cuando comenzó a publicar. Ella sostenía que se había pasado esos años viajando por Europa. Fruto de sus viajes serían sus *Memorias de la Corte de Inglaterra* y dos obras sobre España, la *Relación* ya citada y otras *Memorias de la Corte de España*. Son libros magníficamente escritos, interesantes y amenos, llenos de curiosas observaciones sobre la vida cotidiana y de reflexiones profundas sobre la situación política, cargados también de crítica social. Pero la fantasía de la autora y su inexactitud en muchos datos históricos hace que se ponga en duda que realmente conociera ambos países. Si esto es cierto, Madame D'Aulnoy demuestra en esas obras, además de su gran talento como escritora, una capacidad innata y deslumbrante para la narración, pues su cercanía a los hechos y a los personajes hace creer al lector que en verdad estuvo allí. Así describe por ejemplo, en la *Relación del viaje de España*, un día de fiesta en Madrid: «Respecto al paseo del primero de mayo, es sumamente agradable ver a los burgueses y al pueblo sentados; unos en los trigos nacidos, los otros a orillas del Manzanares; algunos a la sombra, algunos otros al sol, con sus mujeres, sus hijos, sus amigos o sus amantes. Los unos comen una ensalada de ajo y cebolla; los otros, huevos duros; algunos jamón y hasta pollos. Todos beben agua y tocan la guitarra o el arpa. El rey [Carlos II] acude allí con don Juan, el duque de Medinaceli, el condestable de Castilla y el duque de Pastrana. Tan sólo vi su carroza de hule verde, tirada por seis caballos píos, los más bellos del universo, todos cargados de rizadores de papel dorado y lazos de cintas de color de rosa. Las cortinillas de la carroza eran de damasco verde, con una franja de oro, pero estaban tan bien cerradas que no se podía ver más que a través de los pequeños vidrios de las cortinas de cuero. Hay costumbre de que cuando el rey pasa se detengan y en señal de respeto corran las cortinillas, pero nosotras lo hicimos a la moda francesa y dejamos las nuestras abiertas, contentándonos con hacer una profunda reverencia. El rey advirtió que yo llevaba en mi compañía a una perrita que la marquesa de Alui, que es una señora muy amable, me había rogado llevase a la condestablesa Colonna; y como yo la estimaba mucho, me la enviaba de tiempo en tiempo. El rey me la hizo pedir por el conde de Arcos, capitán de la guardia española, el cual marchaba junto a su portezuela. Se la di al punto, y tuvo el honor de ser acariciada por su majestad, que encontró las pequeñas campanillas que llevaba al cuello y los pendientes de sus orejas muy de su gusto.»[27] ¿Realidad o imaginación?

Además de esos libros de viajes, D'Aulnoy publicó veintiocho volúmenes en total de géneros diversos, que incluyen novelas, relatos, cuentos de hadas, poemas, memorias y una selección epistolar, un género frecuentemente abordado en la literatura francesa por muchas mujeres que, como Madame de Sévigné, Ninon de Lenclos y tantas otras, supieron transmitir a través de sus cartas no sólo la manera de vivir de diversas épocas, sino también sus profundas e intelectualmente refinadas visiones del mundo. Madame D'Aulnoy llegó a ser una escritora de éxito, que pudo permitirse incluso, gracias a sus ganancias y su nombre, regentar uno de los salones de moda en París entre gentes no demasiado exigentes con las reputaciones propias o ajenas. Pero en 1699 se vio implicada en otro suceso desagradable, cuando el marido de una de sus amigas —que fue luego condenada a muerte— apareció asesinado a la puerta de su casa.

Además de haber sido una gran escritora, la baronesa de Aulnoy inauguró un nuevo género, el de los cuentos de hadas, al que dedicó tres libros. Estas historias fantásticas, inspiradas en parte en la tradición popular, giran alrededor de los personajes femeninos, heroínas activas y poderosas, implicadas en crisis de crecimiento y maduración. Los cuentos —que ella no escribió para un público infantil, sino adulto— le permitieron llevar más lejos que nunca su crítica a las estructuras sociales y su defensa de los derechos de la mujer, y crear un mundo metafórico lleno de fantasía y magia, pero también de humor y hasta sátira. Sin embargo, la memoria de Madame D'Aulnoy y de otras mujeres que la siguieron fue rápidamente borrada de la historia de la literatura, que atribuye a su contemporáneo Charles Perrault la creación de los primeros y mejores cuentos de hadas: nunca ha resultado fácil aceptar que una mujer haya sido la primera o la mejor en nada.

CAPÍTULO VIII

Luisa Roldán y Artemisia Gentileschi, las artistas rebeldes del Barroco

No me extraña que, habiéndole enseñado mi cuadro a quien vos sabéis, monseñor lo considerara una broma, una bufonada, una porquería que se hubiera dicho pintada por una mujer.

GIOVANNI LANFRANCO

El nombre de una mujer pintora hace que las personas tengan dudas hasta que han visto la obra.

ARTEMISIA GENTILESCHI

Crisis incesante y permanente energía fluyendo a lo largo de Europa. En medio de esas dos condiciones extremas, y tal vez compañeras imprescindibles la una de la otra, parece transcurrir el siglo XVII, el gran siglo del Barroco. Rebeldía y miedo, absoluta devoción religiosa y amor por la razón y la ciencia, refinamiento social y empeño bélico, opulencia y hambrunas, nacimiento de los Estados modernos y primeras revoluciones son tan sólo algunos de los polos entre los que se mueve esa centuria extraña y prodigiosa. Son los tiempos en los que escriben Lope de Vega, Quevedo y Góngora, y Molière, Racine y Corneille, y Ben Jonson y Edward Gibbon, los tiempos en los que desarrollan su pensamiento Tommaso Campanella, Montesquieu, Spinoza, Descartes, Leibniz, Thomas Hobbes, Locke o Pascal, en los que Newton y Galileo redefinen las leyes del mundo, y en los que crean su incomparable lenguaje artístico Velázquez, Poussin, Ribera, Van Dyck, Murillo, Frans Hals, Rubens, Zurbarán, Rembrandt, Claudio de Lorena o Vermeer. Un siglo que parece un veloz rayo lanzado hacia el futuro, dejando a su paso destrucción y dolor, pero también una asombrosa estela de genialidad.

El drama y la fuerza. Ellos, los hombres, guerreando, creando, investigando, gobernando, destruyendo, inventando, ordenando el mundo. Ellas, las mujeres, recluidas en sus casas, obedeciendo, pariendo, rezando, o prostituyéndose para huir del hambre y la miseria, trabajando como animales con los brazos rudos de las campesinas, las criadas y las lavanderas o con los dedos delicados de las bordadoras y las encajeras a cambio de unos pocos céntimos con los que contribuir al sustento familiar. Como diría por aquel entonces en sus versos Margaret Cavendish, duquesa de Newcastle: «Las mujeres viven como murciélagos o lechuzas; / trabajan como bestias; / y mueren como gusanos.»[1] Nada nuevo, pues.

Y, sin embargo, sobre algunas de ellas pareció derramarse parte de aquella explosión vital y energética que desarrolló el mundo barroco. A lo largo del siglo XVII, algunos puñados de mujeres traspasaron en toda Europa los altos muros que cerraban sus casas, abrieron de par en par las ventanas, desatrancaron las puertas cerradas con cien candados por los hombres y se lanzaron al mundo solas, autónomas y orgullosas, para dejar oír su voz o para dar testimonio de sus miradas, y crearon abiertamente, superaron la intolerancia, vencieron sus propios temores, se expusieron con sus obras ante el público y alcanzaron la independencia económica a través de su trabajo artístico. Ana Caro y María de Zayas, Aphra Behn, Madame D'Aulnoy o Mademoiselle de Scudéry triunfaron, a pesar de todos los prejuicios en su contra, resistiéndose sin pausa a las presiones de sus familias y sus amigos, a la obligación de contraer matrimonio y permanecer calladas y criar hijos destinados mayoritariamente a las tumbas, y ser ejemplares y virtuosas y rezar sin descanso.* Un número destacado de muje-

* Véase el capítulo VII.

res lo logró también en el campo de las artes plásticas. Y otras muchas lo intentaron esforzada y apasionadamente, sin conseguirlo jamás. Murieron fracasadas y pobres, pero al menos lo intentaron. Sí, el XVII fue un siglo en el que abundaron las mujeres fuertes, las que se negaron a ponerse de rodillas ante el poder omnímodo de sus hombres.

Luisa Roldán, por ejemplo, la escultora sevillana que huyó del taller paterno y prefirió la miseria antes que el regreso a casa. Es curioso lo alejadas que han permanecido las mujeres a lo largo de la historia del mundo de la escultura. Antes del siglo XIX, tan sólo conocemos hoy por hoy los nombres de dos escultoras: Properzia de' Rossi, cuya triste historia cuenta Vasari en sus *Vidas,** y la propia Luisa Roldán. Hay que esperar hasta mediados del XIX para ver aparecer un grupo importante de mujeres dedicadas profesionalmente a modelar, tallar y fundir. El fenómeno se desarrolló especialmente en Estados Unidos, donde destacó entre otras muchas Elisabeth Ney, una alemana emigrada al remoto estado de Texas, en el que instauró el gusto por los bustos, los monumentos conmemorativos y, en general, las formas artísticas, desconocidas hasta entonces en aquel desierto poblado de aventureros de toda clase. O Edmonia Lewis, mestiza de india y negro, que vivió trágicas experiencias de desprecio racista durante su juventud y que, sin embargo, logró llegar hasta Roma y despuntar entre la colonia de escultoras establecidas allí en torno a 1850. ¿Existe alguna relación entre la condición de pioneras de esas mujeres americanas y su vocación de escultoras? No lo descarto: la práctica de la escultura exige un poderío muscular, una resistencia física de la que sin duda debían de gozar aquellas pobladoras de tierras inhóspitas, que construyeron un país nuevo en el que su fortaleza y su inteligencia fueron desde el principio imprescindibles, mujeres acostumbradas a recorrer kilómetros y kilómetros bajo el sol más extremo o bajo la nieve, a trabajar tierras nunca antes tocadas por manos humanas, a construir con sus

* Véase el capítulo V.

propios brazos casas, caminos, puentes, escuelas, iglesias, ciudades enteras, a ganarse la vida como emigrantes en condiciones durísimas, a exponerse a los peligros de un mundo en proceso de conquista y colonización, y que nada tenían que ver con las damas recluidas de las sociedades europeas, herederas de largas generaciones de mujeres alejadas de cualquier actividad física y hasta de la propia vida al aire libre.*

Siglos antes de ellas, mucho antes de que Harriet Hosmer, Vinnie Ream Hoxie, Gertrude Vanderbilt-Whitney o la extraordinaria Camille Claudel obtuvieran fama, honores y encargos públicos con sus obras, ¿hubo acaso mujeres trabajando en las esculturas de las portadas, los claustros y las naves de la arquitectura prerrománica y románica? Es posible. Igual que se ha descubierto en los últimos años la presencia de tantas monjas copistas e iluminadoras en los *scriptoria* de los monasterios medievales, cabe pensar que algunas robustas esposas o hijas de aquellos imaginativos tallistas pudieron haber trabajado al lado de los hombres, pues sin duda ellas los acompañarían a menudo en sus vidas nómadas, en sus incesantes traslados de uno a otro burgo, villorrio o valle remoto en busca de nuevas faenas, de nuevos templos en los que dar forma a sus seres fantásticos, sus infiernos y sus glorias. Pero la casi total inexistencia de documentación sobre los nombres y la actividad de los constructores de las iglesias medievales nos impide saber si esto era en verdad así. Tan sólo establezco una hipótesis.

El caso de Luisa Roldán —conocida como «la Roldana»— fue pues realmente excepcional en la historia. Y lo fue además no sólo por su rara actividad, sino también por el extraordinario rango que llegó a adquirir como escultora de cámara de Carlos II, el úl-

* Todavía en fecha tan tardía como 1898, la escritora (y condesa) alemana Elizabeth von Arnim se queja en su maravillosa obra *Elizabeth y su jardín alemán* de que las estrictas normas sociales le impiden trabajar en el jardín de su castillo con sus propias manos, las manos de una dama, que debían ser finas, suaves, transparentes, protegidas siempre de cualquier agresión exterior y de cualquier esfuerzo muscular.

timo rey de la Casa de Austria, y de Felipe V, el primer Borbón en el trono de España. Ella triunfó, además, en una época en la cual de entre las enclaustradas mujeres españolas, apenas aparecen figuras que destaquen con fuerza en las artes plásticas. Ya he hablado del pequeño grupo de hijas o esposas de pintores que a lo largo del XVII colaboraron con ellos y llegaron incluso a desarrollar su propia obra, pero lo cierto es que ninguna de ellas ha dejado más que un levísimo rastro en la historia: María Blanca de Ribera, hija de José de Ribera; Jesualda Sánchez, que tuvo su propio taller en Valencia; Josefa de Ayala o de Obidos, que trabajó como pintora y grabadora en esa ciudad portuguesa; María Eugenia de Beer, importante grabadora con taller propio en Madrid, o María de la Concepción Valdés, hija del gran pintor sevillano Valdés Leal, son las únicas mujeres artistas cuyo desvaído recuerdo nos llega desde el riquísimo periodo del arte barroco español.*

La historia de Luisa Roldán comienza como la mayor parte de las historias de las mujeres artistas: érase una vez una niña que aprendió de su padre a tallar la madera. Pero, en su caso, la rebeldía y el ansia de desarrollar por sí misma su talento la llevarían para siempre muy lejos de él. Cuando Luisa Ignacia nació en 1652, Pedro Roldán era uno de los escultores más prometedores de la importante escuela sevillana. Aunque sumida ya en la crisis que arrastró a todo el Imperio español, Sevilla era aún a mediados del XVII la ciudad más poblada, activa y bulliciosa de la Corona de Castilla. Pintores y escultores aprovechaban el empuje de la Iglesia postrentina, el flujo de riquezas y de encargos provenientes de América y la constante afluencia de visitantes para instalar talleres que recibían peticiones incesantes y en los que florecía, en aquella mitad del siglo, el talento inigualable de Zurbarán, Murillo, Valdés Leal o Alonso Cano. Y el del escultor Pedro Roldán, emigrado desde Granada, cuyo negocio de tallas religiosas iba creciendo constantemente desde su llegada a la ciudad en 1647.

* Véase el capítulo V.

Tanto, que los ocho hijos del matrimonio de Roldán y Teresa de Mena se acostumbraron desde pequeños a ayudar al padre. Los niños y las niñas. Por los datos de que disponemos, podemos llegar a la conclusión de que, igual que ocurría en el mundo de la pintura, el hecho de que las hijas o las mujeres ayudaran a los hombres de la familia era bastante habitual en los talleres de escultura en madera tan característicos del arte español, algo que no solía ocurrir en cambio allí donde se trabajaba con el duro mármol o el pesado bronce. Sabemos, por ejemplo, que las hijas de Francisco Salzillo, el gran imaginero murciano del siglo XVIII, colaboraban igual que las de Roldán con su padre. Pero esas mujeres no pueden ser consideradas escultoras en un sentido estricto. A ellas se les reservaban las labores más delicadas, las que precisaban de dedos suaves y metódicos, aunque firmes: dorar, estofar y encarnar las figuras eran las tareas a las que se dedicaban las hijas y esposas de los maestros, como aportación al negocio familiar.

En el caso de la saga Roldán, es seguro que al menos tres de las hijas trabajaron habitualmente: la propia Luisa y también María y Francisca, aunque las dos últimas permanecerían siempre bajo la égida paterna, limitándose a ayudar al cabeza de familia. Lo mismo hicieron por supuesto los hijos varones, que lograron mantener el taller tras la muerte del padre, aunque ninguno de ellos llegó a poseer ni el talento ni la vocación que Luisa demostró desde pequeña: ella no se conformó con ocuparse de la policromía que debía dar verosimilitud a aquellos Cristos, Vírgenes o santos representados en madera, sino que enseguida comenzó a diseñar por sí misma y a tallar, una actividad sin duda poco «femenina», pues obligaba a manejar con brusquedad escoplos, martillos, sierras y escarpelos, a dar golpes, hacer ruido, llenarse de polvo y lastimarse los dedos. Quizás, en la expresión de esa energía física, la Roldana daba también salida a su propia energía mental, la que la llevaría enseguida a rebelarse contra el dominio de su padre.

No sabemos qué sentía Pedro Roldán ante el paulatino desarrollo del talento de su hija. ¿Veía en ella una posible competidora, una criatura que se alzaba por sí misma más allá de su poder y que podría acabar arrebatándole importantes encargos y clientes? ¿O consideraba, por el contrario, que ella era la garantía —anormal garantía, por supuesto— de la continuidad del taller? Algo extraño debía de haber desde luego en aquella relación padre-hija, porque extrañas fueron las circunstancias que acompañaron el matrimonio de Luisa y su posterior independencia. Todas las muchachas Roldán se casaron, fieles a la vieja tradición, con ayudantes del negocio familiar. Tanto ellas como sus maridos siguieron colaborando obedientemente con el padre, protegidas así de cualquier riesgo que el deseo de independencia hubiera podido suponerles. Todas, salvo Luisa Ignacia, quien contrajo matrimonio en contra de la voluntad paterna, una anomalía más de aquella mujer de vida anómala. Y sin embargo, su marido, Luis Antonio de los Arcos, era otro de los asistentes de Pedro Roldán, igual que las parejas elegidas para sus hermanas. ¿Cuál fue entonces la razón por la cual él se negó de manera contumaz a consentir aquella boda? Tan sólo podemos hacer suposiciones al respecto. Quizá sospechara que Luis Antonio alejaría a Luisa de su taller, privándole así a él de su continuadora. O quizá, simplemente, no le gustaba el carácter del novio. De haber sido ése el motivo, el paso del tiempo parece haberle dado la razón: vistas las posteriores dificultades económicas de la pareja y las constantes inquietudes de la escultora, da la sensación de que su marido fue un hombre cuando menos abúlico.

No sabemos si Luisa se enamoró realmente o si él fue su camino para lograr la autonomía, pero se conservan documentos que demuestran que estaba decidida a oponerse a su padre a toda costa y a disponer de su vida a su manera: en 1671, cuando tenía diecinueve años, llevó incluso el asunto de su boda ante los tribunales de justicia. Y los tribunales la apoyaron. Por mandato judicial, la joven salió de casa de su padre y fue depositada en el hogar de un amigo de la familia, donde permaneció unos días, hasta la celebración del matrimonio. ¿Había alegado Luisa ante los jueces que ya había mantenido relaciones sexuales con su novio? No es una suposición descartable, pues ésa hubiera sido una de las pocas razones por las cuales la justicia habría podido consentir un matrimonio en contra de la voluntad paterna. La decisión judicial habría tratado por lo tanto de proteger el honor de la joven.

Fuera como fuese, la boda supuso para Luisa Roldán la inmediata independencia de la tutela personal y artística de su padre. Desde entonces, ella sería la jefa de su propio taller y también la cabeza visible de la familia, para bien y para mal. Luis Antonio se convirtió en su ayudante, el hombre que se limitaba a estofar y dorar las obras de su esposa. ¿Era eso lo que él esperaba de su matrimonio o acaso aspiraba a la situación opuesta, él el escultor, ella la asistente? ¿Hubo celos profesionales por su parte hacia aquella mujer que triunfaba mucho más allá de lo imaginable? Ignoramos todas esas circunstancias de su vida, aunque parece que no fue un matrimonio muy bien avenido. La tradición cuenta incluso que en la talla del *Arcángel San Miguel* que Luisa realizó en 1692 para el monasterio de El Escorial, le puso al santo su propia cara y dio en cambio la de su marido al demonio que se debate a sus pies.

En principio, la pareja permaneció algunos años en Sevilla. Convertida ahora en competidora de su padre, la Roldana consiguió algunos encargos no muy importantes, procedentes de diversas iglesias y cofradías. Fue entonces cuando empezó a desarrollar su técnica personal, la que la convirtió en una artista singular dentro del panorama escultórico del momento: comenzó a trabajar con barro, un material que gozaba de poco prestigio, pues era considerado «pobre», propio de la artesanía popular y sin ningún valor artístico. Ella logró, sin embargo, ponerlo de moda en los círculos eclesiásticos y nobiliarios de Sevilla y de Madrid. Luisa aprendió a manipular la tierra y a darle el punto de cocción justo para hacer desaparecer su aspecto rústico. En barro ejecutó numerosos pequeños grupos de figuras llenas de encanto y expresividad, que hoy en día están presentes en las colecciones de museos o particulares de diversos países. No obstante, nunca abandonó la talla de madera, que la mantenía ligada a la mejor tradición del barroco español y, en particular, a su propio padre.

Su fama iba extendiéndose poco a poco, hasta convertirla en una artista capaz de competir con sus rivales masculinos. En 1686, cuando tenía tan sólo veinticuatro años, fue contratada por el cabildo de la catedral de Cádiz para realizar varios encargos importantes, de aquellos que solían disputarse los hombres de más prestigio y los que gozaban de más contactos. La escultora ejecutó allí las tallas de los patriarcas y los ángeles del nuevo monumento del templo, y también las de los santos patronos de la ciudad.

Al terminar esas obras, la Roldana y su familia se trasladaron a Madrid. Corría el año 1688, y semejante decisión ponía sin duda de relieve la profunda seguridad en sí misma que debía de sentir: la corte ofrecía, por supuesto, muchas posibilidades para un artista, pero también significaba, en su caso particular, alejarse del mundo conocido y protector de Andalucía, exponerse a la falta de clientela y someterse, además, a intensas luchas con los muchos rivales que trataban de hacerse un hueco entre la clientela de la capital de los reinos de España. Ella parecía sin embargo dispuesta a hacer frente a todos los riesgos con tal de triunfar.

Durante los primeros cuatro años de su estancia en Madrid, su nombre empezó a ponerse de moda entre los miembros de la nobleza, que comenzaron a adquirir sus grupos de barro para decorar los oratorios y las capillas de sus palacios. Ascendiendo poco a poco en el círculo de los artistas cercanos a la corte, en 1692 Luisa Roldán obtuvo un privilegio reservado a muy pocos, uno de los máximos honores que podía recibir un creador: fue nombrada escultora de cámara del rey Carlos II. Ninguna otra mujer antes o después de ella —con la excepción de la «no profesional» Sofonisba Anguissola— llegó a gozar nunca en España de semejante consideración. Desde entonces, la Roldana ejecutaba por encargo del monarca obras en barro o en madera para sus palacios y residencias, para las iglesias y conventos de su devoción, para los monarcas de otros Estados y hasta para el propio papa.*

Pero la corte de aquel pobre enfermo que fue Carlos II el Hechizado, apenas se parecía ya al mundo de los Austrias anteriores, ávidos de coleccionar obras de arte y dispuestos a tratar a los creadores con respeto, cuando no con generosidad. El Alcázar madrileño era ahora un lugar polvoriento, cada vez más tenebroso, asolado por las enfermedades del rey y por su incapacidad para engendrar descendientes y sometido a la angustia de una insalvable crisis económica y de gobierno que acabaría por enterrar definitivamente los restos del antiguo esplendor del Imperio español. Las arcas de la Hacienda pública carecían de dinero. El rey carecía de dinero. Los nobles carecían de dinero. El pueblo pasaba hambre. Todos fingían, sin embargo, no darse por enterados. Los cortesanos seguían simulando vivir en el mejor de los mundos posibles pero, muy a menudo, los escuderos y pajes que acompañaban a los nobles o a las damas en sus paseos por Madrid, como si formasen parte de sus casas, habían sido alquilados a cambio de algunos centavos. La nobleza española jugaba a rezar, a enredarse en aventuras galantes o a mantener inútiles duelos a espada en las calles sucias y pestilentes de la capital, mientras sus fincas se perdían entre sequías y tormentas, el oro de las Indias apenas rozaba los puertos de la Corona para ser transportado de nuevo hacia otros países donde inversores y banqueros extranjeros lo multiplicarían, y la lana de las magníficas ovejas merinas de Castilla era llevada a Flandes y a Inglaterra y regresaba convertida en tejidos que los españoles, incapaces de organizar un sistema de producción, pagaban a precios altísimos. La vieja España, que había sido dueña del imperio más poderoso de la cristiandad, se hundía en una crisis política, económica, cultu-

* La mejor pieza de Luisa Roldán es un *Jesús Nazareno* que Carlos II le encargó como regalo para el papa Inocencio XI. Sin embargo, éste falleció antes de que le fuera enviado. La obra se encuentra actualmente en el convento de monjas nazarenas de Sisante, en la provincia de Cuenca.

ral, vital a fin de cuentas, cuyas consecuencias seguiría pagando durante siglos.

Luisa Roldán sólo fue una de las muchísimas víctimas de aquella situación. Muy a menudo, los nobles que adquirían sus obras no llegaban a pagarle. Y en los ocho años que estuvo al servicio de Carlos II, apenas recibió dinero: su nombramiento era puramente honorífico, y en principio no fue acompañado de ninguna retribución material. Es verdad que también los pintores de cámara del rey (Carreño de Miranda, Claudio Coello o Lucas Jordán) tenían frecuentes problemas para cobrar lo que se les debía. Es cierto igualmente que la escultura no era un arte que interesara demasiado al último de los Austrias. ¿Podemos suponer que en el caso concreto de Luisa Roldán, a la grave situación de las arcas del Estado y a la falta de pasión de Carlos II se uniera además un cierto menosprecio por su condición de mujer? Tal vez. Al fin y al cabo, como ya he señalado, era normal que las artistas fuesen peor retribuidas que sus colegas masculinos. Todavía hoy en día ésa sigue siendo una realidad en el mundo del arte, igual que en tantos otros ámbitos.

Lo cierto es que la Roldana pasó graves apuros económicos en aquellos años. A juzgar por sus patéticas peticiones, debió de vivir incluso rozando la miseria. Una y otra vez la escultora escribía a los altos personajes de la corte, y en particular a la reina Mariana de Neoburgo, solicitando ayudas que le resultaban imprescindibles para sobrevivir: «vestuario o una ayuda de costa o lo que fuera de su agrado», dice en una de sus cartas a doña Mariana. Más tarde le pide una de las habitaciones vacías del edificio del Tesoro para poder instalarse en ella, pues su pobreza no le permite pagarse un alojamiento. E incluso llega a suplicar que le concedan alguna «ración en especies» para poder alimentar a sus dos hijos, un niño y una niña, los únicos que le sobrevivieron de los seis que tuvo. Al cabo de tantas peticiones, se le concedió lo que parecía razonable, es decir, un salario anual con efectos retroactivos. Pero el condestable de Castilla, encargado de proporcionárselo, se negó a hacerlo a menos que el rey le dijera expresamente de dónde debía sacar ese dinero. No hubo manera de encontrarlo en ningún lado. La escasez de las arcas era desde luego sobrecogedora. Y la falta de apoyos y recursos de la pobre Luisa Roldán, a pesar de su prestigio, no lo era menos. Entretanto, de su marido y ayudante apenas sabemos nada: es ella quien se dirige siempre directamente a los dignatarios. Tan sólo consta que en 1698, Luis Antonio Navarro solicitó en la corte —presentándose como marido de la escultora de cámara— un puesto de criado que le fue denegado, aunque terminó por concedérsele algún tiempo después.

A pesar de esa durísima situación, Luisa ni por un momento parece haberse planteado volver a Sevilla, cobijarse de la pobreza al amparo de su padre, cuyo taller se había convertido en el más importante de la ciudad y uno de los más destacados de toda España, una verdadera empresa que hizo de Pedro Roldán un hombre rico y enormemente influyente en los ámbitos artísticos. En su testamento fechado en 1689 —aunque no falleció hasta diez años más tarde—, el escultor incluía a su hija como heredera. Es evidente pues que la había perdonado por su huida y que probablemente la hubiera acogido de nuevo entre los suyos. Pero ella permaneció en Madrid, pasando necesidades y hasta hambre. ¿Fue una defensa a ultranza de su independencia artística o, simplemente, una cabezonería de mujer orgullosa y testaruda? Ningún dato nos permite afirmarlo, pero esa resistencia frente a la adversidad la convierte en una antecesora de las numerosas mujeres hambrientas y empecinadas en la lucha por su vocación artística que poblaron tantas calles mugrientas de tantas ciudades europeas a lo largo del siglo XIX: las mujeres de la bohemia.

El rey hechizado fallecía en 1700, sin descendencia ni herederos cercanos. Terminaba así el largo reinado de los Austrias en las tierras de España y comenzaba la guerra de Sucesión, que enfrentaría a los partidarios del duque de Anjou —nombrado sucesor por Carlos II antes de su muerte— con los defensores del archiduque Carlos de Habsburgo. En abril de 1701, el duque de

Anjou entró en Madrid y fue proclamado rey como Felipe V, el primer rey de la casa de Borbón en el trono de España. Para entonces, hacía dos años que Pedro Roldán había muerto pero, por alguna razón que ignoramos, probablemente de tipo legal, su hija no había recibido aún nada de su herencia. En situación desesperada, Luisa Roldán le presentó al monarca unos días después de su coronación dos obras, un *Nacimiento* y un *Entierro de Cristo*, junto con la petición para ser nombrada de nuevo escultora de cámara. Aunque, esta vez, la pobre mujer ponía por delante ciertas condiciones, solicitando no dinero, pero sí una casa para vivir y una «ración» [alimentos] suficiente para toda su familia. En su carta, la escultora informaba al nuevo rey de que podía trabajar la madera, el barro, el bronce, la plata y cualquier otro material que se le propusiera: por mucha hambre que pasara, la Roldana seguía mostrándose segura de su talento y su formación. Es probable que esa primera petición no recibiera respuesta, pues volvió a enviar dos cartas más, explicando en ellas los trabajos que había realizado para el monarca difunto. A pesar de que algunos altos personajes como el marqués de Villafranca le dieron a Felipe V opiniones no demasiado favorables sobre su trabajo, considerando que sólo tenía habilidad en las modestas «hechuras de tierra», el rey terminó por concederle de nuevo el cargo a finales de 1701. Quizá en la corte mucho más refinada y abierta a lo femenino del monarca francés, sus obras tan delicadas —barrocamente hispanas en lo expresivo pero italianizantes en lo armonioso y hasta prerrococós en lo sentimental— hubieran gustado más que en el mundo doliente y convulso del último de los Austrias. Sin embargo, Luisa Roldán apenas tuvo tiempo para saberlo: murió enseguida, tal vez en 1704, a los cincuenta y dos años, envejecida y pobre, pero acaso ferozmente orgullosa de la tenaz defensa de su autonomía.

Luisa Roldán no fue la única artista que trabajó en el siglo XVII al servicio de un rey o de una reina. Algunas otras mujeres fueron llamadas en aquellos tiempos a diversas cortes europeas. Si la pionera Sofonisba Anguissola había tenido que disfrazar su condición bajo el título de dama de honor de Isabel de Valois, estas pintoras profesionales ejercían ya su oficio sin ningún disimulo, codeándose con algunos de los mejores y más cotizados creadores del momento. Una de ellas fue la italiana Isabella Maria del Pozzo. Lamentablemente, apenas sabemos nada de su vida ni de su obra, tan sólo que desde 1674 fue la pintora de cámara de la archiduquesa Enriqueta Adelaida de Baviera, quien debía de apreciarla mucho, pues a pesar de quedarse ciega en 1697, su patrona siguió pagándole una pensión anual hasta su muerte.

La holandesa Johanna Koerten —una mujer que, además de practicar la pintura, hacía trabajos creativos con diversos materiales y diseñaba modelos para bordados y piezas de porcelana— estuvo al servicio de algunos de los príncipes más poderosos de la época, como el zar Pedro el Grande, el emperador Leopoldo o la reina María de Inglaterra. La gran pintora —también holandesa— Rachel Ruysch fue nombrada artista de cámara por el elector palatino Johann Wilhelm, en cuya corte de Düsseldorf permaneció varios años; Ruysch, que era hija de un profesor de botánica de Amberes y nieta de un destacado arquitecto, se especializó en un género que tuvo un gran desarrollo en la Holanda del XVII, la pintura de flores; fue autora de hermosos cuadros, llenos de colorido y de vida, en los que a menudo incorporó plantas exóticas y raros insectos traídos por los científicos holandeses en sus viajes de exploración por el mundo; olvidadas durante más de doscientos años, sus obras alcanzan hoy en día una elevada cotización en las mejores casas de subastas.

En la avanzada y rica Holanda de Koerten y Ruysch, la pintura había superado el estadio de fenómeno elitista que se daba en el resto de Europa —donde estaba destinada exclusivamente a las iglesias o a la alta aristocracia— para convertirse en un arte apreciado por las clases medias urbanas, que podían permitirse decorar sus casas con cuadros de pintores excelentes, a menudo adquiridos a precios razonables en los mercados y las calles. En medio del gran número de artistas que dio por entonces el país, unas cuantas mujeres, además de las ya citadas, lograron ganarse la vida gracias a su pintura. Entre ellas, Clara Peeters, que destacó en las naturalezas muertas, o Judith Leyster, autora de humorísticos y vivaces cuadros de temática popular que, como ya he dicho, han sido atribuidos durante siglos a los autores holandeses de primera fila, como Frans Hals o Rembrandt.*

También en Francia diversas pintoras lograron el respeto y la celebridad a lo largo del XVII, abriendo el camino a las muchas mujeres que en el siglo XVIII se dedicarían al arte de manera profesional o por pura afición. De hecho, la Académie Royale de Peinture et Sculpture, fundada en 1648 por Luis XIV, aceptó entre sus filas en sus primeras décadas de existencia a siete mujeres, en su mayor parte autoras de cuadros de flores o de miniaturas, dos géneros que, aunque no eran exclusivamente femeninos, a menudo eran abordados por las mujeres artistas. Bien es cierto que, después de 1672, quizás asustados ante el peso de aquellas damas entre sus miembros, los académicos revisaron sus estatutos y decidieron no aceptar a más mujeres en sus filas. La regla no volvería a romperse hasta 1720 para acoger a Rosalba Carriera, la pintora italiana que había introducido en Francia la nueva técnica del pastel, muy adecuada para la delicada pintura de sensibilidad rococó.

De entre las académicas francesas del siglo XVII, la más interesante, por la amplitud de sus talentos, fue sin duda alguna Elisabeth-Sophie Chéron, que vivió entre 1648 y 1711. Hija a su vez de un miniaturista prestigioso que abandonó a su familia cuando ella tenía diecisiete años, Chéron sacó adelante a todos los suyos gracias a su pintura, centrada en los retratos alegóricos, muy del gusto de la época, y los temas históricos. Fue además poeta, autora entre otras obras de una famosa traducción de los *Salmos* y los *Cánticos*, hecha según parece directamente del hebreo. Destacó también como intérprete de laúd y clave y llegó a tener en su casa un importante salón en el que, además de debatirse temas ar-

* Véase el capítulo V.

tísticos o literarios, se tocaba música cada noche. En 1672 fue aceptada en la Real Academia de Pintura y Escultura. Cuatro años después, la Academia de la Lengua Francesa, tradicionalmente cerrada a las mujeres, le hizo el inmenso honor de abrirle sus puertas por la alta calidad y resonancia de sus poemas y traducciones. Y todavía en 1699 fue aceptada en la Accademia dei Ricoverati de la ciudad de Padua. Pero, a pesar de su éxito y de la belleza de algunos de sus cuadros, su nombre no suele figurar en ninguna de las historias tradicionales de la pintura o de la literatura francesa. Un caso más de injusto olvido.

En Italia fueron muchas las mujeres que, animadas sin duda por el ejemplo de Sofonisba Anguissola y por el gran desarrollo de las artes durante el Barroco, se dedicaron profesionalmente a la pintura desde la segunda mitad del siglo XVI. Todavía en vida de Anguissola —que murió en 1625— se asentó la fama de diversas pintoras. Las más reconocidas fueron Fede Galizia y Lavinia Fontana, ambas hijas de artistas. El padre de Fede, Annunzio, era un miniaturista de Trento. Su hija, que vivió entre 1578 y 1630, empezó a ser apreciada desde muy joven por sus bellas naturalezas muertas —tan estrictas como llenas de sensualidad— y sus cuadros de temática bíblica, llenos de mujeres exuberantes y riquísimos vestuarios.

Pero mucho más exitosa sin duda que ella fue Lavinia Fontana, y también más excepcional por su vida y por el alcance de su obra. Era hija de un importante pintor de Bolonia, Prospero Fontana, que, además de maestro suyo, lo fue también de los famosísimos Carracci. Bolonia era una ciudad donde, tradicionalmente, las mujeres gozaban de una relativa libertad para dedicarse a actividades intelectuales o artísticas, e incluso —aunque de manera excepcional— para estudiar o impartir clases en su renombrada universidad. De hecho, entre los siglos XVI y XVII aparecen al menos veintitrés pintoras activas en los archivos del gremio. Fontana conoció el éxito desde muy joven gracias a sus inquietantes retratos, en los que contrapone la profunda observación psicológica de los rostros con el hieratismo y el gusto por el detalle de las vestiduras. Pero ella no se limitó a esa actividad prestigiosa, sino que fue una de las pocas artistas que abarcó prácticamente todos los géneros pictóricos, incluso aquellos que en principio estaban reservados por las normas de la decencia a los hombres, como la pintura mitológica o los desnudos de ambos sexos. Fontana se saltó las convenciones una y otra vez, también en su vida privada, que en muchos aspectos presenta semejanzas con la de Luisa Roldán: casada con un pintor mediocre con el que tuvo once hijos, de los cuales sólo tres sobrevivieron, fue su propio marido quien le sirvió de ayudante, lo cual no dejaba de ocasionar las burlas de muchos de sus vecinos y colegas, como tal vez le ocurriría también a Luis Antonio Navarro. Pero al matrimonio no parecía importarle demasiado: era evidente que era ella quien poseía el talento, y ese talento les permitió además gozar de una estupenda situación económica. En 1600, Fontana fue llamada a Roma por el papa Gregorio XIII, uno de los máximos honores que podía recibir un artista en Italia. Allí trabajó codo con codo junto a algunos de los mejores pintores del momento, compitiendo con ellos por los grandes encargos, grandes por su importancia, su tamaño y su remuneración. Fue elegida miembro de la Academia Romana y, según parece, llegó a gozar de tanto prestigio que, cuando regresaba a su ciudad natal, era acogida como si se tratara de una princesa. Como en tantos otros casos, su obra —dispersa, olvidada y atribuida a otros autores durante siglos— ha empezado a ser recuperada últimamente.

Ya entrado el siglo XVII, en pleno esplendor del Barroco, otras mujeres siguieron triunfando como pintoras en las ciudades de Italia. Giovanna Garzoni, por ejemplo, trabajó entre 1630 y 1669, fecha de su muerte, para algunos de los grandes señores de los Estados de la península, como el virrey de España en Nápoles, el papa, el duque de Saboya o los Médicis florentinos. Garzoni, que había sido instruida en el oficio por uno de sus tíos, se hizo famosa gracias a sus exquisitas miniaturas de naturalezas muertas.

En los mismos años fue muy conocida Elisabetta Sirani, que vivió entre 1638 y 1665. Su nombre recorrió toda Italia, a pesar de que ella nunca abandonó su ciudad natal, Bolonia, donde aprendió el arte de la pintura, como de costumbre, de manos de su padre, Giovan Andrea Sirani. Cuando él desarrolló una enfermedad degenerativa que afectó a sus manos y se sintió incapacitado para seguir pintando, Elisabetta se hizo cargo de mantener a la familia y continuar la actividad del taller. Aún no había cumplido los veinte años, y algunos dudaban de que fuera realmente ella quien realizaba aquellos lienzos de gran virtuosismo. Las sospechas llegaron a ser tan molestas, que se vio obligada a convocar en su estudio a un grupo de importantes clientes y aficionados para demostrar que no estaba engañando a nadie: en tan sólo unas horas, compuso y realizó ante ellos un gran cuadro con el asunto que le sugirieron. Tras esa primera exhibición, se acostumbró a pintar en público, de tal manera que su taller se convirtió en un lugar enormemente concurrido al que la gente acudía a ver a una artista considerada un «prodigio», tanto por la asombrosa rapidez de su ejecución como, por supuesto, por el hecho de ser mujer. Igual que Lavinia Fontana, Elisabetta Sirani nunca quiso limitarse a las obras de pequeño formato o de género menor. Realizó numerosos lienzos de gran tamaño, complejas composiciones y temas «serios» según el código masculino, es decir, asuntos sacados de la historia clásica o de la Biblia. Cuando los mejores pintores de la ciudad recibieron el encargo de representar la vida de Cristo en una serie de enormes cuadros que debían decorar la Cartuja, ella figuró entre los elegidos, y cumplió su cometido sin ninguna vacilación. Sirani puso en práctica, además, una interesante iniciativa, pues creó una academia en la que ella misma y sus dos hermanas —también artistas— enseñaban dibujo y pintura a otras mujeres, facilitando así el acceso al arte a algunas jóvenes que no procedían de familias de pintores y que, por lo tanto, difícilmente hubieran sido admitidas como aprendizas en ningún taller. Su temprana muerte, a los veintisiete años, puso fin a ese interesante proyecto. Habría que esperar varias décadas para que en pleno siglo XVIII se instalaran en toda Europa academias de pintura abiertas a las mujeres. Elisabetta Sirani llegó a ganar mucho dinero gracias a su arte y a sus clases, pero no logró alcanzar la autonomía, pues todo lo que recibía iba a parar a manos de su padre. A pesar de su valía y de su éxito, no pudo —o acaso no quiso— romper la cadena que, social y jurídicamente, la unía al hombre, al cabeza de su familia.

En cambio, la vida de la gran Artemisia Gentileschi es un perfecto ejemplo de la situación contraria: ella se saltó todos los límites, tanto desde el punto de vista artístico como desde el personal, alcanzó la más absoluta de las independencias en todos los terrenos y fue sin duda la pintora más prodigiosa de la historia del arte —al menos hasta el siglo XX—, la que logró llegar más lejos en el desarrollo de su magnífico talento, de su personalidad innovadora y única.

Su historia comenzó siendo muy similar a la de otras muchas mujeres artistas, pero las circunstancias traumáticas que vivió en su juventud transformaron por completo su vida y el carácter de su obra. Artemisia era hija de un espléndido pintor, Orazio Gentileschi, que desde finales del siglo XVI luchaba por hacerse un hueco en el competitivo ambiente artístico de la Roma barroca, la extraordinaria ciudad de los papas en la que se prodigaban en aquellos años los encargos más importantes para cubrir de efusión religiosa las viejas y las nuevas iglesias o de sensualidad mitológica los palacios opulentos de los príncipes de la Iglesia y de los numerosos aristócratas ligados al pontífice. Una ciudad llena de oportunidades, pero en la que la rivalidad, la codicia y hasta el odio entre artistas, intermediarios y patronos acababa a menudo con los huesos de unos y otros en las cárceles, las galeras o incluso las tumbas. Una ciudad llena de poder y de lujo, de miserias éticas, de pícaros y genios y seres extravagantes, capaces de lo que fuera con tal de obtener un contrato para decorar una cúpula o un salón, para lograr una escultura romana rescatada de entre las ruinas del Foro que iría a engrosar las colecciones de cualquier príncipe europeo o para hacerse con un cuadro de un artista cotizado.

En aquella ciudad que estallaba de vitalidad y de talento artístico, pero también de la más absoluta carencia de principios, nació Artemisia en 1593. Ella fue la mayor y la única niña de una familia de cuatro hijos, a los que habría que añadir otros tres que murieron de pequeños. Desde que tenía tan sólo cuatro o cinco años, comenzó a frecuentar el taller de su padre y a aprender los rudimentos del arte, demostrando desde muy pronto una pasión y unas dotes de las que jamás llegaron a gozar ninguno de sus tres hermanos, aunque Orazio se esforzase por enseñarles con la misma o mayor devoción que puso en el aprendizaje de su hija. Cuando tenía doce años, murió su madre mientras daba a luz a su séptimo hijo, dejándola sola en una casa llena de hombres, en manos de un padre dispuesto a hacer todo lo posible para que aquella niña extraordinaria desarrollase su talento, pero también para mantener intacta su «virtud» en un ambiente en el que las mujeres eran a menudo víctimas de abusos y violaciones. Artemisia llevó desde entonces una vida de absoluta reclusión. Tan sólo salía para ir a la iglesia, y eso siempre al alba. Durante el día, nadie —salvo los ayudantes del taller paterno— pudo ver nunca a aquella criatura que se desvivía por pintar y, a la vez, tenía que ocuparse de mantener el hogar en orden y de controlar en la medida de lo posible a sus tres hermanos pequeños, para los que se convirtió necesariamente en la sustituta de la madre muerta.

En 1610, cuando tenía tan sólo diecisiete años, Artemisia firmó y fechó su primera obra maestra, *Susana y los viejos*, un asunto tomado del Antiguo Testamento y que estaba muy de moda en aquel momento, escondiendo bajo su aspecto aparentemente religioso una historia de fuerte contenido erótico: la joven que se baña desnuda, inocente y virgen, ante la mirada libidinosa de dos hombres mayores. Ya en la elección del tema —hecha sin duda alguna con el permiso de su padre— quedaba claro que la pintora aún adolescente no estaba dispuesta a limitarse al mundo «decente» —y por lo tanto, adecuado para una mujer— de los retratos, los santos o las flores. Pero además, en esa obra Artemisia daba ya prueba por primera vez de la originalidad de su mirada: si los pintores contemporáneos solían mostrar a Susana exhibiendo su desnudez, totalmente ignorante de la presencia de los viejos, ella la representa en cambio en el momento de descubrirlos, tratando de taparse el pecho y la cara, en un gesto que denota a la vez vergüenza y rechazo. Su manera de abordar el tema está, pues, llena de empatía femenina.*

Fue poco después de la realización de ese lienzo cuando se produjo el suceso que cambiaría para siempre la vida de Artemisia Gentileschi, la violación por parte de uno de los amigos de su padre. En esa época, Orazio estaba trabajando en colaboración con un pintor especializado en perspectivas arquitectónicas, Agostino Tassi. Juntos decoraban una *loggia* del impresionante *palazzo* Rospigliosi. Tassi era un tipo de vida cuando menos sospechosa: no hacía mucho que había llegado a Roma y le acompañaba la fama de haber estado en la cárcel alguna que otra vez. Bien es cierto que en aquellos tiempos una persona podía verse obligada a pisar la prisión o a remar durante años en galeras por causas a menudo muy distintas de las que hoy en día nos parecen más o menos razonables, como el impago de deudas o la rebeldía contra cualquier capricho de la autoridad. Pero los sucesos posteriores pondrían de relieve que la mala fama de Tassi era, sin duda alguna, merecida.

En todo el proceso de la violación y el engaño de Artemisia por parte de Agostino Tassi, y también del juicio posterior, hay bastantes puntos oscuros que hacen poner en duda el papel que pudo haber desempeñado su padre. ¿Cómo es posible, por ejemplo, que Orazio, que mantenía a aquella hija casi totalmente encerrada, permitiese que accedieran a su casa aquel colega y otros de comportamiento poco fiable? Según las declaraciones de Artemisia, hubo incluso un segundo amigo paterno que, colándose en su dormitorio, trató también de forzarla. Y el pintor de perspectivas había obtenido del propio Orazio la autorización para

* A muchos autores les sorprende la maestría de una obra realizada por una muchacha tan joven y consideran que, o bien la ayudó su padre, o bien años más tarde la fecha fue cambiada para fingir que el cuadro había sido pintado antes y aumentar así su valor.

darle clases. Aquello era, cuando menos, jugar con fuego: Tassi entraba y salía del taller y del hogar de los Gentileschi sin levantar sospechas, y pudo así arreglárselas para estar a menudo a solas con ella e intentar seducirla. En algún momento de 1611, cansado de las constantes negativas de Artemisia a sus proposiciones, la violó en su habitación. Esto fue lo que ella declaró en el juicio: «Cuando estábamos en la puerta del cuarto, me cogió y cerró el cuarto con llave y después de cerrado me tiró encima de la cama, empujándome con una mano por el pecho, me puso una rodilla entre los muslos de tal manera que yo no podía cerrarlos y, levantándome las faldas, que tuvo muchas dificultades para alzármelas, me puso una mano con un pañuelo en el cuello y en la boca para que no gritase [...], y habiendo puesto primero las dos rodillas entre mis piernas y apuntándome con el miembro a la naturaleza, empezó a empujar y lo introdujo dentro de mí, que yo sentí que me ardía muchísimo y me hacía mucho daño, pero por el impedimento que tenía en la boca no pude gritar, aunque intenté chillar todo lo que podía llamando a Tutia [una vecina]. Y le arañé la cara y le tiré del pelo y antes de que me introdujera el miembro también se lo agarré tan fuerte que incluso le arranqué un trozo de carne, pero a él no le dolía nada de todo eso y siguió haciendo sus cosas, y estuvo un rato encima de mí con su miembro dentro de mi naturaleza, y después de que hubo terminado su acto se levantó de encima mío, y yo al verme libre abrí un cajón de la mesa y cogí un cuchillo y fui hacia Agostino diciendo: "Quiero matarte con este cuchillo porque me has deshonrado." Y él, abriéndose la camisa, dijo: "Aquí estoy", y yo me lancé con el cuchillo, pero él se apartó, que si no le habría hecho daño y fácilmente lo habría matado; no obstante, le herí un poco en el pecho y le salió sangre, aunque poco, porque apenas le había dado con la punta del cuchillo. Entonces el citado Agostino se abrochó la camisa, y yo estaba llorando y doliéndome del mal que me había causado y él para tranquilizarme me dijo: "Dadme la mano, que os prometo casarme con vos en cuanto salga del laberinto en el que estoy." [...] Y con esta buena promesa me tranquilicé y con esa promesa me indujo a consentir después más veces amorosamente a sus deseos, que esa promesa me la volvió a confirmar más veces; y como yo después tuve noticias de que tenía mujer, me quejé con él de esa traición y él siempre me lo negaba diciéndome que no tenía mujer y siempre me decía que estaba seguro de que ningún otro más que él me había tomado. Esto es todo lo que sucedió entre el dicho Agostino y yo.»[2]

La de Artemisia Gentileschi es, evidentemente, una más de entre los millones de violaciones de mujeres que ha habido a lo largo de la historia. Pero las actas del juicio —que se conservan íntegras— ponen de relieve la diferencia entre ciertos criterios existentes entonces y los actuales: una mujer desvirgada por la fuerza se veía socialmente compensada por la pérdida de su honor si el violador se avenía a casarse con ella. En caso contrario, la mujer quedaba para siempre mancillada y era muy difícil que ningún hombre se prestara a tomarla por esposa. Así pues, ésa era la solución habitual que, durante siglos y siglos, la justicia y las familias buscaban a situaciones como la vivida por Artemisia. Ella, aún obediente a las convenciones del mundo que la rodeaba, se conformó pues a su suerte, creyendo en la palabra de matrimonio dada por su propio violador.

Sin embargo, Agostino Tassi no se podía casar con ella porque ya estaba casado. ¿O no? Ése es otro de los misterios que rodean esta historia. En efecto, Tassi había contraído matrimonio algunos años antes. Pero su mujer lo había abandonado y, supuestamente, murió después de que el pintor hubiera iniciado su relación por la fuerza con Artemisia. Según parece, pudo haber sido asesinada por unos esbirros enviados por él mismo. Entonces, si realmente estaba viudo, ¿por qué razón Artemisia y Orazio se agarraron una y otra vez durante el juicio a la imposibilidad de Tassi para cumplir con la palabra dada y no aportaron pruebas de la muerte de su mujer para obligarle a contraer matrimonio? De hecho, parece que ésa fue la causa que llevó a Orazio a denunciarle ante los tribunales de Roma: una vez que se enteró de los amoríos que tenían lugar en su propia casa —¿de verdad nunca lo había sospechado?— y que verificó que Tassi no iba a casarse con su hija, presentó una denuncia contra él por «*stupro violente*», desfloración mediante violación, un delito que, de ser cometido por un hombre casado, era castigado con una pena a galeras de entre cinco y veinte años; a esa pena se añadía la obligación de entregarle a la víctima una dote que le permitiera contraer matrimonio con algún hombre que estuviera dispuesto a aceptarla a pesar de su deshonor.

Puesto que no podía haber boda, ¿qué esperaba Orazio de aquel juicio? ¿El dinero suficiente para casar a su hija con otro hombre? ¿O de verdad quería que su colaborador fuese castigado por su crimen? Es difícil saberlo, pero esta última posibilidad parece remota: Orazio debía de saber que sería muy difícil probar ante la justicia que su hija era realmente virgen en el momento de iniciarse aquellas violentas relaciones. Es más, casi con total seguridad sabía que iba a exponer a la joven Artemisia a toda clase de duras pruebas para demostrarlo y a toda clase de insidias sobre su vida, y que la dejaría marcada para siempre por el deshonor a los ojos de toda Roma.

Y así ocurrió, en efecto. La muchacha no sólo tuvo que enfrentarse a las calumnias de su violador, no sólo fue duramente interrogada y examinada sin miramientos por las comadronas, sino que se la sometió a tortura —en presencia del propio Tassi— para forzarla a decir la verdad. Y no a una tortura cualquiera, sino a una especialmente dañina para una pintora, la de la empulguera o sibila, que consistía en atar unas cuerdas en cada uno de los dedos e irlas apretando poco a poco hasta destrozar las falanges. Los jueces fueron sin embargo lo suficientemente «compasivos» con ella como para no llevar la tortura hasta el final, lo cual la hubiera dejado inutilizada para ejercer su profesión. Por supuesto, Artemisia mantuvo en medio del dolor su declaración sin cambiar ni una coma.

Pero Tassi no estaba dispuesto a ser condenado a galeras. Su única defensa en aquella situación se basaba en lograr convencer al tribunal de que la hija de su amigo era una mujer pública, una ramera que se acostaba con otros muchos hombres y que en absoluto era virgen cuando él la conoció. Y eso fue lo que repitió una y otra vez. Llegó incluso a asegurar que Orazio se quejaba ante él de que «su hija era una puta y no sabía cómo hacer para remediarlo», y aportó diversos testigos que apoyaron su tesis. La sorpresa llegó en el momento final del juicio, cuando su propia hermana se presentó ante el tribunal para declarar contra él y, de paso, acusarlo de incesto: según parece, Tassi mantenía una relación desde hacía tiempo con su cuñada, la hermana adolescente de su mujer, con la que además convivía.

Tras cinco meses de interrogatorios, contradicciones y toda clase de acusaciones de los unos contra los otros, incluidas las de robos de cuadros y deudas impagadas, la sentencia terminó por reconocer de alguna manera la culpabilidad de Agostino Tassi, pero la condena fue muy leve: en principio, los jueces decidieron que el pintor podía elegir entre cinco años en galeras o el destierro definitivo de Roma. Sin embargo, sus relaciones en el entorno papal debían de ser lo suficientemente fuertes como para conseguir aligerarla: unos días después, la sentencia fue rectificada y se le condenó solamente a abandonar la ciudad durante cinco años. Pero todavía eso les pareció excesivo a sus protectores, así que, unos meses más tarde, la condena fue suspendida y Agostino Tassi pudo regresar a Roma para proseguir allí su carrera como pintor y como delincuente, envuelto a menudo en otros juicios de los que siempre logró salir bien parado. La leyenda dice que incluso recuperó su antigua relación de amistad con Orazio Gentileschi.

La vida de Agostino Tassi, el violador, siguió pues como si nada hubiera pasado. En cambio, la de Artemisia Gentileschi se vio transformada para siempre: la fama de su deshonor y su lubricidad la persiguió ya hasta el final de sus días. Todavía en 1663, diez años después de su muerte, se publicó en Venecia un libro satírico titulado *Cementerio. Epitafios jocosos*. En él, los autores le dedicaban a la pintora este maledicente epitafio: «Para tallarle cuernos a mi marido / Dejé el pincel y tomé el escalpelo.»[3]

Artemisia se casó, en efecto. Y tan sólo cinco meses después de terminado el juicio. Se casó con un hombre al que ni siquiera conocía, llegado ex profeso desde Florencia para la boda. Pierantonio Stiattesi, que tenía diez años más que ella, era hermano de uno de los amigos de la familia. Supuestamente era pintor. En realidad, no parece que pintase nunca nada, al menos nada que valiera la pena. Es probable que, igual que hicieron los maridos de Luisa Roldán o de Lavinia Fontana, se dedicara como mucho a ayudar a su mujer durante los años que permaneció a su lado. Probable. Lo que sí es seguro es que se dedicaba a jugar, a enredarse con mujeres y a endeudarse sin cesar, un tipo de marido poco de fiar, desde luego.

En cualquier caso, tanto la difícil situación vivida por culpa de Tassi como su matrimonio le sirvieron a Artemisia para independizarse de la tutela paterna y para permitirse desarrollar a partir de ese momento su agresiva y personalísima manera de entender la pintura. Desde entonces se especializó en la creación de grandes cuadros de temática bíblica o histórica, que tenían casi siempre como protagonistas a las «mujeres fuertes», las heroínas de los textos sagrados y del mundo del pasado, mujeres guerreras y violentas, que no dudaban en asesinar o en suicidarse si de esa manera salvaban a su pueblo o protegían su propio honor. Con su estilo dramáticamente barroco —influido por la estética del genial Caravaggio—, sus impactantes composiciones, su colorido intenso y su realismo minucioso hasta rozar lo desagradable, Artemisia Gentileschi representa una y otra vez a Judith dando muerte al caudillo Holofernes que trata de esclavizar a su pueblo, a Cleopatra suicidándose antes de caer en manos del invasor romano, a Yael que asegura la tranquilidad de su familia hundiendo a martillazos un clavo en la sien de su enemigo, a Lucrecia que prefiere darse la muerte con una daga a traicionar a su marido... Alejada de toda delicadeza, suavidad o exquisitez —esas cualidades tan supuestamente femeninas—, Gentileschi construye una extraordinaria saga de mujeres imbatibles, de físico rotundo, de gestos decididos, vehementemente rebeladas contra el poder masculino.

Uno de los asuntos que Artemisia trató en diversas ocasiones fue el de *Judith decapitando a Holofernes.* El Antiguo Testamento cuenta la historia de esa hermosa viuda judía que, ante la invasión asiria, se comportó como una heroína: en compañía de una de sus siervas se acercó al campamento de los enemigos y les hizo creer que estaba dispuesta a traicionar a su pueblo; cuando el caudillo Holofernes la invitó a un banquete en su tienda, logró seducirlo y emborracharlo y le cortó entonces la cabeza, librando así a los hebreos de la dominación extranjera. En una de sus versiones más famosas del tema —hoy en día en la Galería de los Uffizi, en Florencia—, la pintora representa a Judith en el momento de dar muerte al general asirio. La hebrea se ha arremangado el vestido hasta los codos, igual que haría cualquier mujer que debe enfrentarse a una tarea pesada o sucia. Bajo el hermoso satén anaranjado del traje aparecen sus brazos musculosos, casi masculinos. Ni el más leve matiz de duda en su rostro impasible. Sus ojos no se apartan del movimiento de la cimitarra que degolla al enemigo, sino que miran con fijeza y determinación el profundo tajo del cuello, mientras su mano izquierda agarra firmemente el cabello del hombre y le aplasta la cabeza sobre el lecho revuelto. La sangre de Holofernes salta por todos lados y salpica la ropa elegante de la asesina, los brazos de la sierva que la ayuda a sujetar a la víctima y también la piel blanquísima del pecho que minutos antes Judith ha exhibido seductora ante él.

Es tentador considerar, desde luego, que la mayor parte de la magnífica pintura de Artemisia Gentileschi no sólo es una defensa de la fortaleza y la integridad de las mujeres, sino incluso una venganza contra el sexo masculino, contra Tassi que la violó y la engañó, contra su padre que la recluyó y la hizo pasar por la humillación pública de aquel juicio demoledor para su nombre y que además la malcasó, contra Pierantonio, el marido, que una y otra vez le falló y le complicó la vida. Pero lo importante de su creación no radica en ese discurso, sino en su calidad intrínseca, en la forma como ella supo transformar su dolor y su rabia en material artístico, creando a partir de esos sentimientos una obra llena de pura energía, sensualidad y drama. Más allá de las razones psicológicas —conscientes o inconscientes— que subyacen en su mundo creativo, la suya es sobre todo la obra de una grandísima pintora, que domina sin ninguna vacilación la técnica necesaria para dar salida a su mundo interior, un logro que está en verdad al alcance de muy pocos creadores. Y eso es lo que, como artista, la sitúa muy por encima de lo común y la convierte en uno de los pinceles más importantes y originales del siglo XVII.

Apenas celebrada la boda, Artemisia y Pierantonio se fueron a vivir a Florencia. Era habitual que una mujer se trasladara a la casa y a la ciudad de su marido al contraer matrimonio. Pero en este caso, además, aquello era una huida programada por su propio padre, una rápida escapada de una ciudad en la que su nombre y su historia con Tassi estaban en boca de todos. No sabemos si la pintora se alegró de alejarse de aquel pasado y del propio Orazio, aunque es probable que fuera así: no hay documentos que prueben su posible rencor hacia él, pero lo cierto es que, en cuanto se instaló en Florencia, renunció a su apellido, como si quisiera con ese gesto dar un portazo a la vida vivida con él e incluso al arte aprendido a su lado y que la había convertido ya, a pesar de su juventud, en una pintora que empezaba a gozar de un nombre propio. Ella prefirió sin embargo dejar ese nombre en el olvido y adoptó el apellido de uno de sus tíos, medio hermano de su padre y también artista. Artemisia Gentileschi pasó a ser Artemisia Lomi hasta que regresó a Roma ocho años más tarde.

Es cierto que ese tío, Aurelio Lomi, la apoyó mucho durante su etapa florentina, igual que hicieron los miembros de su familia política, los Stiattesi. El uno y los otros, bien relacionados con los mejores círculos de la ciudad, no sólo la ayudaron a darse a conocer en la corte del duque Cosme II de Médicis —que fue uno de sus clientes habituales—, sino que contribuyeron a transformarla en un ser humano totalmente distinto del que había salido de Roma. A sus veinte años, Artemisia era una mujer sin ninguna preparación para desenvolverse en el mundo, y mucho menos en el mundo refinado que cualquier artista necesitaba frecuentar si aspiraba a conseguir encargos y patronos. Había aprendido muchísimo del arte de la pintura, pero apenas nada más: según parece, por aquel entonces ni siquiera sabía leer o escribir. Su padre se había desentendido por completo de su educación, salvo en lo referente al arte. En Florencia, la pintora se esforzó por llenar todas sus lagunas y se acostumbró a formar parte de los círculos artísticos e intelectuales de la ciudad. Llegó a ser buena amiga del genial Galileo —lejos aún de su condena por parte de la Inquisición— y sobre todo de Francesca y Settimia Caccini, las dos importantes compositoras e intérpretes musicales que en esos años trabajaban al servicio de Cosme II.*

Durante su época florentina, Artemisia Gentileschi/Lomi pudo por lo tanto desarrollarse como pintora y como ser humano. El asombro que causaba su maestría hizo incluso que fuera aceptada en la Accademia del Disegno. Era la primera vez que una mujer conseguía entrar en aquel recinto del arte que Giorgio Vasari había fundado en 1563 y del que habían formado parte los más grandes, como Tiziano o Miguel Ángel. Aquellos fueron pues sin duda alguna años de satisfacción artística e intelectual, pero también de preocupaciones personales y de dolor: sus dos primeros hijos murieron siendo aún muy pequeños. Luego tuvo una hija, Prudenzia, que por fortuna sobrevivió y fue la compañera inseparable de su madre en sus viajes y traslados de ciudad, junto con otra niña, Francesca, nacida años después de padre desconocido. Además de la pérdida de sus hijos, Artemisia se vio sometida a incesantes problemas económicos causados por la incontinencia de su marido: entre 1613 y 1616 fue denunciada al menos once veces por deudas, deudas que contraía Pierantonio pero que recaían sobre sus bienes. Ella trató sin embargo de defenderse y llegó a escribir al duque Cosme II solicitando que no le embargasen sus propiedades y confesando que «ya estaba suficientemente perjudicada porque el marido se había quedado con la totalidad de su dote».

* Véase el capítulo III.

En 1620, Artemisia regresó a Roma. Con ese acto aparentemente sin importancia demostraba sin embargo una gran valentía: allí tendría que enfrentarse a las miradas de reojo, las risas disimuladas, los rumores recorriendo de nuevo las calles y las plazas, los talleres de los artistas y las tabernas de los ruidosos encuentros nocturnos. Es probable que no le importara. Tal vez aquel regreso era para ella una revancha, un escupitajo que lanzaba a la cara de todos los que la habían escupido años atrás. Había abandonado la ciudad siendo una muchacha salvaje y deshonrada, condenada por la opinión pública a una vida desgraciada o, cuando menos, mediocre. Y ahora regresaba convertida en una dama y embellecida por ese halo que siempre otorga la fama.

Supuestamente, su desplazamiento a Roma era sólo para una temporada, pero nunca más volvió a Florencia. Las condiciones en las que realizó su viaje ponen de relieve la rara situación, a menudo servil, que ligaba a los artistas con sus patronos: no sólo tuvo que pedirle permiso a Cosme II —utilizando la excusa de que necesitaba ocuparse de algunos asuntos familiares—, sino que incluso se vio obligada a dejar ciertos bienes en depósito como garantía de su regreso. Quizás era cierto que la pintora pensaba instalarse de nuevo en la ciudad de los Médicis, pero los acontecimientos le hicieron al fin quedarse en Roma: unos meses después de su partida, Cosme II murió, dejando el gobierno de Florencia en manos de dos mujeres —su madre y su viuda— tan secas como gazmoñas. A ellas no les gustaba ni la pintura ni la personalidad de Gentileschi, demasiado poderosas tanto la una como la otra, y es probable que, de haber regresado, su carrera se hubiera visto dificultada. Con las duquesas se inició, por otra parte, la decadencia de aquella extraordinaria ciudad que, durante tres siglos, había sido uno de los lugares más prodigiosos de Europa.

Artemisia permaneció por lo tanto en Roma. Recuperó el apellido de su padre y sin duda también la relación con él, aunque no por mucho tiempo: poco después de su regreso, Orazio abandonó la ciudad. ¿Fue casualidad o es que la presencia de su hija era demasiado incómoda para aquel hombre que había fracasado en su intento de mantenerla bajo control y que tenía además que soportar que ella, su alumna por excelencia, se hubiese convertido en una rival igualada a él en maestría, temperamento y éxito? Fuera como fuese, Gentileschi padre se fue de la ciudad de los papas para no regresar nunca más: encaminó sus pasos hacia el norte, trabajando para diversos príncipes italianos hasta que en 1624 fue llamado por la reina de Francia, María de Médicis, para decorar su palacio parisino del Luxemburgo.

Entretanto, la fama de Artemisia Gentileschi iba creciendo desde la ciudad de los papas de una manera asombrosa. Su obra era codiciada por los mejores coleccionistas y, por supuesto, por los pontífices, Gregorio XV y Urbano VIII. Igual que había ocurrido en Florencia, la presencia de aquella mujer parecía haberse vuelto imprescindible en muchos de los círculos más exquisitos, en las reuniones de artistas, músicos y aficionados, donde a menudo era la única mujer invitada, aceptada como una igual en aquel mundo tan exclusivamente masculino.

Al mismo tiempo, la vida con Pierantonio se volvía cada vez más insoportable. Al juego y las mujeres, sus viejas aficiones, se había añadido ahora el alcohol. Y los celos, que tantas veces estallan en los bebedores empedernidos. Celos personales, por los posibles amoríos de su mujer, y celos también profesionales, por sus éxitos y su talento, inmensamente superior al de aquel aspirante a pintor que jamás pintó nada. En 1622, Pierantonio desapareció para siempre. Nunca más se supo de él. Desapareció después de un escándalo ocurrido en la puerta de su casa, cuando arremetió espada en mano contra un grupo de españoles que rondaban a Artemisia. Hubo heridos y puede que incluso algún muerto, aunque, por supuesto, el asunto fue debidamente silenciado: según parece, en la pelea estaba implicado el embajador de Felipe IV en Roma, el duque de Alcalá. Es bastante probable que en aquel momento el duque fuese amante de Artemisia, quien había superado sus juveniles prejuicios respecto a la «virtud». ¿Qué ocurrió con Pierantonio? Probablemente alguien —ella misma, el embajador o algún otro personaje del círculo papal— le dio el dinero suficiente para que se fuese de Roma. Hubo, por supuesto, alguna lengua envenenada que intentó hacer correr el rumor de que la pintora había mandado asesinarlo. Pero nadie se lo tomó nunca en serio. Fuera como fuese, su nombre no volvió a aparecer nunca más en la vida de Gentileschi: si hasta entonces era él, como ordenaban las leyes, quien debía firmar todos los encargos y facturas de proveedores y clientes, desde entonces ella pudo tomar absolutamente las riendas de su existencia, su trabajo y su economía, y figuró ya para siempre en todos los documentos públicos y privados como cabeza de familia. Desaparecidos de su vida tanto su padre como su marido, Artemisia Gentileschi era definitivamente una mujer al margen de toda tutela masculina. No sabemos si ése era su deseo o si hubiera preferido tener un buen compañero a su lado, pero, en cualquier caso, las circunstancias terminaron por colocarla en aquella situación. Durante el resto de su existencia, se ocuparía ella sola no únicamente de crear, sino también de gestionar con inteligencia todos sus asuntos económicos, poniendo precio a sus cuadros, negociando con los clientes, exigiendo los pagos retrasados, tomando sus propias decisiones sin tener que depender de la autoridad de nadie.

En 1626, la pequeña familia que componían Artemisia y Prudenzia se vio ampliada con el nacimiento de Francesca. Su padre pudo haber sido el embajador de Felipe IV en Roma o el hombre que lo sustituyó en el corazón de la pintora y que fue, según parece, su gran amor, Nicolas Lanier. Lanier era un músico que trabajaba al servicio de Carlos I de Inglaterra, aquel monarca que sería ejecutado en 1642.* A menudo recorría los países europeos como agente de su rey. Agente en un doble sentido: en el político, cumpliendo funciones de espionaje, y también en el artístico, pues como gran conocedor y experto negociante, se ocupaba de adquirir todas las obras de arte que podía para embellecer con ellas los palacios de la monarquía británica. Según parece, la rela-

* Véase el capítulo VII.

ción entre ellos estuvo llena de pasión y de complicidad, pero fue breve, como lo serían en adelante todas sus historias sentimentales: ningún hombre conseguiría nunca apartar a Artemisia de su pasión más profunda, la pintura, únicamente igualada por el amor a sus hijas.

En 1630, cuando tenía treinta y siete años, en el momento de su madurez artística, Artemisia Gentileschi se instaló en Nápoles, el Nápoles de la Corona de España, bullicioso, rico y lleno de actividad artística. Allí tuvo que enfrentarse a los celosos pintores locales, capaces incluso —según se decía— de asesinar a cualquier extranjero que tratase de hacerles sombra. Pero ella no sólo no se arredró ante ningún peligro, sino que logró crear uno de los talleres más activos de la ciudad, en el que se producían cada mes decenas de obras a petición de los numerosos clientes de toda Europa: poseer un cuadro de Artemisia Gentileschi, la pintora más prodigiosa de la historia, se había convertido en el objetivo de los coleccionistas de cualquier país del continente. Aquel éxito desmesurado supuso, sin embargo, el inicio de su decadencia: su obra comenzó lentamente a perder la originalidad y la fuerza que la habían caracterizado, sus cuadros empezaron a ser a menudo una mera repetición de lo ya realizado. Como tantas veces ocurre, el triunfo terminó por devorar el talento de una gran artista.

La pintora disfrutaba por aquel entonces de una estupenda situación económica. Pero lo cierto es que la mayor parte de su fortuna, obtenida a costa de trabajar febrilmente durante años, la invirtió en dar a sus hijas todas aquellas cosas de las que ella no había podido gozar: una educación exquisita que las convirtió en auténticas «damas» y, llegado el momento, magníficas dotes y riquísimos ajuares que les permitieron a ambas contraer matrimonio con miembros de la nobleza. Se trataba de aristócratas modestos y recientes, pero su nivel social estaba en cualquier caso muy por encima del previsible para las descendientes de una saga de trabajadores manuales y, por ende, de una madre de vida y obra poco edificante. Sólo el dinero —mucho dinero— pudo comprar para ellas aquella situación. El hecho de que Artemisia prefiriera para sus hijas ese tipo de vida convencional en lugar de educarlas en la independencia en la que ella se desenvolvía, hace sospechar lo dura que debió de ser para aquella mujer, como para tantas otras, la lucha por la autonomía y la supervivencia, el feroz esfuerzo que sin duda tuvo que realizar una y otra vez para no dejarse vencer por las circunstancias, las calumnias, los prejuicios y la soledad. Había logrado ser una mujer libre, desde luego, y exitosa y rica. Pero el precio fue sin duda demasiado alto y, probablemente, no quiso que sus hijas tuvieran que pasar por las muchas penalidades de todo tipo que ella había tenido que atravesar. No sabemos si su decisión fue acertada o errónea pero, en cualquier caso, creo que no sería justo juzgar su comportamiento sin conocer a fondo sus sentimientos y sus razones, inseparables de los sentimientos y las razones del mundo que la rodeaba.

A decir verdad, hay algo profundamente conmovedor en la relación de Artemisia con sus hijas. Y aún más conmovedor es el hermoso gesto filial que realizó al final de la vida de su padre, como si toda la violencia y la fuerza presente en sus cuadros se hubiera convertido en su vida privada en ternura y compasión. En 1638, Orazio se afanaba por terminar un importante encargo, la decoración del salón de baile de la Casa de las Delicias que la reina Enriqueta María de Inglaterra poseía en Greenwich. Hacía trece años que el pintor residía en Londres, adonde había sido llamado por el rey Carlos I. El encargo de la reina suponía un trabajo ímprobo, un esfuerzo de titanes para un hombre que tenía ya setenta y cinco años, y que sin duda veía acercarse rápidamente la incapacidad física, y también la muerte. En aquel momento de terrible debilidad, Orazio Gentileschi, que siempre había tenido con su hija una relación llena de tensiones, agachaba la cabeza y le pedía ayuda: sin ella, sin la colaboración de su mejor alumna, de su más digna rival, nunca podría terminar aquella última obra. Y Artemisia corrió a auxiliarle. Olvidando cualquier viejo rencor, cualquier posible reproche, la pintora se resignó a separarse por primera vez en su vida de su hija Prudenzia, recién casada, atravesó con Francesca un continente sumido en la guerra de los Treinta Años hasta llegar a Flandes, embarcó en pleno invierno, arriesgándose a naufragar en el temible Mar del Norte, y logró llegar a tiempo para sostener con su mano firme los dedos temblorosos de su padre. En unas semanas, Orazio y Artemisia Gentileschi terminaron juntos la decoración de la Casa de las Delicias. Entonces Orazio murió. Era el mes de febrero de 1639. Su hija acompañó el extraordinario cortejo fúnebre que Carlos I organizó para enterrar a su pintor. Quién sabe si ella lloró entonces como llora una niña cuando pierde a su padre, como hubiese llorado en la edad de la inocencia, el día antes de que Agostino Tassi la violara y el mundo se convirtiera en un lugar lleno de violencia, mentiras y humillaciones.

La pintora permaneció aún un par de años en Londres, realizando retratos de la nobleza. En 1641 regresó a Nápoles, casó a Francesca y puso de nuevo en marcha su taller. Aunque había pasado su momento de esplendor, seguía recibiendo encargos. Pero ahora, tras la fortuna gastada en los matrimonios de sus hijas, su situación económica no era buena. Por su correspondencia de esos años sabemos que se debatía ardientemente con sus clientes para tratar de cobrar los precios que ella seguía creyendo que eran justos y que tal vez sus ya repetitivas obras no merecían.

A pesar de todo, logró seguir pintando y vendiendo a trancas y barrancas sus cuadros hasta el momento final, que llegó en 1653. La pintora más grande de la historia desaparecía a los sesenta años, y casi de inmediato la rodeaba el silencio: estando aún viva, Giovanni Baglione ni siquiera la mencionó en sus *Vidas*, imitadas de las de Vasari. Ninguno de los demás biógrafos de artistas del XVII, numerosísimos, se ocupó de ella, salvo Francesco Baldinucci, que en 1681 dedicó algunas páginas al periodo florentino de aquella «pintora valiente más que ninguna otra mujer», como él mismo decía. Las sombras cayeron, cómo no, sobre la magnífica obra de Artemisia Gentileschi. Su firma pareció haberse vuelto absurdamente irreconocible y sus cuadros fueron atribuidos a su padre, a Caravaggio o a algunos otros pintores de la época. Su nombre desapareció de los libros de historia del arte y, cuando fue recordado, lo fue sobre todo para mencionar el desdichado asunto de su violación. Hubo que esperar al siglo XX para que fuera de nuevo pronunciado con admiración y respeto, y para que sus cuadros volvieran a brillar con todo su esplendor, saliendo poco a poco de la oscuridad del mundo de las mujeres olvidadas.

Notas

Capítulo primero

1. San Pablo, 1 *Corintios*, 11, 7-9. En *Biblia de Jerusalén*, Bruselas, 1967.
2. Cit. en Grupo de Filosofía de Acción Educativa, *Cabellos largos e ideas cortas. Lo que han dicho algunos filósofos sobre la mujer*, Madrid, 1993.
3. San Pablo, 1 *Corintios*, 14, 34, en *Biblia de Jerusalén*, Bruselas, 1967.
4. Cit. en *Egeria's description of the Liturgical Year in Jerusalem*, en http://users.ox.ac.uk/ (Todas las traducciones de este libro, salvo indicación contraria, son de la autora).
5. Cit. por Marilyn Yalom, *Historia de la esposa*, Barcelona, 2003.
6. Cit. en Giulio de Martino y Marina Bruzzese, *Las filósofas*, Madrid, 2000.
7. Cit. en Marilyn Yalom, op. cit.
8. Cit. por Josemi Lorenzo Arribas, *Hildegarda de Bingen (1098-1179)*, Madrid, 1996.
9. Cit. en Régine Pernoud, *Hildegarde de Bingen. Conscience inspirée du XII siècle*, Mónaco, 1994.
10. Cit. por Régine Pernoud, op. cit.
11. Cit. por Régine Pernoud, op. cit.
12. Cit. por Régine Pernoud, op. cit.
13. Cit. por Josemi Lorenzo Arribas, op. cit.
14. Cit. por Régine Pernoud, op. cit.
15. Cit. por Régine Pernoud, op. cit.

16. Cit. por Josemi Lorenzo Arribas, op. cit.
17. Cit. en Grupo de Filosofía de Acción Educativa, op. cit.
18. Cit. por Josemi Lorenzo Arribas, op. cit.
19. Cit. por Régine Pernoud, op. cit.
20. Cit. por Régine Pernoud, op. cit.

Capítulo II

1. Cit. en Régine Pernoud, *Christine de Pisan*, París, 1982.

2. «*Je fus comme fille nommée / Et bien nourrie et bien aimée / De ma mère* [...] */ Qui m'aima tant et tint si chère / Qu'elle-même m'allaita.*» Cit. en Régine Pernoud, op. cit.

3. Cit. en Georges Duby y Michelle Perrot (dir.), *Historia de las mujeres en Occidente*, tomo 2, Madrid, 2000.

4. Cit. en Margaret L. King, *Mujeres renacentistas. La búsqueda de un espacio*, Madrid, 1993.

5. Cit. en Margaret L. King, op. cit.

6. Cit. en Margaret L. King, op. cit.

7. Ver Clara Isabel López Benito, *La nobleza salmantina ante la vida y la muerte (1476-1535)*, Salamanca, 1992.

8. Ver Manuel Fernández Álvarez, *Casadas, monjas, rameras y brujas. La olvidada historia de la mujer española en el Renacimiento*, Madrid, 2002.

9. Ver Manuel Fernández Álvarez, op. cit.

10. Cit. en Georges Duby y Michelle Perrot, *Historia de las mujeres en Occidente*, tomo II, Madrid, 1992.

11. «*Je suis veuve, seulette et noir vêtue, / De triste vis simplement affublée / En grand chagrin et l'allure affligée / Porte le deuil très amer qui me tue.* [...] *Adieux beaux jours! Ma joie s'en est allée, / Ma fortune en dur état rabattue;/ Je suis veuve, seulette et noir vêtue.*» Cit. en Evelyne Wilwerth, *Visages de la littérature féminine*, Bruselas, 1987.

12. «*Fort et hardi cœur me trouvai / Dont m'ébahis, mais j'éprouvai / Que vrai homme fus devenue.*» Cit. en Régine Pernoud, op. cit.

13. Cit. en Régine Pernoud, op. cit.

14. «*Que je voudrais mon chevalier / tenir un soir en mes bras nus, / car son âme irait jusqu'aux nues / si je lui tenais lieu seulement d'oreiller! / De lui me vient plus de bonheur / que n'en aura reçu Blanchefleur de Floris. / A lui, mon amour et mon coeur! / mes pensées, mes regards, ma vie... / Bel ami, aimable, avenant, / quand vous tiendrai-je en ma puissance? / Si jamais près*

de vous quelque soir je m'étends / vous donnant amoureux baiser, / sachez quelle ivresse j'aurai / à vous avoir ainsi en place de mari, / pourvu que vous fassiez serment / de m'être entièrement soumis...» Cit. en Evelyne Wilwerth, op. cit.

15. «*D'eux deux il en était ainsi / Comme du chèvrefeuille était / Qui au coudrier se prenait. / Quand il s'est enlacé et pris / Et tout autour le fût s'est mis, / Ensemble peuvent bien durer. / Qui les veut désunir / Fait tôt le coudrier mourir / Et le chèvrefeuille avec lui. / Belle amie, ainsi est de nous:/ Ni vous sans moi, ni moi sans vous.*» Cit. en Pierre Seghers, *Le livre d'or de la poésie française, des origines à 1940*, Verviers, 1972.

16. «*Si se plaignent les dessusdites dames / Des grands extorts, des blâmes, des diffames, / Des trahisons, des outrages très griefs, / Des faussetés et maints autres griefs / Que, chacun jour, des déloyaux reçoivent / Qui les blâment, diffament et déçoivent.*» Cit. en Régine Pernoud, op. cit.

17. Guillaume de Lorris, y Jean de Meun, *Le Roman de la Rose*, París, 1984.

18. Todos los textos de las cartas cit. en Régine Pernoud, op. cit.

19. Todos los textos de *La Ciudad de las Damas* cit. en Christine de Pizan, *La Cité des Dames*, París, 2003.

20. Cit. en Thérèse Moreau, y Éric Hicks, «Introduction», en Christine de Pizan, op. cit.

21. «*Une fillette de seize ans / (N'est-ce pas hors nature?) / À qui armes ne sont pesants. / Et devant elle vont fuyants / Les ennemis, que nul n'y dure. / [...] Hé! Quel honneur au féminin / Sexe que Dieu aime.*» Cit. en Régine Pernoud, op. cit.

22. Cit. en Margaret L. King, op. cit.

Capítulo III

1. Cit. en Margaret L. King, *Mujeres renacentistas. La búsqueda de un espacio*, Madrid, 1993.

2. Cit. en Alfredo Alvar Ezquerra, *Isabel la Católica. Una reina vencedora, una mujer derrotada*, Madrid, 2002.

3. Cit. en Margaret L. King, op. cit.

4. Cit. en Manuel Fernández Álvarez, *Casadas, monjas, rameras y brujas. La olvidada historia de la mujer española en el Renacimiento*, Madrid, 2002.

5. Cit. en Margaret L. King, op. cit.

6. Cit. en Manuel Fernández Álvarez, op. cit.

7. Fray Luis de León, *La perfecta casada*, en *Obras completas castellanas,* Madrid, 1944.

8. Cit. en Margaret L. King, op. cit.

9. Cit. en Margaret L. King, op. cit.

10. Cit. en Margaret L. King, *«Book-lined cells: Women and Humanism in the Early Italian Renaissance»*, en Patricia H. Labalme (ed.), *Beyond their Sex. Learned Women of the European Past*, Nueva York, 1984.

11. Cit. en Margaret L. King, op. cit. en nota 1.

12. Cit. en Margaret L. King, op. cit.

13. «Tu che di Pietro il glorioso manto / Vesti felice, e del celeste regno / Hai le chiavi in governo, onde sei degno / Di Dio ministro, e pastor saggio e santo, / Mira la greggia a te commessa, e quanto / La scema il fiero lupo; e poi sostegno / Securo l'una dal tuo sacro ingegno / Riceva e l'altro giusta pena e pianto. / Scaccia animoso fuor dal ricco nido / I nemici di Cristo or che i due regi / Ogni lor cura e studio hanno a te vòlto. / Se ciò farai, non fia men chiaro il grido / De l'opre tue leggiadre e fatti egregi, / Che sia di quello il cui gran nome hai tolto.» Cit. en Laura Anna Stortoni (ed.), *Women Poets of the Italian Renaissance. Courtly Ladies & Courtesans*, Nueva York, 1997.

14. «Quando morte disciolse il caro nodo / che il cielo avvinse, natura e amore, / tolse agli occhi l'obietto e il cibo al core, / ma strinse l'alme in più congiunto modo. / Questo è quel laccio ond'io mi pregio e lodo, / che mi trae fuor d'ogni mondano errore: / e mi tien nella via ferma d'onore, / ove de' miei desir cangiati godo. / Sterili i corpi fur, l'alme feconde, / che il suo valor lasciò raggio sì chiaro, / che sarà lume ancor del nome mio. / Se d'altre grazie mi fu il cielo avaro, / e se il mio caro ben morte m'asconde, / pur con lui vivo: ed è quanto desio.» Cit. en Laura Anna Stortoni (ed.), op. cit.

15. Cit. en Luis Martínez de Merlo, «Prólogo», en *Tres poetisas italianas del Renacimiento. Vittoria Colonna, Gaspara Stampa, Chiara Matraini*, Madrid, 1988.

16. Ver Manuel Fernández Álvarez, *Casadas, monjas, rameras y brujas. La olvidada historia de la mujer española en el Renacimiento*, Madrid, 2002.

17. Cit. en Margaret L. King, op. cit.

18. «Baise m'encor, rebaise et baise: / Donne m'en un de tes plus savoureux, / Donne m'en un de tes plus amoureux: / Je t'en rendrai quatre plus chauds que braise. / Las te plains-tu? Çà, que ce mal j'apaise, / En t'en donnant dix autres douceureux. / Ainsi mêlant nos baisers tant heureux / Jouissons-nous l'un de l'autre à notre aise.» Louise Labé, Soneto XVII, cit.

en Pierre Seghers (ed.), *Le livre d'or de la poésie française, des origines à 1940*, Verviers, 1972.

19. «Ma che poss'io, se m'è l'arder fatale, / Se volontariamente consento / D'un foco in altro, e d'un in altro male?» Cit. en Giovanni Scarabello, «Le "Signore" della Repubblica», en el Catálogo de la exposición *Le Cortigiane di Venezia. Dal Trecento al Settecento*, Milán, 1990.

20. «Dura è la stella mia, maggior durezza / è quella del mio conte: egli mi fugge, / i' seguo lui; altri per me strugge, / i' non posso mirar altra bellezza. / Odio chi m'ama, ed amo chi mi sprezza; / verso chi m'è umíle il mio cor rugge, / e son umíl con chi mia speme adugge; / a così stranio cibo ho l'alma avezza. / Egli ognor dá cagione a novo sdegno, / essi mi cercan dar conforto e pace: / i' lasso questi, ed a quell'un m'attegno. / Così ne la tua scola, Amor, si face / sempre il contrario di quel ch'egli è degno: / l'umíl si sprezza, e l'empio si compiace.» Cit. en Laura Anna Stortoni (ed.), op. cit.

21. «Amor un tempo in così lento foco / Arse mia vita, e sì colmo di doglia / Struggeasi il cor, che qual altro si voglia / Martir fôra per lei dolcezza e gioco. / Poscia sdegno e pietade a poco a poco / Spenser la fiamma; ond'io più ch'altra soglio / Libera da sì lunga e fiera voglia / Giva lieta cantando in ciascun loco. / Ma il ciel né sazio ancor, lassa, né stanco / De' danni miei, perchè sempre sospiri, / Mi riconduce a la mia antica sorte: / E con sì acuto spron mi punge il fianco, / Ch'io temo sotto i primi empi martiri / Cadere, e per men mal bramar la morte.» Cit. en Laura Anna Stortoni (ed.), op. cit.

22. «Povero sesso, con fortuna ria / Sempre prodotto, perché ognor sogetto / e senza libertà sempre si stia!» Veronica Franco, *Rime*, Milán, 1995.

23. Veronica Franco, *Lettere*, Roma, 1998.

Capítulo IV

1. Todos los textos de las *Memorias* de Leonor López Carrillo de Córdoba cit. en María-Milagros Rivera, «Egregias señoras, nobles y burguesas que escriben», en Anna Caballé (dir.), *La vida escrita por las mujeres*, tomo I, Barcelona, 2003.

2. Cit. en Esther Pascua Echegaray, «Teresa de Cartagena», en Susana Tavera (dir.), *Mujeres en la historia de España. Enciclopedia biográfica*, Barcelona, 2000.

3. Cit. en María-Milagros Rivera, op. cit.

4. Cit. en Manuel Fernández Álvarez, *Casadas, monjas, rameras y brujas. La olvidada historia de la mujer española en el Renacimiento*, Madrid, 2002.

5. Cit. en María-Milagros Rivera, op. cit.

6. Cit. en María-Milagros Rivera, op. cit.

7. Ver Peggy Liss, «Isabel I de Castilla, reina de España», en Pedro Navascués Palacio (dir.), *Isabel la Católica, reina de Castilla*, Barcelona, 2002.

8. Cit. en «El Humanismo en Castilla en tiempos de Isabel la Católica», en Julio Valdeón Baruque (ed.), *Arte y cultura en la época de Isabel la Católica*, Valladolid, 2003.

9. Ver Teresa Garulo, *Dīwān de las poetisas de al-Andalus*, Madrid, 1998.

10. Todos los textos de las poetas hispanoárabes cit. en Teresa Garulo, op. cit.

11. Cit. en María-Milagros Rivera, op. cit.

12. Cit. en Cristina de Arteaga, *Beatriz Galindo, «la Latina»*, Madrid, 1975.

13. Cit. en Cristina de Arteaga, op. cit.

14. Cit. en María-Milagros Rivera Garretas, «Las prosistas del humanismo y del Renacimiento (1400-1550)», en Iris M. Zavala (coord.), *Breve historia feminista de la literatura española (en lengua castellana)*, tomo IV, Barcelona, 1997.

15. Cit. en María-Milagros Rivera Garretas, op. cit.

16. Cit. en Margaret L. King, *Mujeres renacentistas. La búsqueda de un espacio*, Madrid, 1991.

17. Cit. en María-Milagros Rivera, op. cit. en nota 1.

18. Cit. en María-Milagros Rivera, op. cit.

19. Cit. en Blanca Mateos, *Poetas hispanoamericanos*, en http://www.palabravirtual.com

Capítulo V

1. Cit. en José Parada y Santín, *Las pintoras españolas*, Madrid, 1903.

2. Cit. en Germaine Greer, *The Obstacle Race. The Fortunes of Women Painters and their Work*, Londres, 2001.

3. Ambas cartas cit. en Ilya Sandra Perlingieri, *Sofonisba Anguissola. Femme peintre de la Renaissance*, París, 1992.

4. Giorgio Vasari, *Le Vite*, en http://biblio.cribecu.sns.it

5. Cit. en Antonio Martínez Llamas, *Isabel de Valois, reina de España. Una historia de amor y enfermedad*, Madrid, 1996.
6. Cit, en Orietta Pinessi, *Sofonisba Anguissola. Un «pittore» alla corte di Filippo II*, Milán, 1998.
7. Cit. en Orietta Pinessi, op. cit.
8. Cit. en Bea Porqueres, *Sofonisba Anguissola*, Madrid, 2003.
9. Ver Manuel Fernández Álvarez, *Felipe II y su tiempo*, Madrid, 1999.
10. Cit. en Ilya Sandra Perlingieri, op. cit.
11. Cit. en Bea Porqueres, op. cit.
12. Cit. en Bea Porqueres, op. cit.
13. Cit. en Bea Porqueres, op. cit.
14. Cit. en Ilya Sandra Perlingieri, op. cit.
15. Cit. en Ilya Sandra Perlingieri, op. cit.

Capítulo VI

1. Santa Teresa de Jesús, *Libro de las Fundaciones de Santa Teresa de Jesús, escrito por ella misma*, en *Obras completas*, Madrid, 1948.
2. Fray Luis de León, *La perfecta casada*, en *Obras completas castellanas*, Madrid, 1944.
3. Cit. en Margaret L. King, *Mujeres renacentistas. La búsqueda de un espacio*, Madrid, 1993.
4. Cit. en Mª Isabel Marmolejo López, «Jesús, sor Antonia de», en Susanna Tavera (dir.), *Mujeres en la historia de España. Enciclopedia biográfica*, Barcelona, 2000.
5. Ver Margaret L. King, op. cit.
6. Cit. en Martin Buber (ed.), *Confessions extatiques*, París, 1995.
7. Cit. en Martin Buber (ed.), op. cit.
8. Cit. en Margaret L. King, op. cit.
9. Cit. en Margaret L. King, op. cit.
10. Cit. en Martin Buber (ed.), op. cit.
11. Cit. en Margaret L. King, op. cit.
12. Cit. en Anna Caballé, «La pugna por la autonomía», en Anna Caballé (dir.), *La vida escrita por las mujeres*, tomo I, Barcelona, 2003.
13. Santa Teresa de Jesús, *Vida de Santa Teresa de Jesús*, en op. cit.
14. Cit. en Martin Buber (ed.), op. cit.
15. Cit. en Margaret L. King, op. cit.
16. Cit. en Mario Hernández Sánchez-Barba, *Monjas ilustres en la historia de España*, Madrid, 1993.

17. Cit. en Cristina Segura, «Las celdas de los conventos», en Anna Caballé (dir.), op. cit.

18. Cit. en M.ª Isabel Marmolejo López, «San Félix, sor Marcela de», en Susanna Tavera (dir.), op. cit.

19. Cit. en Javier Alonso Sandoica, *Sor Marcela de San Félix, religiosa y poetisa*, en http://www.archimadrid.es.

20. Cit. en Anna Caballé, op. cit.

21. Sor Juana Inés de la Cruz, *Respuesta a sor Filotea de la Cruz*, cit. en Anna Caballé, op. cit.

Capítulo VII

1. Cit. en Marcellin Defourneaux, *La vida cotidiana en la España del Siglo de Oro*, Barcelona, 1983.

2. Cit. en Marcellin Defourneaux, op. cit.

3. D'Aulnoy, *Relación del viaje de España*, Madrid, 1986.

4. Cit. en Marcellin Defourneaux, op. cit.

5. Cit. en María Grazia Profeti, «Mujer y escritura en la España del Siglo de Oro», en Iris M. Zavala (coord.), *Breve historia feminista de la literatura española (en lengua castellana)*, tomo II, Barcelona, 1995.

6. Cit. en Marcellin Defourneaux, op. cit.

7. Cit. en Margarita Ortega, «El periodo barroco (1565-1700)», en Elisa Garrido (ed.), *Historia de las mujeres en España*, Madrid, 1997.

8. Cit. en Maria Grazia Profeti, op. cit.

9. Cit. en Enrique Villalba Pérez, «Entre la ignorancia y la "bachillería": imagen de la mujer y la cultura en el Siglo de Oro», en María del Mar Graña Cid (ed.), *Las sabias mujeres*, tomo II, Madrid, 1995.

10. Cit. en Enrique Villalba Pérez, op. cit.

11. Cit. en Maria Grazia Profeti, op. cit.

12. Cit. en Marcellin Defourneaux, op. cit.

13. Cit. en Enrique Villalba Pérez, op. cit.

14. Cit. en Nieves Baranda, «Escritoras "de oficio"», en Anna Caballé (dir.), *La vida escrita por las mujeres*, tomo I, Barcelona, 2003.

15. María de Zayas, *Novelas amorosas y ejemplares*, Madrid, 2004.

16. Cit. en Julián Olivares, «Introducción», en María de Zayas, op. cit.

17. «Doña María de Zayas / viu ab cara varonil, / que a bé que "sayas" tenia / bigotes filava altius. / Semblava a algun cavaller, / mes jas' vindrà a descubrir / que una espasa mal se amaga / baix las "sayas" femi-

nils. / En la dècima tercera / fou glosadora infeliz, / que mala tercera té / quant lo pris vol adquirir. / O senyora Doña Saya, / per premiar sos bons desitgs / del sèrcol de un guardainfant / tindrà corona gentil!» Cit. en Julián Olivares, op. cit. Traducción de Carme Riera.

18. María de Zayas, *Desengaños amorosos*, Madrid, 1983.

19. María de Zayas, op. cit. en nota 15.

20. María de Zayas, op. cit. en nota 18.

21. Cit. en Julián Olivares, op. cit.

22. Cit. en Janet Todd, *The Secret Life of Aphra Behn*, New Brunswick, 1997.

23. Cit. en Jorge Figueroa Dorrego, *Aphra Behn*, Madrid, 1999.

24. «A pox of the statesman that's witty, / Who watches and plots all the sleepless night; / For seditious harengues, to the Whigs of the City; / And maliciously turns a traitor in spite. / Let him wear and torment his lean carrion: / To bring his sham-plots about, / Till at last king, bishop, and baron, / For the public good he have quite rooted out.» («The Cabal at Nickey Nackeys».) Aphra Behn, *Las fábulas del deseo y otros poemas*, traducción de Balbina Prior, Madrid, 2004.

25. «Pleasure which too much love destroys: / The willing garments by he laid, / And Heaven all opened to his view, / Mad to possess, himself he threw / On the defenceless lovely maid. / But Oh, what envying god conspires / To snatch his power, yet leave him the desire! / [...] / Faintness its slackened nerves invade: / In vain th'enraged youth essayed / To call its fleeting vigour back, / No motion 'twill from motion take; / Excess of love his love betrayed: / In vain he toils, in vain commands; / The insensible fell weeping his hand.» Cit. en Janet Todd, op. cit.

26. «Let me with Sappho and Orinda be / O ever sacred nymph adorned by thee; / And give my verses immortality.» Cit. en Balbina Prior, «Aphra Behn: espía universal contra toda esclavitud», en Aphra Behn, op. cit.

27. D'Aulnoy, op. cit.

Capítulo 8

1. «Women live like bats or owls, / Labour like beasts; / And die like worms.» Cit. en Virginia Woolf, *A Room of One's Own*, Londres, 2000.

2. Cit. en Francesca Torres, y Tiziana Agnati, *Artemisia Gentileschi. La pittura della passione*, Milán, 1998.

3. «Ne l'intagliar le corna a mio marito / Lasciai il pennello e presi lo scalpello». Cit. en Francesca Torres y Tiziana Agnati, op. cit.

Bibliografía

Obras generales

AA.VV., *Cabellos largos e ideas cortas. Lo que han dicho algunos filósofos sobre la mujer*, Ediciones Akal, Madrid, 1993.

Biblia de Jerusalén, Desclée de Brouwer, Bruselas, 1967.

Chadwick, Whitney, *Mujer, arte y sociedad*, Ediciones Destino, Barcelona, 1992.

Escolar, Hipólito, *Historia universal del libro*, Fundación Germán Sánchez Ruipérez, Madrid, 1993.

De Martino, Giulio, y Marina Bruzzese, *Las filósofas*, Ediciones Cátedra, Madrid, 2000.

Fisher Sterling, Susan, *Catálogo del National Museum of Women in the Arts (Washington)*, Publishing Books/Ediciones Cátedra, Abbeville, 1984.

Garrido, Elisa (ed.), *Historia de las mujeres en España*, Editorial Síntesis, Madrid, 1997.

Greer, Germaine, *The Obstacle Race. The Fortunes of Women Painters and Their Work*, Tauris Parke Paperbacks, Londres, 2001.

Heller, Nancy G., *Femmes artistes*, Éditions Herscher, París, 1991.

Honig Fine, Elsa, *Women and Art. A History of Women Painters and Sculptors from the Renaissance to the 20th century*, Allanheld & Schram/Prior, Londres, 1978.

Parada y Santín, José, *Las pintoras españolas*, Imprenta del Asilo de Huérfanos del Sagrado Corazón de Jesús, Madrid, 1903.

Pendle, Karin (ed.), *Women & Music. A History*, Indiana University Press, Bloomington, 1991.

Pounds, Norman J. G., *La vida cotidiana. Historia de la cultura material*, Editorial Crítica, Barcelona, 1999.
Seghers, Pierre (ed.), *Le livre d'or de la poésie française, des origines à 1940*, Marabout Université, Verviers, 1972.
Tavera, Susanna (dir.), *Mujeres en la historia de España. Enciclopedia biográfica*, Editorial Planeta, Barcelona, 2000.
Wilwerth, Evelyne, *Visages de la littérature féminine*, Pierre Mardaga Éditeur, Bruselas, 1987.
Wittkower, Rudolf y Margot Wittkower, *Nacidos bajo el signo de Saturno*, Ediciones Cátedra, Madrid, 1982.
Woolf, Virginia, *A Room of One's Own*, Penguin Books, Londres, 2000.
Yalom, Marilyn, *Historia de la esposa*, Ediciones Salamandra, Barcelona, 2003.
Zavala, Iris M. (coord.), *Breve historia feminista de la literatura española*, 6 tomos, Anthropos Editorial, Barcelona, 1997.

Obras de historia, literatura y arte por periodos

Ariès, Philippe, y Georges Duby (dir.), *Historia de la vida privada*, tomo *2. De la Europa feudal al Renacimiento*, Taurus, Madrid, 1988.
Caballé, Anna (dir.), *La vida escrita por las mujeres. Obras y autoras de la literatura hispánica e hispanoamericana*, tomo *I. Por mi alma os digo. De la Edad Media a la Ilustración*, Círculo de Lectores, Barcelona, 2003.
Delumeau, Jean, *La civilización del Renacimiento*, Editorial Juventud, Barcelona, 1977.
Duby, Georges, y Michelle Perrot (dir.), *Historia de las mujeres en Occidente*, tomos *2. La Edad Media*, y *3. Del Renacimiento a la Edad Moderna*, Taurus, Madrid,1992.
Fernández Álvarez, Manuel, *Casadas, monjas, rameras y brujas. La olvidada historia de la mujer española en el Renacimiento*, Espasa-Calpe, Madrid, 2002.
García Nieto París, María Carmen, *Ordenamiento jurídico y realidad social de las mujeres. Siglos XVI a XX*, Ediciones de la Universidad Autónoma, Madrid, 1986.
Graña Cid, María del Mar (ed.), *Las sabias mujeres: educación, saber y*

autoría (siglos III-XVII), 2 tomos, Asociación Cultural Al-Mudayna, Madrid, 1994.

Heyden-Rinsch, Verena von der, *Los salones europeos. Las cimas de una cultura femenina desaparecida*, Ediciones Península, Barcelona, 1998.

King, Margaret L., *Mujeres renacentistas. La búsqueda de un espacio*, Alianza Editorial, Madrid, 1993.

Labalme, Patricia H. (ed.), *Beyond their Sex. Learned Women of the European Past*, New York University Press, Nueva York, 1984.

Maravall, José Antonio, *La cultura del Barroco*, Editorial Ariel, Barcelona, 1975.

Perroy, Édouard (ed.), *La Edad Media. La expansión del Oriente y el nacimiento de la civilización occidental*, Ediciones Destino, Barcelona, 1969.

Perry, Mary Elizabeth, *Ni espada rota ni mujer que trota*, Crítica, Barcelona, 1993.

Rose, Mary Beth (ed.), *Women in the Middle Ages and the Renaissance. Literary and Historical Perspectives*, Siracuse University Press, Nueva York, 1986.

Villar García, María Begoña (coord.), *Vida y recursos de mujeres durante el Antiguo Régimen*, Servicio de Publicaciones de la Universidad de Málaga, Málaga, 1997.

Villari, Rosario (ed.), *El hombre barroco*, Alianza Editorial, Madrid, 1993.

Capítulo primero

Cantera Montenegro, Margarita y Santiago Cantera Montenegro, *Los monjes y la cristianización de Europa*, Arco Libros, Madrid, 1996.

De Bingen, Hildegarde, *Louanges*, Orphée/La Différence, París, 1990.

De Liébana, Beato, *Beati in Apocalipsin Libri Duodecim, Codex Gerundensis* (edición facsímil), Editora Internacional de Libros Antiguos, Madrid, 1975.

Lorenzo Arribas, Josemi, *Hildegarda de Bingen (1098-1179)*, Ediciones del Orto, Madrid, 1996.

Pernoud, Régine, *Hildegarde de Bingen. Conscience inspirée du XII siècle*, Éditions du Rocher, Mónaco, 1994.

Discografía

Von Bingen, Hildegard, *Chants de l'extase*, RCA, 1994 y 1995.

Internet

http://users.ox.ic.uk

Capítulo II

De Lorris, Guillaume, y Jean de Meun, *Le Roman de la Rose*, Éditions Gallimard, París, 1984.

De Pizan, Christine, *La Cité des Dames*, Éditions Stock, París, 1986.

Esteva de Llobet, Lola, *Christine de Pizan (1364-1430)*, Ediciones del Orto, Madrid, 1999.

López Benito, Clara Isabel, *La nobleza salmantina ante la vida y la muerte (1476-1535)*, Diputación Provincial de Salamanca, Salamanca, 1992.

Pernoud, Régine, *Christine de Pisan*, Calmann-Lévy, París, 1982.

Capítulo III

Catálogo de la exposición *Le Cortigiane di Venezia. Dal Trecento al Settecento*, Berenice Art Books, Milán, 1990.

Colonna, Vittoria, Gaspara Stampa, y Chiara Matraini, *Tres poetisas italianas del Renacimiento,* traducción de Luis Martínez de Merlo, Ediciones Hiperión, Madrid, 1988.

De León, Fray Luis, *Obras completas castellanas*, Biblioteca de Autores Cristianos, Madrid, 1944.

Franco, Veronica, *Lettere*, Salerno Editrice, Roma, 1998.

Franco, Veronica, *Rime*, Ugo Mursia Editore, Milán, 1995.

Rosenthal, Margaret F., *The Honest Courtesan. Veronica Franco, Citizen and Writer in Sixteenth-Century Venice*, The University of Chicago Press, Chicago, 1992.

Stortoni, Laura Anna (ed.), *Women Poets of the Italian Renaissance. Courtly Ladies & Courtesans*, Italica Press, Nueva York, 1997.

Capítulo IV

Alvar Ezquerra, Alfredo, *Isabel la Católica. Una reina vencedora, una mujer derrotada*, Ediciones Temas de Hoy, Madrid, 2002.

De Arteaga, Cristina, *Beatriz Galindo «la Latina»*, Espasa-Calpe, Madrid, 1975.

De León, Fray Luis, *Obras completas castellanas*, Biblioteca de Autores Cristianos, Madrid, 1944.

Garulo, Teresa, *Dīwān de las poetisas de al-Andalus*, Ediciones Hiperión, Madrid, 1986.

Mateos, Blanca, *Poetas hispanoamericanos*. http://www.palabravirtual.com.

Navascués Palacio, Pedro (ed.), *Isabel la Católica. Reina de Castilla*, Lunwerg Editores, Barcelona, 2002.

Valdeón Baruque, Julio (ed.), *Arte y cultura en la época de los Reyes Católicos*, Ámbito Ediciones, Valladolid, 2003.

Capítulo V

Fernández Álvarez, Manuel, *Felipe II y su tiempo*, Espasa-Calpe, Madrid, 1999.

López-Rey, José, «Goya and His Pupil María del Rosario Weiss», *Gazette des Beaux Arts*, mayo-junio 1956.

Martínez Llamas, Antonio, *Isabel de Valois, reina de España. Una historia de amor y enfermedad*, Ediciones Temas de Hoy, Madrid, 1996.

Perlingieri, Ilya Sandra, *Sofonisba Anguissola. Femme peintre de la Renaissance*, Éditions Liana Levi, París, 1992.

Pinessi, Orietta, *Sofonisba Anguissola. Un «pittore» alla corte di Filippo II*, Selene Edizioni, Milán, 1998.

Porqueres, Bea, *Sofonisba Anguissola (c. 1535-1625)*, Ediciones del Orto, Madrid, 2003.

Vasari, Giorgio, *Le Vite*, http://biblio.cribecu.sns.it.

Capítulo VI

Alonso Sandoica, Javier, *Sor Marcela de San Félix, religiosa y poetisa*, http://www.archimadrid.es.
Buber, Martin (ed.), *Confessions extatiques*, Éditions Grasset & Fasquelle, París, 1995.
De Jesús, Santa Teresa, *Obras completas*, M. Aguilar editor, Madrid, 1948.
De León, Fray Luis, *Obras completas castellanas*, Biblioteca de Autores Cristianos, Madrid, 1944.
Hernández Sánchez-Barba, Mario, *Monjas ilustres en la historia de España*, Ediciones Temas de Hoy, Madrid, 1993.

Capítulo VII

Behn, Aphra, *Las fábulas del deseo y otros poemas*, traducción de Balbina Prior, Sial Ediciones/Fugger Libros, Madrid, 2004.
Caro, Ana, *Valor, agravio y mujer*, Editorial Castalia, Madrid, 1993.
Craveri, Benedetta, *L'âge de la conversation*, Éditions Gallimard, París, 2002.
D'Aulnoy, Marie-Catherine, *Relación del viaje de España*, Ediciones Akal, Madrid, 1986.
Defourneaux, Marcellin, *La vida cotidiana en la España del Siglo de Oro*, Editorial Argos Vergara, Barcelona, 1983.
De la Fayette, Madame, *La princesse de Clèves et autres romans*, Bookking International, París, 1993.
De Zayas, María, *Desengaños amorosos*, Ediciones Cátedra, Madrid, 1983.
De Zayas, María, *Novelas amorosas y ejemplares*, Ediciones Cátedra, Madrid, 2000.
Duchêne, Roger, *Madame de La Fayette*, Librairie Arthème Fayard, París, 2000.
Figueroa Dorrego, Jorge, *Aphra Behn (1640-1689)*, Ediciones del Orto, Madrid, 1999.
Todd, Janet, *The Secret Life of Aphra Behn*, Rutgers University Press, New Brunswick, 1997.

Vasileski, Irma V., *María de Zayas y Sotomayor: su época y su obra*, Editorial Playor, Madrid, 1973.
Wilson, Katharina M., y Frank J. Warnke, *Women Writers of the Seventeenth Century*, University of Georgia Press, Georgia, 1989.

Capítulo VIII

Casale, Gerardo, *Gli incanti dell'iride. Giovanna Garzoni pittrice nel Seicento*, Silvana Editoriale, Milán, 1996.
García Olloqui, María Victoria, *La Roldana*, Diputación de Sevilla, Sevilla, 2003.
Lapierre, Alexandra, *Artemisia*, Editorial Planeta, Barcelona, 1999.
Torres, Francesca, y Tiziana Agnati, *Artemisia Gentileschi. La pittura della passione*, Selene Edizioni, Milán, 1998.

Índice onomástico

Este libro se imprimió
en Mateu Cromo Artes Gráficas, S. A.
Pinto (Madrid)